三國志

*

박상률 완역 삼국지 3

*

三國志

3
완역

삼국지

힘들고 괴로운 길 멀리

나관중 지음
박상률 옮김
백남원 그림

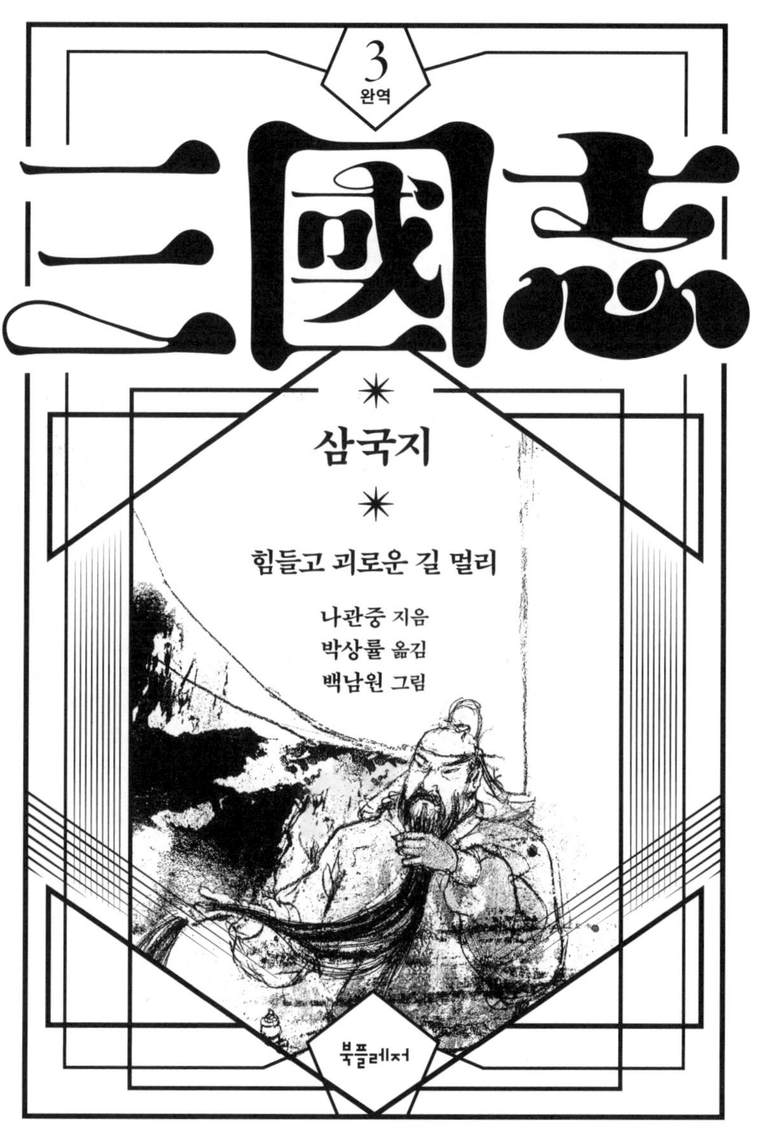

북플레저

유표
전한 경제의 후손으로, 황실의 방계다. 성품이 너그러우며 조심성이 많다. 형주를 다스리며, 조조에게 쫓긴 유비를 받아들여 한동안 보호한다.

우길
낭야 사람으로, 오나라의 도사다. 병을 고치는 재주로 이름을 알렸고, 손책과 악연으로 얽혀 뜻하지 않은 죽음을 맞는다.

조운
자는 자룡. 상산 진정 사람으로, 원래는 공손찬 휘하였다가 유비에게 귀속된다. 한결같이 충성을 다하며 수많은 전투에서 활약한 촉의 명장이다.

서서
자는 원직. 유비가 유표를 의지하
던 시절 책사로 함께하며, 여러 계
책으로 유비를 도왔다. 조조의 계
략에 말려 떠나게 되면서 유비는
깊은 상실을 겪는다.

원상
자는 현보. 원소의 셋째 아들로,
심배와 봉기의 도움을 받아 아버
지의 뒤를 잇는다. 형 원담과 권
력을 다투다 조조에게 쫓기며 패
한다.

원담
자는 현사. 원소의 맏아들로, 아우
원상과 후계 자리를 두고 갈등한
다. 조조에게 거짓으로 항복해 원
상을 치려 했으나 뜻을 이루지 못
한다.

손권 자는 중모. 오군 부춘 사람으로, 손책의 아우다. 형의 뒤를 이어
강동을 다스렸으며, 적벽에서 유비·제갈량과 손잡아 조조를 물리친
다. 이후 형주를 두고 유비와 대립하며 오나라의 뿌리를 지킨다.

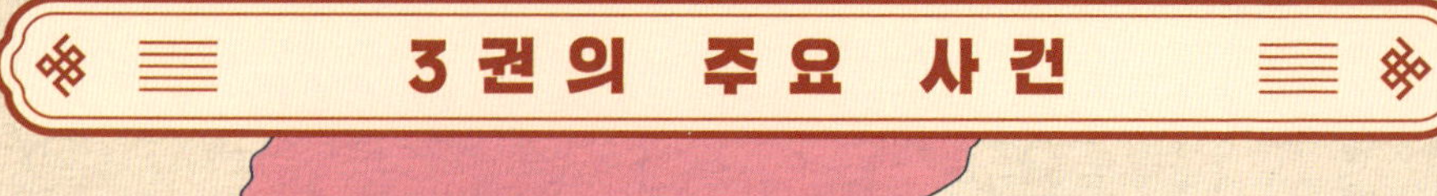

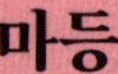

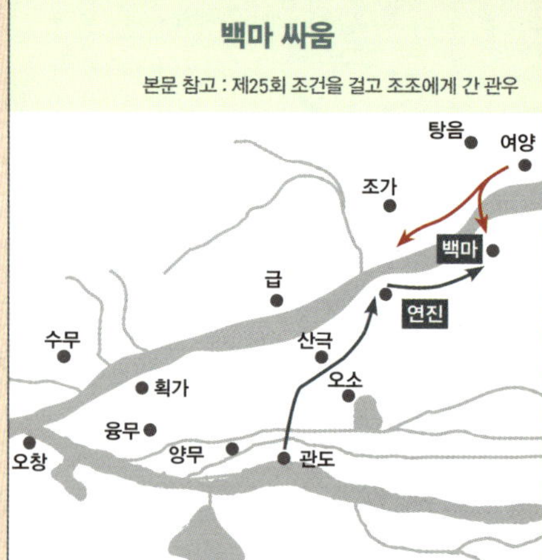

관도 싸움 (200년)

조조가 열 배나 많은 원소군을 관도에서 물리치
고 중원을 다스리게 된 싸움이다. 백마 싸움과
연진 싸움은 둘 다 관도 싸움의 전초전이다.
백마 싸움은 조조군과 원소군이 백마에서 격돌
하여 관우가 안량을 단칼에 베어 조조군의 사기
를 폭발시킨 싸움이다.

유주
원소
병주
기주
청주
연주
사주
서주
조조
예주
형주
유표
손책
양주
연진 싸움
본문 참고 : 제26회 조조를 떠나는 관우
탕음
여양
조가
백마
남판
급
연진
수무
산극
오소
획가
융무
양무
관도
오창
조조군 진로
원소군 진로
관도 싸움(200년)
관도 싸움 초반엔 원소가 우세했으나, 조조가
허유의 계책으로 원소의 군량을 불태우며 대승
했다. 연진 싸움은 조조와 원소가 격돌한 관도
싸움의 두 번째 전면전으로, 원소의 부장 문추
가 참패함으로써 원소군의 사기는 크게 저하되
었다.
* 이 지도는 이해를 돕기 위해 정사 삼국지를 바탕으로 한 것으로,
  소설 속 삼국지와 일부 차이가 있을 수 있습니다.

차례

등장인물	004
3권의 주요 사건	006
제25회 조건을 걸고 조조에게 간 관우	013
제26회 조조를 떠나는 관우	040
제27회 여섯 장수를 베며 가는 관우	061
제28회 다시 만난 형제들	087
제29회 손책의 죽음	117
제30회 원소와 조조의 관도 싸움	145
제31회 무너지는 원소	177
제32회 원씨 두 형제의 다툼	203
제33회 공손강이 보내온 머리 둘	233

제34회 말을 타고 넓은 시내를 뛰어넘는 유비 262

제35회 수경 선생을 만난 유비 285

제36회 떠나가는 서서 308

일러두기

1. 옮길 때 바탕으로 삼은 책은 중국의 강소고적출판사江蘇古籍出版社에서
   1999년에 펴낸《수상삼국연의綉像三國演義》이다.

2. 각 권 및 각 회의 제목은 원문에 없어 옮긴이가 달았다.

3. 본문에 나오는 열두 달의 월은 원문 그대로 따랐다.

4. 황제·왕·임금 따위의 부르거나 가리키는 말은 될 수 있으면 객관적으로 썼다.
   특별히 유비를 선주, 유선을 후주 하는 식으로 따로 대우하지 않았다.

5. 짐朕/고孤·신臣·경卿 등은 나·저·그대 등 우리 시대에 맞는 말투로 바꾸었다.
   굳이 봉건시대에 쓰던 그대로 할 까닭이 없어서였다.

6. 사람 이름은 대화문에서는 자, 호, 벼슬 이름, 고향 이름 등 부르는 사람의
   처지에서 쓰는 대로 했으나, 지문에서는 본디 이름으로 통일하여 썼다.

7. 숫자는 대화문 속에서는 우리말로 소리 나는 그대로 적고, 지문에서는
   아라비아숫자로 적는 것을 기준으로 했다.

힘들고
괴로운 길 멀리

박상률 완역 삼국지 3

三國志

조건을 걸고
조조에게 간 관우

관우는 흙산에서 세 가지 조건을 내세우고
백마에서 적을 무찔러 조조를 도우다

정욱이 자기 생각을 풀어놓았다.

"운장은 만 사람을 혼자 해볼 수 있는 인물이라 꾀를 쓰지 않고서는 항복을 받아낼 수 없습니다. 유비 아래에 있다가 항복한 이들을 다시 하비성으로 보내 관공에게 도망쳐 왔다고 말하게 한 뒤 성 안에서 우리와 연락을 하게 합시다. 그리하여 관공을 싸움에 나오게 한 뒤 짐짓 싸움에 밀리는 척하며 달아나서 우리를 쫓아오게 하면 됩니다. 그때 날래고 씩씩한 군사들을 풀어 돌아갈 길을 끊어놓은 다음 사람을 보내 달래면 말을 듣지 않을 수 없겠지요."

조조는 그 말을 받아들여, 서주에서 항복해온 군사 수십 명을 하비성으로 보내며 관우에게 도망쳐왔다고 하라고 일렀다. 관우는 그들이 원래 자기 쪽 군사들이었기에 아무런 의심도 하지 않고 받아들여 성 안에 머물게 했다.

다음 날 하후돈이 앞장서서 군사 5천 명을 이끌고 나가 싸움을 걸었다. 그러나 관우는 꿈쩍도 하지 않았다. 하후돈은 군사들더러 성 아래에서 욕설을 퍼붓도록 하였다.

마침내 관우가 군사 3천 명을 이끌고 성을 뛰쳐나와 하후돈과 어우러져 싸우기 시작했다. 여남은 합을 싸우고 난 뒤 하후돈이 말 머리를 돌려 달아나자 관우가 그 뒤를 쫓았다. 하후돈은 계속 싸우면서 달아났다. 20리 남짓 뒤쫓던 관우는 문득 하비성이 걱정되어 군사를 되돌렸다.

갑자기 쾅 소리가 한 번 나더니 왼쪽에서는 서황이, 오른쪽에서는 허저가 군사를 몰고 나와 길을 막았다. 관우가 길을 뚫고 달리자 길 양쪽에 숨어 있던 군사들이 마구 활을 쏘아댔다. 화살이 마치 메뚜기 떼 날듯 하는 바람에 관우는 그곳을 쉽게 빠져나갈 수가 없어 군사를 다시 돌려세웠다. 서황과 허저가 다시 달려들었다. 관우는 죽을힘을 다해 두 사람을 물리친 뒤 군사를 거두어 다시 하비성으로 돌아가고자 했다. 이번엔 하후돈이 길을 막아섰다. 관우는 날이 저물 때까지 이리 뛰고 저리 뛰며 싸웠지만 돌아갈 방법이 없었다. 하는 수 없이 우뚝 솟아 있는 흙산으로 올라가 군사들을 쉬게 했다. 조조군은 흙산을 물샐틈없이 둘러쌌다.

관우는 산 위에서 멀리 하비성을 바라보았다. 불길이 솟아오르고 있었다. 도망쳐온 듯 꾸민 군사들이 열어준 성 문으로 대군을 몰고 들어간 조조가 관우의 마음을 흔들기 위해 일부러 지른 불이었다. 관우는 불길을 보자 가만있을 수가 없어 밤새 몇 번이나 산 밑으로 밀고 내려갔으나, 그때마다 퍼붓는 화살 때문에 다시 산 위로 밀려 올라갈 수밖에 없었다.

날이 밝자 관우는 다시 군사를 가다듬어 무찔러 내려가려 했다. 그때 산 아래에서 말을 타고 올라오는 사람이 있었다. 장료였다. 관우가 그를 맞으며 물었다.

"문원이 나랑 싸우러 왔는가?"

장료가 고개를 저었다.

"아닙니다. 옛정을 잊을 수 없어 뵈러 왔습니다."

장료는 칼을 버리고 말에서 내려 관우에게 공손히 인사를 했다. 두 사람은 산마루에 앉았다.

관우가 다시 물었다.

"나를 설득하러 온 모양이지?"

"아닙니다. 옛날에 형이 아우를 구해주었으니 오늘은 아우가 형을 구해주어야 하지 않겠소?"

"그럼 나를 도와주러 왔는가?"

"그것도 아닙니다."

"도와주러 온 게 아니면 뭐 하러 왔는가?"

"지금 현덕은 살았는지 죽었는지조차 알 수 없고 익덕도 마찬가진데, 조공은 지난밤에 이미 하비성을 차지했소. 그러나 거기 군사와 백성들은 하나도 해치지 않았소. 물론 현덕의 가족들도 놀라지 않게 하고 잘 보호하고 있소. 이렇게 잘 대접하고 있다는 사실을 형에게 알려주려고 아우가 직접 형을 보러 왔습니다."

관우가 벌컥 화를 냈다.

"말을 듣자니 날 타일러서 달래자는 거구만. 내가 지금 빼도 박도 못 할 처지이긴 하나 죽는 일쯤은 아무렇지도 않게 여기고 있으니 당장 돌아가라. 나는 곧장 산을 내려가 싸우겠다."

장료가 애써 크게 웃었다.

"지금 한 말대로 하면 세상 사람들이 다 웃습니다."

"충성스런 의리를 위해 죽는데 어째서 세상 사람들 웃음거리란 말이냐?"

"형이 지금 죽으면 죄를 세 가지나 짓는 꼴입니다."

"뭐라고? 세 가지 죄를 짓는다고?"

"형이 유사군과 의형제를 맺을 때 살고 죽길 같이하기로 다짐했다고 알고 있소. 그런데 유사군이 싸움에 졌다고 형마저 싸우다 죽으면, 나중에 유사군이 나타나 형이 도와주기를 바라도 도움을 받을 수 없습니다. 그렇게 되면 형이 그때의 다짐을 저버리는 일 아니겠소? 이게 첫 번째 죄요. 또 유사군은 형한테 자기 식구들을 부탁했소. 만약에 형이 싸우다 죽으면 두 부인은 기댈 곳이 없이 되니, 이는 유사군의 부탁을 저버리는 일이 되오. 이게 두 번째 죄요. 또 형은 무예가 뛰어날 뿐 아니라 학문과 역사도 밝은 사람이오. 그러면 그걸 바탕으로 유사군과 함께 한나라를 다시 일으켜세우는 데 힘을 모아야 하오. 그런데 그런 생각은 안 하고 작은 일에 목숨을 걸어 그저 그런 사내 정도의 용기나 보여주려고 하는데, 이를 진정한 의리라고 할 수 있겠소? 이게 세 번째 죄요. 이렇듯 형이 지금 세 가지 죄를 지으려 하고 있어 아우가 어쩔 수 없이 알려주려고 왔습니다.”

관우는 한동안 생각에 잠겼다.

“자네가 말한 대로 세 가지 죄를 짓게 된다고 하자. 그럼 나보고 어떻게 하란 말인가?”

“지금 사방 모두 조공의 군사가 둘러싸고 있소. 만약에 형이 항복하지 않는다면 죽을 수밖에 없소. 그렇게 죽느니 조공에게 항복하고, 유사군의 소식을 알아봐서 어디 있는지 밝혀지면 바로 그리로 가면 됩니다. 그리하면 첫째, 두 부인을 보호할 수 있고, 둘째, 복숭아밭에서 다짐한 걸 지킬 수 있고, 셋째, 몸을 잘 지켜 나중에 크게 쓸 수 있습니다. 이처럼 세 가지 좋은 점이 있으니 잘 생각해보시오."

"자네가 세 가지 좋은 점을 말했으니, 나도 내세울 조건 세 가지가 있네. 승상이 이를 들어주면 곧바로 갑옷을 벗겠지만, 들어주지 않으면 나는 차라리 세 가지 죄를 지을지언정 죽는 쪽을 택하겠네."

"승상께서는 마음 쓰는 게 크고 넉넉하셔서 뭐든 들어주실 겁니다. 그 세 가지가 뭔지 털어놔보시지요."

"첫째, 유황숙과 나의 다짐은 한나라를 바로 세우기 위한 일이었기 때문에, 나는 지금 한나라 황제께 항복을 드리는 거지 결코 조조 개인한테 하는 게 아니라는 점이네. 둘째, 두 형수님 앞으로 유황숙의 녹을 내려 사는 데 어려움이 없도록 하고, 윗사람이든 아랫사람이든 누구든 그 집을 함부로 드나들어서도 안 되네. 셋째, 유황숙이 계시는 곳이 어딘지 아는 날이면 천릿길이든 만릿길이든 가리지 않고 당장 찾아 떠나겠네. 이 셋 가운데 하나만 들어주지 않아도 항복하지 않을 테니 문원은 빨리 알아보고 알려주게."

장료가 고개를 끄덕이고 말에 올랐다.

조조를 만난 장료는 관우가 한나라에 항복하는 거지 조

조에게 항복하는 게 아니라고 한 조건을 말했다. 조조가 크게 웃어넘겼다.

"내가 한나라 승상이니 한나라는 곧 나다. 들어줄 수 있는 조건이군."

"두 부인 앞으로 황숙의 녹을 내려주고 아무도 그 집에 얼씬거리지 말라는 게 두 번째 조건입니다."

"황숙의 녹을 두 배로 쳐서 주겠네. 또 안팎을 분명히 하여 그 집안의 풍습을 지켜주겠네. 의심 안 해도 돼!"

장료가 마지막 조건을 전했다.

"만약 현덕이 어디 있는지 알기만 하면 아무리 멀더라도 곧장 찾아가겠답니다."

조조가 고개를 가로저었다.

"그렇다면 내가 운장을 받아들여 뭐가 이로운가? 그건 들어줄 수 없구만."

장료가 차분히 말했다.

"옛날에 예양은 '임금이 나를 그렇고 그런 사람 대하듯 하면 나도 그저 그런 사람이 되어 그 임금을 대하고, 나라에서 받들 만한 인물로 대해주면 나도 그 정도 수준이 되는 인물이 되어 대하리라'고 말했습니다. 유현덕은 운장에게 은혜를 조금 두텁게 베푼 정도입니다. 승상께서 그보다 더 큰 은혜를 베푸시어 그 마음을 사로잡으시면 운장도 따르지 않을 수 없습니다.”

“문원의 말이 맞네. 내 세 가지 조건을 다 들어주지.”

장료가 다시 산으로 가서 관우가 내건 조건을 조조가 다 받아주기로 했다고 알렸다.

관우가 고개를 끄덕인 뒤 말했다.

“알았네. 그렇지만 승상께 잠시 군사를 거두어달라고 하게. 내 성 안으로 들어가 두 분 형수님께 이 사실을 말씀드린 뒤 항복하겠네.”

장료는 다시 조조에게 달려갔다. 조조는 곧바로 군사들을 30리 밖으로 물러나게 했다.

그러나 순욱이 말렸다.

“그렇게 하시면 안 됩니다. 무슨 꿍꿍이속이 있는지 모릅니다.”

조조가 대꾸했다.

“운장은 의리가 있는 사람이라 결코 믿음을 저버리지 않을 걸세.”

마침내 조조 군사들은 물러갔다. 관우는 군사를 거느리고 하비성으로 들어갔다. 백성들은 전과 다름없이 아무런 탈 없이 지내고 있었다. 관우는 두 형수를 만나러 갔다. 감부인과 미부인은 관우가 왔다는 말을 듣자 서둘러 나와 맞았다.

관우가 댓돌 아래에서 절을 했다.

"두 분 형수님을 놀라게 해서 정말 죄송합니다."

두 부인이 물었다.

"황숙께서는 지금 어디 계십니까?"

"어디로 가셨는지 모르겠습니다."

"앞으로 어떻게 하실 생각입니까?"

"제가 죽을힘을 다해 싸웠으나 흙산으로 쫓겨 앞뒤가 막히고 말았습니다. 그때 장료가 와서 항복하라고 달래기에 세 가지 조건을 걸었습니다. 그걸 조조가 다 들어주겠다면서 제가 성 안으로 들어올 수 있게 군사를 뒤로 물렸습니다. 하지만 아직 형수님들의 말씀을 들어보지 못해서 어찌해야 할지 결정을 내리지 않고 있습니다."

"세 가지 조건이 무엇 무엇이죠?"

관우는 세 가지 조건에 대해 자세히 일렀다.

감부인이 말했다.

"어제 조조의 군사들이 성 안으로 밀고 들어오기에 우리는 꼼짝없이 죽는 줄 알았습니다. 그런데 뜻밖에도 터럭 하나 건들지 않고 집 안으로도 들어오는 이가 없었습니다. 이미 그렇게 마음먹었으면 그렇게 하십시오. 굳이 우리 두 사람 의견을 따로 들을 게 뭐 있겠습니까? 걱정되는 건 조조가 나중에 황숙을 찾아가지 못하게 하면 어쩌나 하는 겁니다."

"형수님들은 그건 걱정 마십시오. 나름대로 생각이 있습니다."

"뭐든 알아서 하십시오. 우리 같은 여자들한테 굳이 물어볼 필요 없습니다."

관우는 인사를 하고 물러나온 뒤 군사 수십 명과 함께 조조를 보러 갔다. 조조는 직접 영채문 밖까지 나와 맞았다.

관우가 말에서 내려 조조에게 절을 했다.

"싸움에 진 장수를 죽이지 않으신 은혜, 그저 고마울 뿐입니다."

"운장의 충성스런 의리를 늘 높이 사고 있었는데, 오늘 이렇게 만나게 되어 평생 바라던 바가 이루어졌소."

"문원을 통해 세 가지 조건을 말씀드렸는데 승상께서 허락하셨습니다. 약속을 꼭 지켜주시리라 믿습니다."

"내 입으로 한 번 말한 건 반드시 그대로 하오. 믿음을 저버리는 일은 없소."

"저는 황숙이 있는 데를 아는 날이면 물불 가리지 않고 어디든 찾아가겠습니다. 그때 미처 승상께 인사를 못 드리고 떠나더라도 용서해주시기 바랍니다."

"현덕이 어디든 살아 있다면 내 반드시 공을 가게 하겠소. 그런데 어지러운 싸움판에서 목숨을 잃지나 않았는지 걱정되오. 여유를 갖고 여기저기 알아보도록 합시다."

관우는 절을 하며 고마움을 나타냈다. 조조는 술자리를 열어 관우를 대접했다.

다음 날 조조는 군사를 거두어 허도로 돌아갔다. 관우는 수레에 두 부인을 태우고 직접 보호하며 떠났다. 날이 저물어 하룻밤씩 묵어가야 할 때마다 조조는 관우와 두 부인의 잠자리를 따로 마련해주지 않고 한 방에서 자게 했다. 일부러 예의를 지키지 못하게 하려는 마음보에서였다. 관우는 그때마다 촛불을 밝히고 날이 샐 때까지 문밖에서 지키고 서 있었다. 그러고도 힘든 티는 조금도 비치지 않았다. 조조는 관우의 이런 태도를 보자 존경하는 마음을 갖지 않을 수 없었다.

허도에 이르자 조조는 관우에게 집 한 채를 내주며 살게 했다. 관우는 그 집을 안팎으로 나누어 안채는 늙은 군사 10명이 지키게 하고 자신은 바깥채에서 지냈다.

조조는 관우를 데리고 황제에게 갔다. 황제는 관우를 편장군으로 삼았다. 관우는 고마움을 나타내고 집으로 돌아왔다.

다음 날 조조는 잔치를 크게 베풀었다. 여러 모사와 장수들이 한자리에 모였다. 관우를 윗자리에 앉히고 귀한 손님 대접을 했다. 관우는 그날 조조에게 받은 비단이며 금그릇과 은그릇 들을 모두 두 부인에게 주며 가지고 있도록 했다.

허도에 온 뒤 조조는 관우에게 대접을 아주 잘했다. 작은 잔치는 사흘에 한 번, 큰 잔치는 닷새에 한 번씩 베풀었다. 게다가 아름다운 여자 10명이 관우를 모시게 하였다. 그러나 관우는 그 여자들을 모두 안채로 보내 두 부인을 모시게 하였다.

관우는 사흘에 한 번씩 안채 문밖에 가서 몸을 굽혀 절을 하며 두 부인의 안부를 물었다. 두 부인이 유비의 안부를 묻고 나서 관우더러 편히 쉬라는 말을 할 때까지 관우는 한결같은 자세였다. 조조는 이런 이야기를 들을 때마다 관우에 대해 놀라운 마음을 갖지 않을 수 없었다.

어느 날 조조는 관우가 입고 있는 녹색 비단의 긴 웃옷이 다 해어진 걸 보고 그 자리에서 몸 치수를 잰 뒤 새 옷 한 벌을 지어주었다. 관우는 헌 옷을 벗고 새 옷을 입었다. 그러더니 새 옷 위에 헌 옷을 다시 껴입었다.

조조가 웃으며 말했다.

"운장은 옷을 무척 아껴 입는 모양이구려."

"아껴서만이 아닙니다. 헌 옷은 유황숙께서 주셨습니다. 이걸 입고 있으면 그분의 낯을 대하는 성싶습니다. 승상께서 주신 새 옷 때문에 형님께서 주신 걸 잊을까봐 이렇게 입습니다."

조조가 긴 한숨을 내쉬며 말했다.

"과연 의리 하나는 대단하구먼!"

말은 그렇게 했으나 마음속은 씁쓰레했다.

하루는 관우가 집에 있는데 갑자기 안채에서 급한 연락이 왔다.

"두 부인께서 울다 쓰러지셔서 어찌해야 할지 모르겠습니다. 장군께서 들어가보시지요."

관우는 놀라 옷차림을 가지런히 하고 두 부인이 있는 방문 앞에 꿇어앉아 왜 슬피 우는지 물었다.

감부인이 대답했다.

"어젯밤 꿈에 황숙을 뵈었는데 흙구덩이 속에 빠져 있었습니다. 깨어나 미부인과 얘기하며 생각해보았더니 아무래도 저세상에 가 계신 듯싶어 서로 붙들고 울었습니다."

관우가 대답했다.

"꿈을 너무 믿지 마십시오. 형수님께서 형님을 너무 걱정하셔서 그런 꿈을 꾸셨습니다. 그러니 제발 너무 걱정하지 마십시오."

이렇게 이야기를 나누고 있는데 조조한테서 잔치에 나오라는 연락이 왔다. 관우는 두 부인 앞을 물러나와 조조에게 갔다. 관우의 눈가가 젖어 있는 걸 보고 조조가 그 까닭을 물었다.

관우가 대답했다.

"두 형수님이 형님 생각하며 슬피 우시는 바람에 저도 모르게 슬퍼져서 그럽니다."

조조가 웃으면서 마음을 편히 먹으라고 달랜 뒤 술을 여러 차례 권했다. 관우는 술기운이 오르자 수염을 쓰다듬으며 한숨을 내쉬었다.

"세상에 나서 나라를 위해 한 게 없고, 형님하고도 등 돌린 채 있으면서 아직도 사람 행세를 하다니!"

조조가 불쑥 관우의 수염을 가리켰다.

"운장의 수염은 몇 올이나 되오?"

"수백 올 되겠지요. 그런데 해마다 가을이면 꽤나 빠집니다. 그래서 겨울에는 수염이 끊어질까봐 아예 비단 주머니로 싸가지고 다닙니다."

조조는 곧바로 비단 주머니를 하나 만들어오게 한 뒤 관우에게 주며 수염을 잘 보호하라고 했다.

다음 날 아침 조회 때 관우는 황제를 만났다. 황제는 관우의 가슴에 달린 비단 주머니를 보며 무어냐고 물었다.

관우가 대답했다.

"제 수염이 무척 길어서 승상께서 수염을 싸라고 주신 주머니입니다."

황제는 가까이 오라 하여 주머니를 끌러보라 하였다. 관

관우를 미염공이라 부르다.

우의 수염은 배 아래까지 뻗쳤다. 황제가 놀라워했다.

"과연 미염공이오!"

이때부터 사람들은 관우를 '아름다운 수염을 가진 사람'이라는 뜻으로 미염공이라 불렀다.

어느 날 조조가 마련한 술자리가 끝나고 돌아가는 길이었다. 조조는 관우를 배웅하기 위해 밖으로 나왔다가 관우의 말이 여윈 걸 보고 물었다.

"말이 왜 이렇게 말랐소?"

"이 몸이 너무 무거워서 말이 견디지를 못해 마른 모양입니다."

조조는 말 한 마리를 끌고 오라 하였다. 온몸이 붉게 타오르는 숯불처럼 붉고 몸집도 튼튼해서 얼른 보아도 아주 좋은 말이 틀림없었다.

조조가 말을 가리키며 물었다.

"이 말을 알아보겠소?"

"여포가 타던 적토마 아닙니까?"

"그렇소."

조조는 안장을 얹게 한 뒤 고삐를 관우에게 넘겨주었다. 관우는 절을 두 번 하며 거듭 고마움을 나타냈다.

조조가 낯을 찌푸리며 말했다.

"내가 미녀도 보내고 금에다 비단을 주어도 공은 한 번도 절을 하며 고맙다 하지 않더니, 말을 주니 절을 두 번씩이나 하는구려. 어째서 사람은 무시하고 말은 귀하게 여기시오?"

"저는 이 말이 하루에 천 리를 간다는 걸 알고 있습니다. 만약에 형님 계신 곳을 알게 되면 그날로 달려 뵐 수 있어 그럽니다."

조조의 낯에 어처구니없어 하는 빛이 뚜렷이 드러났다. 관우는 인사를 하고 돌아가버렸다.

이를 두고 나중에 어떤 사람이 시를 남겼다.

영웅의 듬직함은 삼국을 통틀어 첫째가는 모습 그대로고
안팎으로 집을 나누어 깍듯한 예의 보이는 의로움 또한 높네
간사스런 승상이 억지로 몸을 낮춰 거짓 예의 갖추나
관우 마음 끝내 사지 못할 줄 제가 어찌 알았으랴

조조가 장료에게 말했다.

"나는 운장을 섭섭하지 않게 대접하는데도 그 사람은 어째서 돌아갈 생각만 하는가?"

장료가 대답했다.

"제가 가서 속마음을 한번 알아보겠습니다."

다음 날 장료는 관우를 찾아갔다. 인사를 마치자마자 장료가 말했다.

"내가 형을 승상 곁에 있게 했는데, 와서 보니 어떻소?"

"승상께서 두텁게 베푸시는 뜻은 깊이 새기고 있네. 하지만 내 몸은 여기 있으나 마음은 항상 황숙에게 가 있네."

"형은 그러면 안 되오. 세상을 살면서 가벼움과 무거움을 잘 가려 볼 줄 모르면 진정한 사나이가 아니오. 현덕이 형을 대할 때 승상보다 더 잘 대해주었다고만은 할 수 없을 텐데, 형은 어째서 떠날 생각만 합니까?"

"나도 조공께서 날 무척 잘 대접해준다는 걸 아네. 그러나 나는 유황숙께 입은 은혜가 깊고, 살고 죽는 일을 함께하자고 다짐한 사이라서 결코 등을 돌릴 수 없다네. 나는 언젠가는 여기를 떠야 하네. 그러나 갈 때 가더라도 반드시 공을 세워 조공의 은혜를 갚고 나서 가겠네."

"만약에 현덕이 이 세상을 뜨고 없다면 어디로 가려오?"

"땅 밑으로라도 따라가야지……."

장료는 관우를 끝내 붙들어둘 수 없다는 걸 알고 돌아갔다. 조조에게는 들은 사실 그대로 말했다.

조조가 한숨을 내쉬었다.

"한 번 주인을 섬기면 끝까지 그 바탕을 잃지 않으니, 이 세상에서 의리가 가장 뛰어난 사람이다!"

순욱이 나섰다.

"스스로 공을 세운 다음 떠난다고 했다 하니, 공을 세울 기회를 주지 않으면 떠나지 못할 겁니다."

조조가 고개를 끄덕였다.

한편 원소에게 가 있는 유비는 속이 타 걱정으로 나날을 보냈다.

원소가 유비에게 물었다.

"현덕은 어째서 얼굴이 그리 어둡소?"

유비가 대답했다.

"두 아우는 어디 있는지 알 수도 없고, 가족들은 조조한테 붙들려 있소. 위로는 나라의 은혜를 갚지 못하고, 아래로는 자기 집안 하나 보호하지 못했으니 어찌 마음이 어둡지 않겠소?"

"나는 오래전부터 허도를 칠 생각이었소. 마침 지금은 봄이라 날씨도 풀려 군사를 일으키기에 좋은 때요."

원소는 조조를 칠 계획을 밝히며 의논에 부쳤다. 그러자 전풍이 말렸다.

"지난번에는 조조가 서주를 치느라 허도가 텅 비어 있었습니다. 치려면 그때를 놓치지 말았어야 합니다. 지금은 이미 서주를 차지하고 있어 조조군의 기운도 한창 올라 있습니다. 가볍게 움직여서는 안 됩니다. 오랫동안 지켜보면서 그쪽에 뭔가 틈이 생기면 그때 움직여야 합니다."

원소가 고개를 끄덕였다.

"그렇다면 좀 더 생각해봐야겠구먼."

원소가 유비를 쳐다보았다.

"전풍은 아직 때가 아니라는데 어찌해야겠소?"

유비가 대답했다.

"조조는 임금을 속인 역적입니다. 명공께서 조조를 치지 않는다면 세상의 믿음을 저버리는 게 됩니다."

"현덕의 말씀이 옳소."

원소는 군사를 일으키는 쪽으로 마음을 정했다. 그러나 전풍은 거듭 말렸다.

원소가 화를 벌컥 냈다.

"자네는 문자깨나 놀릴 줄 안다고 군사 일을 우습게 아는데, 그렇게 해서 나더러 큰 뜻을 저버리게 할 생각인가?"

전풍도 물러서지 않고 또 고개를 조아렸다.

"제 말씀을 듣지 않고 군사를 일으키면 좋지 않습니다."

원소가 성질을 있는 대로 내며 전풍의 목을 치려 하자 유비가 힘껏 말렸다. 원소는 전풍을 옥에 가두어버렸다. 저수는 전풍이 옥에 갇히자 일가붙이들을 다 불러서 자기 재산을 다 나누어주며 인사를 했다.

"내 이번에 군사를 따라간다. 이기면 더할 수 없는 영광이겠지만, 지면 내 목숨이 없을지도 모른다."

모두들 울면서 그를 배웅했다.

원소는 대장 안량을 앞장세워 백마로 나아가게 했다.

저수가 말렸다.

"안량은 날쌔고 씩씩한 장수이긴 하나 성질이 너그럽지
않고 좁아서, 그 사람에게 모든 걸 맡겨서는 안 됩니다."

원소가 말을 잘랐다.

"나의 가장 으뜸가는 장수다. 그런 소리 마라."

마침내 원소의 대군은 출발하여 금세 여양에 이르렀다.
동군 태수 유연이 급히 허도로 위급한 상황을 알렸다. 조조
는 사람들을 모아놓고 의논을 하기 시작했다.

관우가 소식을 듣고 승상부로 들어가 조조에게 말했다.

"승상께서 군사를 일으키신다는 소리를 듣고 왔습니다.
부디 저를 앞장서게 해주십시오."

조조가 고개를 저었다.

"장군까지 번거롭게 나설 필요 없소. 일이 생기면 그때 봅
시다."

관우는 하는 수 없이 물러나올 수밖에 없었다.

조조는 군사 15만 명을 세 갈래로 나누어 이끌고 나갔다.
가는 길에 유연의 급한 보고를 거듭 받았다. 조조는 일단 군
사 5만 명을 직접 이끌고 백마로 가서 흙산을 등지고 영채

를 세웠다. 산에 올라 멀리 바라보니 들판에 안량이 날랜 군사 10만 명을 거느리고 있었다. 조조는 깜짝 놀라 여포 밑에 있던 장수 송헌을 돌아보았다.

"듣기에 여포의 씩씩한 장수였다던데, 안량과 한번 붙어 보아라."

명령을 받은 송헌은 창을 들고 말을 달려 적진 앞으로 갔다. 안량은 긴 칼을 비스듬히 들고 영채 깃발 아래에 있다가 송헌이 달려오자 외침 소리를 내지른 뒤 말을 달려 뛰쳐나왔다. 겨우 3합 만에 안량의 칼이 송헌의 머리를 베어 진 앞에 나뒹굴게 했다.

조조가 깜짝 놀랐다.

"대단한 장수다!"

위속이 나섰다.

"친구가 죽었으니 제가 원수를 갚겠습니다!"

조조가 그러라고 하자 위속은 창을 들고 말을 달려 진 앞으로 내달은 뒤 안량에게 욕설을 퍼부어댔다. 안량은 아무 대꾸 없이 나와, 두 마리 말이 한 번 어우러져 싸우는가 싶더니 단 1합 만에 위속을 두 동강 내고 말았다.

조조가 장수들을 돌아보았다.

"이번엔 누가 나가겠느냐?"

서황이 뛰쳐나갔다. 그러나 어찌어찌 20합을 버티는가

싶더니 쫓기어 도망쳐 돌아왔다. 모든 장수들이 겁을 먹고 선뜻 나서지 않았다. 하는 수 없이 조조는 군사를 거두었다. 안량 역시 군사를 거두어 물러갔다.

두 장수를 잃은 조조는 기분이 몹시 좋지 않았다.

정욱이 나섰다.

"안량을 해볼 만한 사람을 추천하겠습니다."

조조가 쳐다보았다.

"누군고?"

"관공 아니고선 안 되겠습니다."

"공을 세우면 가버릴까봐서 걱정인데……."

"유비가 살아 있다면 틀림없이 원소한테 가 있을 겁니다. 운장을 시켜 원소 군사를 깨면, 원소는 틀림없이 유비를 의심하여 죽입니다. 유비가 죽고 나면 운장이 가긴 어디로 가겠습니까?"

조조가 좋아라 하며 관우를 불러오라 하였다.

관우는 바로 두 부인한테 가서 떠나는 인사를 했다.

두 부인이 말했다.

"이번에 가시거든 부디 황숙의 소식 좀 알아오십시오."

관우는 대답을 마치자마자 곧장 밖으로 나와 청룡도를 들고 적토마에 올라탄 뒤 아랫사람 몇을 데리고 백마로 가서 조조를 만났다.

조조가 돌아가는 판을 설명했다.

"안량한테 장수 둘을 거듭 잃어버렸소. 안량을 해볼 이가 없어 의논하기 위해 운장을 불렀소."

관우가 대답했다.

"나가서 한번 살펴보겠습니다."

조조가 관우에게 술을 권하는데 안량이 싸움을 걸어온다는 보고가 들어왔다. 조조는 관우를 데리고 산으로 올라가 나란히 앉아 내려다보았다. 다른 장수들은 두 사람을 빙 둘러섰다. 깃발이 수없이 나부끼고 창과 칼들이 숲을 이룰 정도로 빽빽했다. 조조가 산 아래에 안량이 펼친 진을 보고 입을 짝 벌렸다.

"하북 군사들이 굉장하구먼!"

관우가 대꾸했다.

"제가 보기엔 모두 흙으로 빚은 닭이나 개 같습니다."

조조가 손가락으로 한 곳을 가리켰다.

"저 해 가리개 아래를 보시오. 수놓은 겉옷에 금빛 갑옷 차림으로 칼을 들고 말 위에 앉아 있는 이가 안량이오."

관우가 안량을 슬쩍 보더니 코웃음을 쳤다.

"제 눈엔 모가지 팔아치우기 위해 표시하고 나온 놈같이 보입니다."

"너무 가볍게 보지 마시오."

관우가 벌떡 일어났다.

"제가 비록 재주는 부족하지만 저 군사 무리들 속으로 뛰어들어가 목을 베어다 승상께 바치겠습니다."

장료가 일깨우는 말을 했다.

"싸움터에선 말을 함부로 하지 않는 법이오. 운장께서는 너무 쉽게 여기지 마십시오."

이에 관우는 더 참지 못하고 훌쩍 말에 오르더니 청룡도를 빼어 들고 산을 달려 내려갔다. 관우가 봉황의 눈 부릅뜨고 누에 눈썹 곧추세우고 적진 한복판으로 뛰어들자 하북 군사들은 물이 갈라지듯 양쪽으로 갈라섰다.

관우는 곧장 안량에게 달려들었다. 안량은 해 가리개 아래에 있다가 관우가 달려드는 걸 보고 뭐라고 한마디 하려 했다. 그러나 관우의 적토마가 워낙 빨라 안량이 입을 열기도 전에 눈앞에 벌써 와 있었다. 안량은 미처 손 한 번 써보지 못하고 관우가 한 번 내리치는 칼에 말 아래로 고꾸라지고 말았다.

관우는 말에서 뛰어내려 안량의 목을 베어 머리를 말목에 매단 뒤 다시 몸을 날려 말에 탔다. 관우는 적군들 속을 마구 휘저었다. 마치 사람이 없는 곳을 지나는 듯했다. 하북 군사들은 너무 놀라 덤벼들기는커녕 흩어지기에도 바빴다. 조조군은 이 틈을 타 쳐들어갔다. 하북 군사들 가운데 죽은 이는 셀 수도 없고, 말과 무기도 엄청나게 빼앗겼다.

관우가 말을 달려 산 위로 올라오자 뭇 장수들이 손뼉을 쳐대며 칭찬을 아끼지 않았다. 관우가 안량의 머리를 조조 앞에 바치자 조조가 무척 놀라워했다.

"과연 장군은 귀신같은 사람이오!"

관우가 대답했다.

"저는 별것도 아닙니다. 제 아우 장익덕은 적의 백만 군사 속에서도 장수 머리 베기를 마치 주머니 속 물건 만지듯 합니다."

조조가 깜짝 놀라 주위를 돌아보았다.

"다음에 장익덕을 만나거든 함부로 덤비지 말라."

조조는 장수들에게 그 이름을 잊지 않도록 옷깃 안쪽에 적어두라 했다.

한편 지고 돌아가는 안량의 군사들은 가는 길에 원소를 만났다. 그들은 얼굴이 시뻘겋고 수염이 길며 큰 칼을 휘두르는 사나운 장수 하나가 혼자서 말을 타고 쳐들어와 안량의 목을 베어가는 바람에 지고 돌아가는 길이라고 보고했다.

원소가 놀라 물었다.

"그 사람이 누구더냐?"

저수가 대답했다.

"유현덕의 아우 관운장이 틀림없습니다."

원소가 크게 화를 내며 유비에게 손가락질을 했다.

"너의 아우놈이 내가 아끼는 장수를 죽였다. 틀림없이 둘이 짜고 한 짓이다. 너를 살려둘 수 없다!"

화가 날 대로 난 원소는 유비를 끌고 가 곧장 목을 치라고 소리 질렀다.

처음 만났을 땐 윗자리 손님이었는데

오늘은 뜰아래 죄수 신세 되고 말았네

과연 유비의 목숨은 어찌 되는지…….

조조를 떠나는 관우

원소는 싸움에 져 장수를 잃고
관우는 도장이며 금붙이를 다 두고 가다

원소가 죽이려 하자 유비는 차분히 말했다.

"명공께선 왜 한쪽 말만 듣고 이제껏 쌓은 정을 끊으려 하십니까? 이 사람 유비는 서주를 잃고 헤어진 뒤 둘째 아우 운장이 살아 있는지, 죽어 있는지조차 모릅니다. 세상에 얼굴이 비슷하게 생긴 사람이 적지 않을 텐데, 얼굴이 시뻘겋고 수염이 길다고 다 관우라고 할 수 있겠습니까? 명공께서는 왜 깊이 헤아려보지 않으십니까?"

원소는 원래 귀가 엷은 사람이라, 유비의 말을 듣자 저수를 꾸짖었다.

“자네 말만 믿고 하마터면 좋은 사람을 죽일 뻔했구나.”

원소는 유비를 다시 윗자리에 앉게 한 뒤 안량의 원수 갚을 일을 의논했다. 막사 아래쪽에서 한 사람이 나섰다.

“안량과 저는 형제같이 지낸 사이인데 조조 역적놈한테 죽었으니, 어찌 그 원한을 풀지 않을 수 있겠습니까?”

유비가 그를 살펴보았다. 키는 8자요, 얼굴은 전설 속의 해태처럼 생긴 하북의 유명한 장수 문추였다.

원소가 좋아라 했다.

“자네 아니면 안량의 원수를 갚을 사람이 없네. 십만 군사를 내줄 테니 곧장 황하를 건너가 조조를 쳐부수라!”

그러나 저수가 말렸다.

“그렇게 하면 안 됩니다. 지금은 연진에 머물면서 관도에 군사를 나누어 보내는 게 가장 좋은 방법입니다. 깊이 따져 보지 않고 황하를 건넜다가 자칫하면 군사들 모두 돌아오지 못할 수도 있습니다.”

원소가 화를 벌컥 냈다.

“그대들이 군사들을 늘어져 처지게 하면서 날짜만 잡아먹고 머뭇머뭇하기 때문에 큰일이 제대로 이루어지지 않네. 군사는 재빠르게 움직이게 하는 게 으뜸이라는 말도 모르는가?”

저수가 물러가며 한숨을 쉬었다.

"윗사람은 자기만 옳고 아랫사람은 공 세울 욕심뿐이구나. 아득히 흐르는 황하를 내 어찌 건널 것인가?"

마침내 저수는 병을 핑계 삼아 틀어박혀버렸다.

유비가 원소에게 자신의 속마음을 털어놓았다.

"제가 은혜를 크게 입었으나 갚을 방법이 없었습니다. 이번에 문장군과 함께 가서 명공의 은혜를 갚고 관운장의 소식도 알아보겠습니다."

원소가 좋아라 하며 문추를 불러 유비와 함께 군사를 거느리고 가라 했다. 그러나 문추의 생각은 달랐다.

"유현덕은 싸움에 여러 번 진 장수라 군사들한테 별로 도움이 되지 않습니다. 주공께서 기어이 같이 가라 하시면 삼만 명의 군사를 따로 떼서 뒤따르게 하겠습니다."

그리하여 문추는 군사 7만 명을 거느리고 앞장서고, 유비는 군사 3만 명을 거느리고 뒤따랐다.

한편 조조는 관우가 안량의 목을 벤 걸 보자 더욱 감동하여, 조정에 글을 올려 한수정후를 삼고 벼슬 이름을 새긴 도장까지 주었다.

원소가 보낸 대장 문추가 황하를 건너와 연진에 군사를 두고 있다는 보고가 들어왔다. 조조는 곧바로 백성들을 서하로 옮기게 한 다음 직접 군사를 이끌고 나갔다. 조조는 원

래 앞장서던 군사를 뒤로 가게 하고 뒤따르던 군사를 앞장
서게 했다. 그렇게 하니 식량과 말먹이 따위가 앞에 가고 군
사가 뒤따르게 되었다.

여건이 고개를 갸우뚱했다.

"왜 먹을거리와 말먹이를 앞세우고 군사를 뒤따르게 하
십니까?"

조조가 대답했다.

"먹을거리가 뒤에 처져 있으면 적에게 빼앗길지 몰라 그
러는 거네."

"적이 갑자기 앞에서 나타나 빼앗아갈 수도 있지 않습
니까?"

"적이 와보면 알 것이네."

여건은 여전히 그 뜻을 알 수 없었다. 조조는 식량과 말먹
이 등을 실은 수레를 강을 따라 연진으로 옮기게 하고, 자신
은 군사를 거느리고 그 뒤를 따랐다. 앞에서 아우성치는 소
리가 일었다. 조조가 사람을 시켜 알아보게 했더니 급히 갔
다 와서 보고했다.

"하북의 대장 문추가 군사를 이끌고 나타나자 우리 군사
들이 먹을거리와 말먹이를 버리고 달아났습니다. 뒤쪽 군
사와는 거리가 너무 먼데 어찌해야 합니까?"

조조가 말채찍을 들어 남쪽 언덕을 가리켰다.

“저리 가서 잠깐 피하도록 하라.”

군사들이 언덕 위로 우르르 몰려갔다. 조조는 모두들 옷도 풀어헤치고 갑옷도 벗어던진 다음 말까지 풀어주고 편히 쉬도록 했다.

문추의 군사들이 몰려왔다. 장수들이 한꺼번에 외쳤다.

“적들이 쳐들어옵니다! 빨리 말을 거두어 백마 쪽으로 물러납시다!”

순유가 급히 말리자 조조가 순유에게 눈짓을 하며 웃었다.

“미끼를 던져 적을 꾀고 있는 중인데 물러나다니?”

순유는 그 뜻을 바로 알아차리고 입을 다물었다.

문추의 군사들은 식량이며 수레 따위를 빼앗고, 나아가 풀어놓은 말까지 잡으려고 이리저리 흩어진 채 몰려다녔다. 조조는 그제야 산 아래로 무찔러 내려가라는 명령을 내렸다. 문추의 군사는 어찌할 바를 모르고 갈팡질팡했다. 조조군은 그들을 둘러싸고 점점 포위망을 좁혀 들어갔다. 문추 혼자 이리 뛰고 저리 뛰며 싸울 뿐, 군사들은 도망갈 길을 찾느라 서로 부딪치며 정신이 없었다. 문추는 어떻게든 해보려고 애를 썼으나 방법이 없자 말 머리를 돌려 달아나기 시작했다.

조조가 언덕 위에서 달아나는 문추를 손가락으로 가리키며 장수들을 돌아보았다.

   박상률 완역 삼국지 3

"문추는 하북의 뛰어난 장수다. 누가 따라가서 잡아오겠느냐?"

장료와 서황이 나는 듯이 말을 달리며 크게 외쳤다.

"문추야, 게 섰거라!"

문추가 돌아보니 장수 둘이 쫓아오고 있었다. 철창을 옆구리에 끼고 장료를 겨누며 활을 쏘았다. 서황이 소리 질렀다.

"야 이놈아, 활 쏘지 마라!"

장료가 잽싸게 고개를 숙여 화살을 피했다. 화살은 투구를 맞히며 투구 끈을 끊어놓았다. 장료는 씩씩거리며 다시 쫓았다. 문추는 다시 화살 한 대를 쏘았다. 화살이 뺨에 날아와 박히면서 말까지 앞으로 주저앉는 바람에 장료는 바닥에 나가떨어졌다. 문추가 아예 장료를 죽이려고 달려왔다. 서황이 큰 도끼를 크게 원을 그리듯 휘두르며 쫓아와 막아냈다. 그러자 문추의 군사들이 한꺼번에 몰려왔다. 서황은 맞서 싸울 수 없다는 걸 알고 급히 말 머리를 돌려 달아났다. 문추는 강둑을 따라 뒤쫓아왔다. 이때 갑자기 말 탄 군사 여남은 명이 깃발을 펄럭이며 나타났다. 앞장선 장수가 칼을 휘두르며 나는 듯이 말을 달려왔다. 관우였다. 관우가 문추를 보고 호통을 쳤다.

"이놈, 거기 서라!"

두 사람은 곧바로 어우러져 싸웠다. 그러나 채 3합도 싸우기 전에 문추가 겁을 먹고 강을 따라 달아났다. 그러나 관우의 말이 워낙 빨라 금세 문추를 따라잡았다. 관우는 뒤에서 문추를 한칼에 베어 말 아래로 고꾸라뜨렸다.

조조는 언덕 위에서 문추를 고꾸라뜨리는 관우를 보고 곧장 군사를 내몰아 적을 덮쳤다. 하북 군사들은 반 이상이 물에 빠져 죽었고, 빼앗겼던 식량과 말먹이 따위는 다시 조조군이 차지했다.

관우는 아랫사람 몇을 거느리고 이리 뛰고 저리 뛰며 싸웠다. 바로 그때 유비가 군사 3만 명을 거느리고 막 이르렀다.

미리 와 있던 군사가 보고했다.

"이번에도 얼굴이 붉고 수염이 긴 장수가 문추 장군을 죽였습니다."

유비는 재빠르게 말을 달려나가 건너다보았다. 한 떼의 말 탄 군사들이 이리저리 뛰는데 '한수정후 관운장'이라는 일곱 글자가 써진 깃발이 나부꼈다. 유비는 하늘과 땅에 감사해했다.

'아, 내 아우가 처음부터 조조한테 가 있었구나!'

유비는 관우를 불러서 만나보고 싶었으나, 조조의 대군이 몰려오는 바람에 하는 수 없이 군사를 거두어 돌아갔다.

원소는 먼저 나선 군사들을 맞기 위해 관도까지 와서 영

유비가 관우의 깃발을 확인하다.

채를 세웠다.

곽도와 심배가 씩씩거리며 원소를 찾았다.

"요번에도 관 아무개라는 놈이 문추를 죽였습니다. 그런데도 유비는 모르는 체하고 있습니다."

원소는 몹시 화난 목소리로 유비 욕을 해댔다.

"그놈의 귀 큰 도적놈이 어찌 이럴 수 있단 말이냐!"

얼마 안 있어 유비가 들어왔다. 원소는 유비를 끌어다 목을 베라고 소리 질렀다.

유비가 차분히 말했다.

"저한테 무슨 죄가 있다고 이러십니까?"

"너는 일부러 네 아우놈을 시켜 내 대장 하나를 또 죽여 놓고도 죄가 없다고 하느냐?"

"죽더라도 한말씀 드리겠습니다. 조조는 원래 이 유비를 싫어했습니다. 그는 제가 명공한테 와 있는 걸 알고 제가 명공을 도울까봐 일부러 운장을 시켜 두 장수를 죽인 겁니다. 명공이 아시면 틀림없이 화를 내실 줄 알고 그랬습니다. 이건 명공의 손을 빌려 유비를 죽이자는 거니, 명공께서는 잘 헤아려보십시오."

"듣고 보니 현덕의 말이 맞다. 너희들 때문에 어진 사람을 해쳤다는 창피를 살 뻔했구나."

원소는 아랫사람들을 꾸짖어 물러가게 한 뒤 유비를 윗

자리로 올라오게 했다.

유비는 고마움을 나타냈다.

"명공의 넓으신 은혜를 입었는데 갚을 길이 없습니다. 믿을 만한 사람에게 제 소식을 적은 비밀 편지를 들려서 운장에게 보내면, 운장은 밤을 도와 틀림없이 이리 달려와 명공을 도울 겁니다. 같이 힘을 모아 조조를 치고 안량과 문추의 원수를 갚지요."

원소는 좋아라 했다.

"내 곁에 운장만 있다면 안량이나 문추가 있는 것보다 열 배는 더 든든하겠소."

유비는 바로 편지를 썼다. 그러나 믿고 보낼 만한 이가 없었다.

그 사이 원소는 군사들을 무양으로 물러나게 한 뒤, 수십 리에 걸쳐 영채를 세우고 꼼짝도 하지 않았다.

조조는 하후돈에게 군사를 이끌고 가서 관도의 중요 길목을 지키게 한 뒤 자신은 군사를 거느리고 허도로 돌아갔다. 조조는 모든 관리들을 불러모아 잔치를 크게 열고, 관우가 세운 공에 대한 칭찬도 아끼지 않았다.

조조가 여건에게 말했다.

"저번에 내가 먹을거리와 말먹이 따위를 앞세운 건 적을 꾀어내려고 그랬는데, 순공달밖에 그 뜻을 모르더구먼."

사람들이 모두 조조의 꾀를 칭찬했다.

술자리가 한창 무르익어갈 때 보고가 들어왔다.

"여남의 황건적 유벽과 공도의 떼거리가 설치고 있습니다. 조홍은 벌써 여러 차례 싸웠으나 해보지 못했습니다. 도움이 필요합니다."

관우가 조조 앞으로 나섰다.

"제가 있는 힘을 다해 여남의 도적 떼들을 물리치겠습니다."

"운장이 큰 공을 세웠지만 아직 대접을 제대로 못 하고 있소. 어찌 또 고생을 해달라고 할 수 있겠소?"

"저는 아무것도 하지 않고 가만히 있으면 병이 납니다. 가도록 해주십시오."

조조는 그 뜻을 갸륵하게 여겨 군사 5만 명을 내주며 우금과 악진을 부장으로 삼아 다음 날 떠나도록 했다.

순욱이 조조를 조용히 찾았다.

"운장은 늘 유비한테 돌아갈 생각만 하고 있습니다. 아마 어디 있는지 알기만 하면 틀림없이 떠납니다. 그러니 자주 내보내지 마십시오."

"이번에 공을 세우고 돌아오면 다시는 내보내지 않겠네."

한편 군사를 거느리고 떠난 관우는 여남 땅 가까이 이르러 영채를 세웠다. 바로 그날 밤, 영채 밖에서 맴돌던 수상한 사람 둘이 잡혀왔다. 관우가 보니 둘 가운데 하나는 손건이었다. 관우는 아랫사람들을 물러가게 한 뒤 손건에게 물었다.

"싸움에 지고 난 뒤 흩어지는 바람에 공의 소식을 알 수 없었는데 어떻게 여기로 왔소?"

손건이 대답했다.

"그때 어렵게 도망친 뒤 여남 땅을 헤매다가 다행히 유벽을 만나 거기 얹혀 있었소. 장군은 어떻게 조조 밑에 있게 되었소? 그리고 감부인·미부인께서는 잘 계시는지요?"

관우는 그동안 있었던 일을 자세히 들려주었다. 이야기를 들은 뒤 손건이 말했다.

"들리는 소문에 따르면, 현덕공께서는 원소한테 가 계시는 모양입니다. 곧장 달려가고 싶지만 그러지 못했소. 지금 유벽과 공도 두 사람은 원소 밑으로 들어가 조조를 함께 치기로 했소. 다행히 장군께서 이리 오셨기에 나한테 길을 안내할 군사 하나를 딸려 이런 소식을 전하라고 보냈소. 내일 두 사람이 일부러 지는 척하고서 달아날 테니, 공은 두 부인을 모시고 원소에게 가서 현덕공을 만나도록 하십시오."

"형님께서 원소한테 가 계신다니 밤을 도와서라도 꼭 가겠소. 그러나 내가 원소의 장수를 둘이나 죽였는데 뒤탈이

나 없을지 모르겠소."

"그럼 저쪽 사정을 알아보고 다시 장군께 와서 알려드리겠소."

"형님을 뵐 수만 있다면 만 번을 죽어도 괜찮소. 곧장 허도로 돌아가서 조조한테 떠난다는 말을 해야겠소."

관우는 손건을 남의 눈에 띄지 않게 몰래 내보냈다.

다음 날 관우가 군사를 거느리고 싸우러 나가자 공도가 갑옷에 투구 차림으로 나왔다.

관우가 소리쳤다.

"너희들은 어째서 나라를 배반하느냐?"

공도가 대꾸했다.

"너야말로 주인을 배반한 놈인데 대체 지금 누구를 꾸짖는 거냐?"

"내가 주인을 언제 배반했다고 그러느냐?"

"유현덕이 원본초한테 가 있는데, 너는 어째서 조조 밑에서 이렇게 깝죽대고 있느냐?"

관우는 더 대꾸하지 않고 춤추듯 칼을 휘두르며 말을 몰아 앞으로 나갔다. 공도는 곧장 달아났다. 관우가 계속 뒤쫓자, 얼마쯤 가다가 공도가 돌아보며 말했다.

"옛 주인의 은혜를 잊지 마시오. 공은 더 앞으로 빨리 나오시오. 내 여남 땅을 내주리다."

관우는 그 말뜻을 알아차리고 군사를 몰고 나아갔다. 유벽과 공도는 짐짓 지는 척하며 사방으로 흩어져 달아났다.

관우는 고을을 차지하고 나자 백성들의 마음을 달랜 뒤 군사를 거두어 허도로 돌아갔다.

조조는 성 밖까지 나와 맞이하고 군사들에게 상을 내렸다.

잔치가 끝난 뒤 집으로 돌아온 관우는 문밖에서 두 형수에게 세 번씩 절을 했다.

감부인이 물었다.

"두 번씩이나 싸움터에 갔다 오셨는데, 황숙의 소식을 좀 들으셨는지요?"

관우가 대답했다.

"아직 못 들었습니다."

관우가 물러나오자 두 부인은 크게 울기 시작했다.

"황숙께서는 아무래도 돌아가신 모양이야! 우리가 마음 아파할까봐 일부러 얘기를 안 해주는지 몰라."

울음소리가 그치지 않자 이번 싸움에 따라갔다 온 늙은 군사 하나가 듣다못해 문밖에서 한마디 했다.

"울지들 마십시오. 주인께서는 지금 하북의 원소한테 가 계신답니다."

"네가 그걸 어떻게 아느냐?"

"관장군을 모시고 싸움터에 나갔을 때 어떤 사람이 그렇게 말하는 걸 들었습니다."

부인은 급히 관우를 불러 따졌다.

"황숙께서는 아우를 배반한 적이 없는데, 조조의 은혜를 입더니 옛날 의리를 다 잊어버렸소? 왜 사실대로 얘기하지 않았소?"

관우가 머리를 조아렸다.

"형님께서 하북에 계시는 건 틀림없습니다. 그러나 이런 사실이 새나가면 안 되기에 말씀드리지 않았습니다. 이런 일은 차분하게 처리해야지 서두르다가는 탈이 날 수 있습니다."

감부인이 재촉했다.

"어떡하든 빨리 떠났으면 좋겠어요."

관우는 물러나왔다. 떠날 궁리를 하자니 앉으나 서나 조바심이 났다.

한편 우금 역시 유비가 하북에 있다는 걸 알고 조조에게 보고했다. 조조는 장료더러 관우의 속내를 알아보게 했다. 관우가 한창 고민을 하며 앉아 있을 때 장료가 들어섰다.

"형이 싸움터에서 현덕의 소식을 들었다는 소식이 있어 축하의 말씀을 드리러 왔소."

"옛 주인이 계시다는 데를 알긴 했지만 아직 만나지 못했는데 기쁠 게 뭐가 있겠나."

장료가 넌지시 물었다.

"형과 현덕의 사이랑 나와 형의 사이를 비교하면 어떻소?"

"나와 자네는 벗으로 사귀는 사이일 뿐일세. 그런데 나와 현덕의 사이는 벗이면서 형제이고, 형제이면서도 임금과 신하의 관계라고도 할 수 있네. 어찌 두 사람을 같은 자리에 놓고 말할 수 있겠는가?"

"지금 현덕이 하북에 있다고 다 알려졌소. 형은 그리 갈 생각이오?"

"이미 전에 다 말했네. 어찌 말을 바꾸겠는가! 나를 위해 문원이 승상께 잘 말씀드려주게."

장료는 관우가 한 말을 조조에게 그대로 전했다.

조조가 고개를 끄덕였다.

"붙들어놓을 방법이 다 준비되어 있지."

관우가 깊은 생각에 잠겨 있을 때 옛 친구가 찾아왔다는 보고가 들어왔다. 안으로 맞아들였는데 모르는 사람이었다.

관우가 물었다.

"공은 누구시오?"

"나는 원소의 부하로, 남양의 진진입니다."

관우는 깜짝 놀라 급히 아랫사람들을 내보내고 물었다.

"선생께서는 무슨 일로 여기까지 오셨습니까?"

진진이 편지 한 통을 꺼냈다. 유비가 직접 쓴 편지였다.

나 유비와 그대는 복숭아밭에서 같이 죽기로 다짐하였네. 어쩌다 중간에 서로 헤어졌다고 은혜를 끊고 의리를 저버리는가? 그대가 꼭 이름을 날리고 편안한 삶을 누리고 싶다면 내 머리를 내줄 테니 가져다 공을 세우도록 하라. 글로 말을 다 할 수 없어 죽을 날 바라며 소식 기다리네.

편지를 읽고 난 관우는 큰소리로 울었다.

"제가 형님을 찾지 않은 게 아니라 계신 곳을 알 수 없어 어쩔 수 없었습니다. 내 어찌 부귀를 누리자고 옛 다짐을 저버리겠습니까?"

진진이 말했다.

"현덕께서는 공을 애타게 기다리고 있소. 공이 옛 다짐을 저버리지 않았다면 어서 찾아가 만나시지요."

"사람이 세상에 나서 시작과 끝이 분명하지 않으면 군자가 아닙니다. 저는 올 때도 떳떳하게 왔으니 갈 때도 떳떳하게 가겠소. 제가 편지를 써드릴 테니 일단 형님께 전해주십시오. 저는 승상에게 떠난다는 인사를 한 다음 두 형수님을 모시고 가겠소."

"만약 조조가 허락하지 않으면 어찌하겠소?"

"죽으면 죽었지 여기 있지 않겠소!"

"그럼 빨리 편지를 써주시오. 유사군께서 눈이 빠지게 기다리십니다."

관우는 편지를 쓰기 시작했다.

듣자니 의리는 양심을 저버리지 아니하고, 충성스러움은 죽음을 두려워하지 않는다 합니다. 저는 어릴 적부터 글을 읽어 예절과 의리가 뭔지 얼추 알고 있습니다. 더구나 옛날 양각애와 좌백도의 죽음을 넘는 우정에 대한 이야기는 읽을 때마다 눈물을 흘리지 않은 적이 없습니다. 지난번에 하비를 지킬 때는 성 안에 식량이 바닥나고 도와주러 오는 군사도 없어 곧장 죽으려 했습니다. 그러나 두 분 형수님이 계셔 섣불리 머리를 자르지 못하고 몸뚱이를 버리지도 못하고 잠시 여기서 엎혀 있으면서 다시 만날 날을 기다렸습니다. 부탁하신 바를 어길 수 없어서였습니다.

얼마 전에 여남에 갔다가 비로소 형님 소식을 들었습니다. 곧 조조와 이별 인사를 나눈 뒤 두 형수님을 모시고 돌아가겠습니다. 관우가 조금이라도 딴마음을 품었다면 신령과 사람들 모두 저를 가만두지 않을 겁니다. 마음속에 깊이깊이 쌓인 사연, 더는 붓끝으로 나타낼 수 없습니다. 뵐 날이 머지않았습니다. 부디 굽어살펴주십시오.

진진은 편지를 가지고 곧바로 돌아갔다. 관우는 안채에 들어가 두 부인에게 지금까지 있었던 일을 알리고, 조조에게 작별 인사를 하기 위해 승상부로 찾아갔다. 그러나 조조는 관우가 찾아올 줄 미리 알았기에 문에 '아무도 만나지 않음'이라는 나무 조각을 내걸어놓고 있었다.

관우는 답답했지만 그대로 돌아올 수밖에 없었다. 돌아오자마자 전부터 자신이 거느리던 아랫사람들한테 언제든지 떠날 수 있게 수레와 말을 준비하라고 일렀다. 아울러 조조에게서 받은 물건은 하나도 손대지 말고 그대로 두라고 했다.

이튿날 다시 조조를 찾아갔으나 여전히 나무 조각이 걸려 있었다. 몇 번을 더 찾아갔으나 마찬가지였다. 관우는 이런 사정을 얘기하려고 장료를 찾아갔다. 그러나 장료 역시 병을 핑계 대며 나와보지 않았다.

'음, 이건 조승상이 나를 못 가게 하려고 그러는구나. 그러나 나는 이미 떠나려고 마음먹은 사람이다. 더 머뭇거릴 필요가 어디 있나!'

관우는 곧바로 조조에게 보내는 편지를 써갈겼다.

관우는 일찍이 황숙을 모시며 살고 죽기를 같이하기로 하늘과 땅의 신령 앞에서 다짐했습니다. 지난번에 하비성을 내줄 때

세 가지 조건을 말씀드렸더니 승상께서 허락하셨습니다. 이제
야 옛 주인이 원소에게 가 있는 줄 알았습니다. 옛 다짐을 두고
볼 때 어찌 저버릴 수 있겠습니까? 새로 입은 은혜도 두터우나
옛날 의리를 잊을 길 없어 글월을 올려 인사드리니 굽어살펴주
십시오. 못다 갚은 은혜는 다음에 갚겠습니다.

관우는 편지를 단단히 싼 뒤 사람을 시켜 승상부로 보냈
다. 이어 여러 차례에 걸쳐 조조한테서 받은 금은 따위를 잘
싸서 곳간에 넣고, 한수정후의 도장까지 집 안에 걸어놓은
뒤 두 부인을 수레에 태웠다.

관우는 적토마를 타고 청룡도를 든 채 지난날 따라온 부
하들더러 수레를 보호하게 하여 곧장 북문으로 나갔다. 문
지기 군사들이 막았으나 관우가 눈을 한 번 부릅뜨고 칼을
비껴든 채 호통을 치자 모두들 뒷걸음질을 쳤다. 문을 나서
자 관우가 아랫사람들에게 말했다.

"너희들은 수레를 모시고 먼저 가거라. 뒤쫓는 이들은 내
가 알아서 막겠다. 부인들께서 놀라시지 않게 해야 한다."

그들은 수레를 앞뒤로 에워싼 채 큰길로 나아갔다.

한편 조조는 아랫사람들과 함께 관우에 대한 이야기를
나누었다. 누구도 뾰족한 방법을 내놓지 못했다. 바로 그때

관우의 편지가 들어왔다. 조조가 편지를 급히 펼쳐 들고 읽더니 놀라는 소리를 냈다.

"허, 운장이 가버렸구먼!"

이어 북문을 지키는 장수가 뛰어왔다.

"관공이 막무가내로 문을 빠져나갔습니다. 수레에다 말 탄 군사 스무 명 남짓과 함께 북쪽으로 갔습니다."

또 관우가 살던 집에서도 사람이 뛰어왔다.

"관공이 승상께서 내리신 금이랑 은이랑 모두 잘 싸서 곳간에 넣어놓고 떠났습니다. 아름다운 여자 열 명도 모두 그대로 안채에 있습니다. 한수정후 도장도 집 안에 걸어놓았습니다. 승상께서 보낸 사람들은 하나도 데려가지 않고, 원래 같이 왔던 이들만 데리고 북문으로 나갔습니다."

모두들 놀라 어찌할 바를 모르는데 한 장수가 나섰다. 채양이었다.

"제가 단단히 무장한 말 탄 군사 삼천 명을 끌고 나가 관 아무개 놈을 사로잡아다 승상께 바치겠습니다!"

만 길 깊은 용의 굴을 벗어나려 하니
호랑이 떼 같은 3천 무리 또 뒤를 쫓는구나

과연 채양은 관우를 어떻게 쫓으려는지……

여섯 장수를 베며 가는 관우

미염공은 천 리 먼 길을 홀로 달려가고
한수정후는 다섯 관문의 여섯 장수를 베다

조조의 여러 장수 가운데 장료와 서황은 관우와 사귐이 깊고, 나머지 사람들도 대부분 관우를 존경했다. 그러나 채양만은 관우를 미워했다. 그래서 오늘 관우가 떠났다는 소리를 듣자 잡아오겠다고 벌떡 나섰다.

조조가 고개를 저었다.

"옛 주인을 잊지 않고 오고 가는 것이 뚜렷하니, 이게 바로 장부의 모습이다. 그대들도 마땅히 본받아야 하네."

조조는 채양을 꾸짖으며 끝내 못 가게 했다.

정욱이 말했다.

"승상께서는 관우를 아주 잘 대해주셨습니다. 그런데도 떠나는 인사도 없이 가면서 버르장머리 없는 말들만 한 쪼가리 남겨 승상의 위엄을 욕보였습니다. 만일 원소에게 가도록 그냥 두면, 그건 그야말로 호랑이한테 날개를 달아주는 셈입니다. 뒤쫓아가 죽여서 뒤탈을 없애버려야 합니다."

"내 이미 옛날에 약속한 일인데 이제 와서 어찌 믿음을 저버릴 수 있겠는가! 그 사람도 자기 주인을 위해서 그러는 거니 뒤쫓지 말게나."

조조가 장료를 불러 말했다.

"운장이 금을 싸서 넣어두고 벼슬 도장도 걸어두고 갔는데, 그건 재물로도 그 마음을 움직일 수 없고 벼슬로도 그 뜻을 바꿀 수 없다는 말이네. 나는 이런 사람을 마음 깊이 존경하네. 아직 멀리는 못 갔을 터이니 자네가 먼저 가서 잠깐 붙들어놓게. 나는 기왕 그 사람을 알게 된 터이니 정이나 더 깊게 하고, 노자에 옷이나 한 벌 주어 나중에 기념이나 되게 하고 싶네."

장료는 혼자 말을 타고 먼저 가고, 조조는 말 탄 군사 수십 명을 이끌고 뒤따랐다.

관우가 탄 적토마는 하루에 1천 리를 달리는 말이라 누구든 뒤쫓을 수가 없었다. 그러나 수레와 함께 가는지라 달리지 않고 고삐를 늦춘 채 천천히 가고 있었다.

갑자기 뒤에서 부르는 소리가 들렸다.

"운장, 잠깐만 기다리시오!"

돌아보니 장료가 말을 달려오고 있었다. 관우는 아랫사람들에게 멈추지 말고 그대로 수레를 밀고 나아가라 했다. 이어 자신은 적토마를 멈춘 채 청룡도를 단단히 쥐고 물었다.

"문원은 나를 데려가려고 쫓아왔나?"

"아니오. 승상께서 형이 멀리 떠나시는 걸 알고 배웅이나 하려고 나더러 먼저 가서 잠깐 멈추게 하라 하셔서 왔소. 다른 뜻은 없소."

"승상이 무장한 군사를 이끌고 오신다 해도 나는 죽기 살기로 싸우겠네."

관우는 다리 위에 말을 세우고 바라보았다. 조조가 말 탄 군사 수십 명을 거느리고 달려왔다. 허저·서황·우금·이전 등이 뒤를 따랐다. 조조는 관우가 칼을 움켜쥔 채 다리 위에 말을 세우고 있는 모습을 보자, 여러 장수들에게 말을 세우고 옆으로 늘어서라 했다. 관우는 장수들의 손에 무기가 들려 있지 않은 걸 보자 마음이 놓였다.

조조가 먼저 입을 열었다.

"운장은 떠나는 걸 왜 이리 서두르오?"

관우가 말 위에서 몸을 굽히며 대답했다.

"제가 전에 말씀드렸듯이, 옛 주인이 하북에 계시다는 걸 알았으니 서둘러 가지 않을 수 없게 되었습니다. 여러 차례 뵈러 들어갔으나 뵙지 못하여 글월로 대신 인사를 드릴 수밖에 없었습니다. 금붙이는 싸서 두었고, 도장도 걸어두어 승상께 돌려드릴 수 있게 했습니다. 승상께서는 부디 전에 하신 말씀을 잊지 마십시오."

"나는 지금 천하의 믿음을 얻으려 하고 있는데 어찌 약속한 일을 저버릴 수 있겠소. 다만 장군이 가는 길에 혹시라도 불편한 일이 있을까봐 노자나 보태주려고 왔소."

장수 하나가 말을 탄 채 황금 쟁반을 하나 들고 나왔다.

관우가 말했다.

"여러 차례에 걸쳐 베풀어주신 덕분에 아직 노자는 충분합니다. 이 황금은 놔두셨다가 나중에 군사들 상금으로 쓰십시오."

조조가 다시 권했다.

"공이 그동안 나를 도와준 일에 견주면 만 분의 일도 안 되는 건데 왜 받지 않겠다고 하시오?"

"별로 내세울 만한 일도 없는데 입 아프게 자꾸 뭘 들먹이십니까?"

조조가 웃었다.

"운장은 천하의 의로운 사람인데, 내가 복이 없어 곁에 두

조조가 관우에게 비단옷을 주다.

지 못하니 안타깝소. 그럼 비단옷이나 한 벌 드릴 테니 그건 마다하지 마시오.”

한 장수가 말에서 내려 비단옷을 두 손으로 받들고 나왔다. 관우는 혹시나 하는 마음에 말에서 내리지 않고 청룡도 끝으로 옷을 들어올려 몸에 걸치고는 말 머리를 돌린 다음 고마움을 나타냈다.

“승상께서 주신 옷은 고맙게 받겠습니다. 다음에 다시 뵐 날이 있겠지요.”

관우는 다리를 건너 북쪽으로 달렸다.

허저가 씩씩거렸다.

“저렇게 버르장머리 없는 인간을 왜 그냥 두십니까?”

조조가 혀를 찼다.

“저쪽은 혼자고 우리는 여럿인데 어째 의심이 들지 않겠나? 내 이미 약속한 바가 있으니 뒤쫓으면 안 된다.”

조조는 장수들을 거느리고 다시 돌아가는데, 관우 생각만 하면 저절로 한숨이 뱉어졌다.

한편 관우는 수레의 뒤를 쫓아 30리쯤 달렸건만 수레가 보이지 않았다. 어리둥절하여 여기저기를 찾아 뛰는데 산 위에서 누가 외쳤다.

“관장군, 잠깐 기다리시오!”

창을 들고 말을 탄 소년인데, 누런 수건에 비단옷 차림이었다. 1백 명 남짓의 일반 군사들을 거느리고 나타났는데, 말목에는 사람 머리가 하나 매달려 있었다.

관우가 물었다.

"너는 누구냐?"

소년은 창을 버리더니 말에서 뛰어내려 바닥에 엎드렸다. 관우는 무슨 속임수가 있을지 몰라 말고삐를 바짝 끌어잡은 채 칼을 들고 물었다.

"장사는 이름부터 대라."

소년이 말했다.

"저는 원래 양양 사람으로, 이름은 요화이며 자는 원검입니다. 세상이 어지러워 여기저기를 떠돌다가 오백 명 남짓 되는 무리를 묶어 도적질을 하며 살아왔습니다. 우연히 저희 무리인 두원이라는 이가 산 밑을 살피다가 두 부인을 잘못 알아보고 산 위로 잡아왔습니다. 제가 따르던 이에게 물으니 바로 대 한나라 유황숙의 부인이라 했습니다. 또 장군께서 직접 보호하시며 오는 중이라는 사실도 알았습니다. 그래서 저는 곧바로 보내드리자 하였는데 두원이 말을 듣지 않고 엉뚱한 소리를 하기에 죽여버렸습니다. 그놈 머리를 장군께 바치니 죄를 물어주십시오."

관우가 물었다.

"두 부인께서는 어디 계시느냐?"

"산속에 계십니다."

관우가 빨리 모셔오라 했다. 얼마 안 되어 1백 명이 넘는 패거리가 수레를 에워싸며 산 위에서 내려왔다. 관우는 말에서 내려 칼을 놓고 두 손을 맞잡은 뒤 수레 앞에서 안부를 물었다.

"형수님들, 얼마나 놀라셨습니까?"

두 부인이 말했다.

"만약에 요장군이 보호해주지 않았다면 두원이한테 욕을 당할 뻔했소."

관우가 곁에 있는 이들에게 물었다.

"요화가 부인들을 어떻게 구해내더냐?"

"두원이 산 위로 끌고 가서 요화에게 한 사람씩 나누어 아내 삼자고 했습니다. 그런데 요화는 저희들한테 누구인지 묻고, 무슨 일로 여기를 지나게 되었는지도 물었습니다. 여러 사정을 알게 되자 요화는 정성스레 모시려 했습니다. 그런데 두원이 말을 듣지 않아 요화가 죽여버렸습니다."

관우는 요화에게 깊이 고마움을 나타냈다.

요화는 부하들을 시켜 관우 일행을 모셔드리겠다고 했다. 그러나 관우는 고맙긴 하지만 그 뜻을 받아들이지 않았다. 어떻든 이 사람들은 황건적 무리들이라 꺼림칙했기 때문이다.

요화는 금과 비단을 바치려 했다. 그러나 관우는 그것 역시 받지 않았다. 요화는 절을 한 뒤 무리를 이끌고 산속으로 돌아갔다.

관우는 조조가 옷을 준 일 등을 두 부인에게 알리고 수레를 서둘러 몰아 길을 나아갔다.

날이 저물어 하룻밤 묵어가기 위해 어느 마을의 한 집을 찾아 들어갔다.

머리와 수염이 온통 새하얀 노인이 나와 맞으며 물었다.

"장군은 누구십니까?"

관우가 예의를 갖추며 말했다.

"유현덕의 아우, 관우입니다."

"안량과 문추의 목을 벤 관공이시라고요?"

"그렇습니다."

노인이 무척 반기며 안으로 들라 했다.

"수레 안에 두 부인이 계십니다."

노인은 아내와 딸을 불러 맞으라 했다. 두 부인이 짚으로 지붕을 인 집인 초당으로 들어오자 관우가 두 손을 모으고 두 부인 곁에 섰다. 노인이 앉으라 했다.

관우가 말했다.

"귀하신 형수님들께서 계시는데 제가 어찌 앉을 수 있겠습니까!"

노인은 아내와 딸에게 두 부인을 안으로 모셔 대접하라 이르고, 자신은 초당에서 관우를 대접했다.

관우가 노인의 이름을 묻자 노인이 대답했다.

"내 이름은 호화입니다. 환제 때 의랑 벼슬을 지내다가 고향으로 돌아왔습니다. 아들 호반은 형양 태수 왕식 밑에서 종사로 있습니다. 장군께서 혹시 그곳을 지나시게 되면 편지나 전해주십시오."

관우는 그러겠다고 대답했다.

다음 날 관우는 아침을 먹자마자 두 부인을 수레에 태운 뒤 호화의 편지를 받고 인사를 나누었다. 그러고는 낙양을 바라고 길을 떠났다. 가다 보니 관이 하나 나타났다. 동령관이었다. 공수라는 장수가 군사 5백 명과 함께 지키고 있었다. 관우가 수레를 이끌며 고개 위로 올라가니, 군사의 보고를 받은 공수가 관에서 나와 맞았다. 관우는 말에서 내려 공수와 인사를 나누었다.

공수가 물었다.

"장군은 어디로 가시오?"

"나는 승상을 떠나 형님을 찾아 하북으로 가는 중이오."

"하북의 원소는 바로 승상의 적입니다. 장군께서 그리 가신다면 승상의 증명서를 가지고 오셨겠죠?"

"급히 떠나느라 미처 못 챙겼소."

"증명서가 없으면 제가 승상께 사람을 보내 확인한 뒤에 지나가도록 할 수밖에 없습니다."

"그렇게 사람이 갔다 올 때까지 기다리기엔 내 갈 길이 너무 바빠서 안 되겠소."

"법이 그렇게 되어 있으니 달리 방법이 없습니다."

"네가 나를 지나가지 못하게 하겠다는 말이냐?"

"네가 꼭 지나가고 싶으면 너만 가고, 나머지 늙은이·젊은이들은 여기 두고 가라."

화가 치밀 대로 치민 관우가 칼을 들어 치려 하자 공수가 재빠르게 관 안으로 들어가더니 북을 쳐서 군사들을 모으고, 투구와 갑옷 차림으로 말을 타고 다시 나와 크게 소리질렀다.

"지나가고 싶거든 지나가봐라!"

관우는 수레를 약간 뒤로 물러나게 한 뒤 칼을 들고 말을 달려 아무 말 없이 공수한테 달려들었다. 공수는 창을 길게 겨누며 달려들었다. 두 마리 말이 서로 스치는가 싶었는데, 단 1합에 칼이 번쩍하면서 공수의 몸이 말 아래로 고꾸라졌다. 군사들은 달아나기에 바빴다.

관우가 말했다.

"군사들은 달아나지 마라. 내 어쩔 수 없이 공수를 죽였지만 너희들은 아무 상관없다. 승상께는 공수가 나를 해치려 했기 때문에 내가 죽였다고 전하면 된다.”

대부분의 군사들이 달아나다 말고 관우 앞에 엎드려 절을 했다.

마침내 관우는 두 부인의 수레를 잘 보호하며 관을 빠져나와 낙양을 바라고 서둘러 길을 떠났다.

군사들은 여기서 일어난 일을 재빨리 낙양 태수 한복에게 전했다. 한복은 장수들을 모아놓고 의논했다.

아장 맹탄이 말했다.

“승상의 증명서가 없다면 보나마나 제멋대로 간다고 여겨집니다. 만일 막지 않으면 틀림없이 벌을 받게 됩니다.”

한복이 고개를 끄덕였다.

“그렇지만 관우는 안량·문추 같은 이도 가볍게 해치워버리는 무서운 장수다. 힘으로는 해볼 수 없다. 반드시 꾀를 써서 사로잡아야 한다.”

맹탄이 말했다.

“좋은 생각이 하나 있습니다. 먼저 관문 앞에 사슴뿔 모양 울타리를 단단히 쳐서 막아놓고 기다리다 나타나면 제가 군사를 이끌고 나가겠습니다. 싸우다가 달아나는 척하며 끌어들일 테니, 그때는 공께서 숨어 있다 화살을 쏘십시오. 관우가 말에서 떨어지면 바로 달려들어 단단히 묶어 허도로 보내면 틀림없이 상을 내립니다."

모두들 그렇게 하기로 입을 모으고 있는데, 관우가 수레를 몰고 이르렀다는 보고가 들어왔다. 한복은 활과 화살을 멘 뒤 군사 1천 명과 함께 문 앞에서 기다리고 있다 관우 무리가 나타나자 물었다.

"거기 오고 있는 사람은 누구요?"

관우가 말에서 몸을 굽히며 대답했다.

"나는 한수정후 관우요. 지나가게 해주시오."

"조승상의 증명서가 있소?"

"바삐 서둘러 오다 보니 미처 챙기지 못했소."

"나는 승상의 하늘 같은 명령을 받들어 여기를 지키면서 수상한 이들을 찾아내고 있소. 증명서가 없는 건 몰래 도망친다는 말 아니오?"

관우는 화가 나서 소리를 크게 질렀다.

"동령관의 공수가 이미 내 손에 죽었다. 너도 죽여달라고 비는 거냐?"

한복이 소리쳤다.

"누가 저놈을 잡아오겠느냐?"

맹탄이 말을 달려나가 쌍칼을 휘두르며 관우에게 달려들었다. 관우는 수레를 뒤로 밀친 뒤 말을 달려나갔다. 맹탄이 채 3합도 싸우지 못하고 말 머리를 돌려 달아나자 관우가 바짝 뒤쫓았다. 맹탄은 관우를 꾀려고 했지만, 관우의 말이 빠르다는 건 미처 생각하지 못했다. 곧장 따라잡은 관우는 단칼에 맹탄을 베어버렸다.

관우는 되돌아가기 위해 고삐를 잡아당겨 말을 멈추게 하였다. 바로 그때 관문 뒤에 있던 한복이 쏜 화살이 관우의 왼쪽 팔뚝에 날아와 박혔다. 관우는 화살을 입으로 물어 뽑았다. 피가 마구 흘렀다. 관우는 나는 듯이 말을 달려 한복에게 달려들었다. 군사들이 이리저리 흩어졌다. 한복은 달아나려 했으나 미처 피할 틈도 없이 관우가 내리친 칼에 머리에서 어깨까지 으깨지며 말에서 굴러떨어졌다. 관우는 나머지 군사들을 쫓아버리고 수레로 돌아왔다. 관우는 형겊으로 상처를 싸매었다.

가는 길에 또 어떤 일을 겪을지 몰라 관우는 한곳에 오래 머물지 않고 길을 재촉했다. 밤낮없이 길을 가 마침내 사수관에 이르렀다.

관을 지키는 장수는 병주 사람 변희였다. 그는 쇠줄 양쪽에 쇳덩이를 하나씩 매달아 하나로는 상대를 치고 다른 하나로는 막는 데 쓰는 무기인 유성추를 잘 썼다. 원래 황건적이었다가 조조 밑으로 들어가 사수관을 지키는 장수가 된 사람이다.

변희는 관우가 곧 온다는 소식을 듣고 갖은 궁리를 해서 꾀를 하나 짜냈다. 그는 일단 관 바로 앞에 있는 진국사라는 절에 칼과 도끼를 든 무사를 2백 명 넘게 숨겨놓았다. 대접을 핑계 삼아 관우를 그리 꾀어낸 뒤, 술잔을 던지면 모두들 뛰쳐나와 관우를 해치우도록 했다. 준비가 끝나자 변희는 관에서 나가 관우를 맞았다. 관우는 변희가 마중 나온 걸 보자 말에서 내려 인사를 건넸다.

변희가 고개를 숙였다.

"세상천지에 널리 이름을 드날리고 계신 장군을 누구라서 우러러보지 않겠습니까! 이제 황숙께 돌아가신다 하니, 충성스럽고 의로운 그 마음에 그저 고개 숙일 뿐입니다."

관우는 여기로 올 때 공수와 한복을 죽이게 된 사정을 털어놓았다.

변희가 고개를 끄덕였다.

"장군께서는 그 사람들을 죽일 수밖에 없었습니다. 승상을 뵙거든 제가 대신 사정 얘기를 드리겠습니다."

관우는 무척 기뻐했다. 두 사람은 말 머리를 나란히 하여 사수관 앞을 지난 뒤 진국사 앞에 이르자 말에서 내렸다. 스님들이 종을 울리며 나와 맞았다. 진국사는 한나라 명제의 저승 복을 비는 절로, 스님들이 30명 넘게 있었다. 그 가운데에서 보정이라는 스님은 관우와 같은 고향 출신이었다. 보정은 변희의 속셈을 눈치채고 관우에게 일부러 인사를 했다.

"장군께서 포동을 떠나신 지 몇 해나 되시는지요?"

관우가 대답했다.

"거의 이십 년 가까이 됩니다."

"혹시 소승을 기억하시겠습니까?"

"고향을 떠난 지 너무 오래되어 잘 기억나지 않습니다."

"포동에서 저희 집과 장군의 집은 강 하나를 사이에 두고 있었습니다."

변희는 보정이 관우한테 고향 어쩌고저쩌고하는 게 영 마뜩찮았다. 그래서 혹시라도 비밀이 드러날까봐 보정에게 소리를 꽥 질렀다.

"지금 장군을 잔치에 모셔야 하는데 웬 말이 그리 많소?"

관우가 손사래를 쳤다.

"그런 말 마시오. 고향 사람을 만났는데 어찌 옛일이 그립지 않겠소?"

보정이 차를 대접하겠다며 주지실로 가자고 했다.

관우가 말했다.

"수레에 두 부인이 계시오. 그리 먼저 차를 가져다 드리시지요."

보정은 사람을 시켜 그렇게 하라고 일렀다. 관우는 주지실로 들어갔다. 보정은 '몸과 마음이 늘 맑게 깨어 있자'라는 뜻으로 계도라는 작은 칼을 지니고 다녔는데, 그걸 관우에게 슬쩍 들어 보이며 눈짓을 했다. 관우는 얼른 그 뜻을 알아차리고 곁의 부하에게 칼을 들고 바짝 따라붙으라 하였다.

변희는 관우를 법당 안에 차려진 자리로 안내했다.

관우가 물었다.

"네가 나를 이리 불렀는데, 좋은 뜻이 있어서냐, 나쁜 뜻이 있어서냐?"

변희가 미처 대답하기도 전에 관우는 벽을 둘러친 가림막 안에 무사들이 숨어 있는 걸 알고 변희한테 호통을 쳤다.

"나는 너를 좀 괜찮은 사람으로 여겼는데 어찌 이럴 수 있느냐!"

변희는 이미 들통난 걸 알고 소리 질렀다.

"빨리 손을 써라!"

숨어 있던 무사들이 가림막 안에서 뛰쳐나와 관우에게 덤벼들었다. 그러나 그들은 미처 손을 써보기도 전에 관우의 칼을 맞고 죽어 나자빠졌다. 변희는 법당에서 뛰쳐나가 복도를 따라 달아났다. 관우는 작은 칼 대신 큰 칼을 집어들고 뒤를 쫓았다. 어느 순간 변희가 휙 돌아서더니 유성추를 휘둘렀다. 관우는 칼로 유성추를 막으며 달려들어 변희를 단칼에 베어버렸다. 그런 다음 바로 두 부인을 보러 갔다. 군사들은 수레를 둘러싸고 있다가 관우가 오자 뿔뿔이 흩어져버렸다.

그들이 모두 흩어지자 관우는 보정에게 고마움을 나타 냈다.

"만약 대사가 아니었다면 저놈들한테 목숨을 잃을 뻔했 습니다."

"소승도 이곳에 있기 어렵게 되었으니 바리때나 챙겨 구 름처럼 떠돌아야겠소. 나중에 또 만날 수 있겠지요. 몸조심 하시오."

관우는 고마운 마음을 거듭 나타낸 뒤 수레를 몰고 형양 으로 떠났다.

형양 태수 왕식은 한복과 친척이었다. 한복이 관우한테 죽 었다는 소식을 들은 뒤 그는 관우를 몰래 죽이기 위해 아랫 사람을 보내 관문 길목을 지키게 하고서 관우를 기다렸다. 관우가 다다르자 왕식은 관을 나가 웃으며 관우를 맞았다.

관우가 유비를 찾아 떠나게 된 까닭을 풀어놓자 왕식이 말했다.

"장군께서는 먼 길 오시느라 쉬지 못하셨을 테고, 두 부인 께서도 수레에 시달려 힘드실 겁니다. 일단 성으로 들어가 셔서 오늘은 푹 쉬시고 내일 떠나도록 하십시오."

관우는 왕식이 무척 예의 바르게 대하자 적이 마음을 놓으며 두 부인을 모시고 안으로 들었다. 안에는 모든 준비가 깔끔하게 되어 있었다.

왕식은 술자리를 베풀며 관우를 불렀지만 관우는 가지 않았다. 왕식은 술과 음식을 숙소로 보내왔다.

관우는 몹시 고단했다. 두 형수 역시 지쳐 있으리라 여겨 저녁을 마치자마자 일찍 잠자리에 들게 하였다. 아랫사람들한테도 말까지 배불리 먹인 뒤 편히 쉬라 이른 다음 갑옷을 벗었다.

한편 왕식은 종사 호반을 불렀다.

"관우는 승상을 배반하고 도망가는 중이다. 그러면서도 오는 길마다 만나는 태수와 장수를 다 죽였으니 그 죄가 결코 가볍지 않다! 그런데 이 사람은 누구도 쉽게 해볼 수가 없다. 너는 오늘 밤 군사 천 명에게 횃불 하나씩을 들려 관우가 있는 숙소를 에워싸고 있다가 한밤중이 되면 불을 질러라. 누구든 하나도 남기지 않고 다 불에 태워 죽여야 한다. 나도 군사를 거느리고 가서 도와주마."

호반은 명령을 받자 군사를 모이게 한 뒤 불에 잘 탈 만한 것들을 쌓아놓고 기다렸다.

호반은 속으로 여러 생각을 했다.

'관운장 이름은 진즉 들었지만 어떻게 생긴 사람인지는 보지 못했다. 한번 가서 보기나 하자.'

그래서 안으로 들어가 물었다.

"관장군은 어디 계시는가?"

"바로 앞 대청마루에서 책을 보고 계십니다."

호반은 발소리를 죽여 앞으로 나아갔다. 관우는 왼손으로 수염을 쓰다듬으며 책을 읽고 있었다. 호반은 그 모습을 들여다보다가 자기도 모르게 중얼거리고 말았다.

"참으로 하늘이 낸 사람이다!"

관우가 누구냐고 묻자 호반이 올라가 절을 했다.

"형양 태수 밑에서 종사 노릇을 하고 있는 호반입니다."

"그럼 허도성 밖의 호화라는 분이 아버님이신가?"

"그렇습니다."

관우는 아랫사람을 불러 짐보따리 속에서 편지를 꺼내 호반에게 주라고 일렀다. 편지를 받아 읽고 난 호반은 속으로 혼자 생각했다.

'하마터면 충성스럽고 어진 분을 죽일 뻔했구나!'

호반은 왕식의 계획을 가만히 일렀다.

"왕식이 나쁜 마음을 품고 장군을 죽이려 하고 있습니다. 한밤중이 되면 불을 지르기 위해 지금 계신 곳을 군사들이 온통 둘러싸고 있습니다. 제가 곧장 가서 성 문을 열어놓을 테니 장군께서는 빨리 짐을 챙겨 빠져나가십시오."

관우는 깜짝 놀라 급히 갑옷을 입고 투구를 쓴 뒤 칼을 차고 말에 올라 두 부인을 수레에 태운 뒤 빠져나왔다. 나오면서 보니 군사들은 저마다 횃불을 든 채 명령을 기다리고 있는 자세였다. 급히 성 문을 향해 달렸다. 성 문은 열려 있었다. 관우는 수레를 재촉하여 성 문을 빠져나왔다. 호반은 그제야 돌아가 불을 질렀다.

관우 일행이 몇 리 못 갔을 때였다. 뒤에서 횃불이 비치며 군사들이 쫓아왔다.

앞장선 왕식이 외쳤다.

"관우는 게 섰거라!"

관우는 말을 멈추고 섰다.

"이 못된 놈! 난 너랑 원수진 일이 없는데 어째서 불을 질러 나를 태워 죽이려 했느냐?"

왕식은 창을 겨누며 말을 달려나와 관우에게 덤벼들었다. 그러나 관우가 한 번 내리친 칼에 왕식은 두 동강이 나고 말았다. 이를 본 군사들은 다 도망쳐버렸다.

관우는 수레를 더욱 재촉하며 길을 서둘렀다. 호반에게는 마음속으로 몇 번이나 고맙다는 말을 했다.

활주 가까이 이르자 이미 보고를 받은 활주 태수 유연이 말 탄 군사 수십 명과 함께 나와 맞았다.

관우가 말 위에서 몸을 굽히며 인사했다.

"태수는 그간 별일 없었소?"

유연이 대꾸했다.

"공은 지금 어디로 가시는 길이오?"

"승상께 이별 인사를 드리고 형님을 찾아가는 길이오."

"현덕은 지금 원소한테 가 있소. 원소는 승상의 원수인데, 공을 그리 가게 두었다고요?"

"이미 다 약속이 되어 있던 일이오."

"지금 황하 나루 길목은 하후돈의 부하 장수 진기가 지키고 있소. 아마도 장군을 못 건너게 할 것이오."

"그럼 태수가 배를 한 척 내주시는 게 어떻소?"

"배는 있지만 그럴 수 없소."

"내가 전에 안량과 문추를 베어서 그대를 구해주었는데, 오늘 배 한 척도 내줄 수 없다니 말이 되오?"

"하후돈이 알면 나를 가만두지 않을 거라 그러오."

관우는 유연을 더 대거리할 필요도 없는 사람이라 생각하고 수레를 재촉해서 앞으로 나아갔다.

황하 나루에 이르자 진기가 군사를 이끌고 나와 물었다.

"거기 오는 이는 누구요?"

"한수정후 관우네."

"지금 어디로 가는 길이오?"

"하북으로 유현덕 형님을 찾아가는 길이네. 건너가게 해주게."

"승상의 증명서가 있소?"

"나는 승상의 지시를 받지 않는데 웬 증명인가?"

"나는 하후 장군의 명령을 받들어 여기를 지키고 있소. 날개가 있다 해도 건너갈 수 없소."

관우가 성을 벌컥 냈다.

"너는 내 앞을 가로막는 이는 다 죽인다는 소문도 못 들었느냐?"

"이름도 없는 것들을 죽여놓고 웬 큰소리냐? 겁도 없이 나를 죽이겠다고?"

"네가 안량이나 문추보다 낫다고 생각하는 모양이구나?"

진기가 씩씩거리며 칼을 들고 말을 달려 관우에게 덤벼들었다. 두 마리 말이 막 비껴가는 단 1합에 관우의 칼이 번쩍하는가 싶더니 진기의 머리가 말 아래로 굴러떨어졌다.

관우가 소리쳤다.

"대들던 놈은 이미 죽었으니 다른 사람들은 도망치지 마라. 배나 띄워서 우리를 건네주면 된다."

군사들은 급히 배를 나루에 댔다. 관우는 두 부인을 배에 태우고 강을 건넜다.

황하를 건너자 거기서부터는 원소의 땅이었다. 관우는 그동안 다섯 곳의 관을 지나오면서 장수 여섯을 베었다.

후세 사람이 이 일을 시로 읊었다.

도장에 금붙이며 다 버리고 승상도 이별하고

형을 찾아 아득한 먼 길 애써 가네

적토마 타고 천릿길 내달리며

청룡도 휘둘러 다섯 관을 지났네

충성스러움과 곧은 의리 하늘에 뻗치니

이때부터 영웅은 강산을 다 떨게 했다네

홀로 장수 베며 거칠 것 없이 지나온 길

글로 읊어 두고두고 알게 하리

관우는 말 위에서 한숨을 길게 내쉬었다.

"참, 어쩌다 보니 오면서 여러 사람을 죽이고 말았구나. 이젠 어찌할 수 없는 일. 조공이 알면 은혜를 저버렸다고 난리겠구먼."

이러저런 생각을 하며 가는데 북쪽에서 어떤 사람이 말을 타고 달려오며 소리쳤다.

"운장, 잠깐만요!"

관우는 말을 멈추고 그를 바라보았다. 손건이었다,

관우가 물었다.

"여남에서 헤어진 뒤 어떻게 된 거요?"

"장군이 돌아간 뒤 유벽과 공도가 다시 여남을 차지했소. 그런 뒤 원소와 손을 잡고 현덕을 불러다 함께 조조를 칠 게

획으로 나를 하북으로 보냈소. 그런데 뜻밖에도 하북 장수며 모사들은 서로 의심하고 헐뜯고 있었소. 전풍은 아직도 옥에 갇혀 있고, 저수는 내쫓겨 아무런 힘을 못 쓰게 되었소. 심배와 곽도가 서로 힘을 차지하려고 다투는데, 원소는 의심만 많고 자기 의견이 없는지라 결정을 못 내리고 있소. 나는 황숙과 우선 몸부터 빠져나갈 의논을 했소. 황숙께서는 벌써 유벽을 만나기 위해 여남으로 가셨소. 장군께서 이런 사정을 모르고 원소한테 갔다가 혹시라도 원소한테 해코지를 당할까봐 걱정되어 황숙께서 나를 보냈는데, 다행히도 여기서 만나게 되었소. 얼른 여남으로 가서 황숙을 만납시다."

관우는 손건에게 두 부인을 뵙도록 하였다. 부인들이 그동안의 소식을 묻자 손건이 자세히 일렀다.

"원소가 두 번이나 황숙을 죽이려 했습니다. 다행히 지금은 원소한테서 벗어나 여남에 가 계십니다. 부인들께서도 운장과 함께 가시면 만나뵐 수 있습니다."

두 부인은 얼굴을 가리며 눈물을 흘렸다.

관우는 손건이 이른 대로 길을 바꿔 하북으로 가지 않고 여남을 바라고 떠났다. 한창 가고 있는데 뒤에서 흙먼지가 일며 한 떼의 군사들이 몰려왔다.

하후돈이 앞장서 달려오며 소리쳤다.

"관우야, 게 섰거라!"

여섯 장수 관문 막다 헛되이 죽었는데
한 떼의 군사들 또 길을 막고 싸우자는구나

과연 관우는 이 어려움을 어떻게 벗어날까…….

다시 만난 형제들

채양의 목을 베어 형제들은 의심을 풀고
주공과 신하는 고성에서 다시 의리로 뭉치다

관우가 손건과 함께 두 부인을 모시고 여남을 향해 가고 있는데, 뜻밖에도 하후돈이 말 탄 군사를 3백 명 넘게 이끌고 나타났다.

손건은 수레를 보호하며 앞서고, 관우는 말을 돌려세운 뒤 칼을 만지작거리며 물었다.

"네가 나를 쫓으면 승상의 넓으신 마음에 흠집을 내는 일이다!"

하후돈이 대꾸했다.

"승상께서는 아무런 문서도 보내신 바 없다. 너는 오는 길에 사람을 죽였다. 더욱이 내 부하 장수까지 죽였으니 이미 예의를 다 버렸다. 내 너를 반드시 사로잡아 승상께 바쳐야겠다!"

말을 마치자마자 하후돈은 창을 꼬나들고 말을 달려나왔다. 바로 그때 뒤에서 말을 타고 달려오는 이가 있었다.

"운장과 싸우지 마시오!"

관우는 말고삐를 쥔 채 움직이지 않았다. 달려온 사람이 품속에서 문서를 꺼내 하후돈에게 보여주었다.

"승상께서는 관장군의 충성스런 마음을 높이 사고 계십니다. 그런데 가는 길에 혹시라도 길을 막는 일이 있을까봐 나에게 문서를 가지고 여러 곳을 다녀오라 하셨습니다."

하후돈이 물었다.

"관우가 오는 길에 관의 장수들을 마구 죽였다는 사실을 승상께서 알고 계시는가?"

"그건 아직 모르십니다."

"그렇다면 나는 저놈을 잡아다가 승상께 꼭 끌고 가야겠소. 풀어주시든 말든 그건 승상께서 알아서 하시겠지."

관우가 화가 나서 소리 질렀다.

"네까짓 놈을 무서워할 줄 아느냐!"

관우가 칼을 빼어 들고 말을 몰았다. 하후돈은 창을 꼬나들고 맞섰다. 두 말이 서로 어우러져 채 10합을 싸우기도 전이었다. 또 말을 타고 사람 하나가 갑자기 달려오더니 소리를 질렀다.

"두 장군은 잠깐 멈추시오!"

하후돈이 창을 든 채 물었다.

"승상께서 관우를 잡아오라 하시더냐?"

"아닙니다. 승상께서는 관을 지키는 장수들이 관장군을 못 가게 막을까봐 나를 또 보내셨습니다. 문서를 주시면서 말입니다."

"승상께서는 이놈이 오는 길에 사람을 죽인 일을 알고 계신가?"

"그건 모르십니다."

"그걸 모르신다면 내가 저놈을 놓아줄 이유가 없다."

하후돈은 부하들더러 관우를 에워싸게 하였다. 관우는 크게 화가 나서 춤추듯 칼을 휘두르며 나섰다. 두 사람이 막 부딪치려 할 때 뒤에서 또 한 사람이 나는 듯이 말을 달려나오며 외쳤다.

"운장과 원양은 싸움을 멈추시오!"

장료였다. 관우와 하후돈은 말고삐를 당겨 말을 세웠다.

장료가 가까이 와서 말했다.

"승상의 명령을 받고 왔소. 운장이 관문을 지날 때마다 장수를 죽였다는 보고를 받으시고 또 길을 막는 일이 있을까봐 걱정되시어 특별히 나를 보내셨소. 마음대로 지나갈 수 있도록 하라고 하셨소."

하후돈이 말했다.

"진기는 채양의 조카요. 채양이 일부러 부탁을 하며 내게 맡겼는데 관우란 놈이 죽였소. 일이 이러한데 그냥 보낼 수 있겠소?"

장료가 말했다.

"그건 내가 채장군을 만나 잘 말씀드리겠소. 승상께서 너 그러우신 마음으로 운장을 보내셨으니까 공은 그 뜻을 저버리지 마시오."

하후돈은 하는 수 없어 군사들을 뒤로 물러나게 했다.

장료가 관우를 보고 물었다.

"운장은 지금 어디로 가는 중이시오?"

관우가 대답했다.

"들리는 소문에 따르면 형님께서는 지금 원소한테 계시지 않다고 하더군. 그래서 세상천지 구석구석을 다 뒤져볼 생각이네."

"어차피 현덕이 있는 곳을 모르신다면 일단 승상께 다시 돌아가는 게 어떻소?"

관우가 웃었다.

"그럴 수는 없네. 문원은 돌아가서 승상을 뵈면 나 대신 용서를 비는 말씀이나 전해주게.”

마침내 관우는 장료에게 손을 포개 인사를 한 뒤 떠났다. 장료는 하후돈과 함께 군사를 거느리고 돌아갔다.

수레를 따라잡은 관우는 손건과 말 머리를 나란히 한 채 조금 전에 일어났던 일을 얘기했다.

그렇게 며칠을 더 갔다. 갑자기 소나기가 쏟아져 온통 비에 젖어버렸다. 멀리 산언덕 아래에 농장이 딸린 큰 집이 보였다. 관우는 수레를 끌고 그리 가서 하룻밤 묵어가자고 했다. 집 안에서 한 노인이 나오자 관우는 찾아온 뜻을 말했다.

노인이 반갑게 맞았다.

“저는 곽상이라고 합니다. 대대로 여기서 살고 있습니다. 장군의 높으신 이름은 오래전부터 들어 알고 있습니다. 이렇게 만나뵙게 되어 반갑습니다.”

곽상은 양을 잡고 술을 내어왔다. 두 부인을 뒤채에서 쉴 수 있게 한 다음 곽상은 관우와 손건과 더불어 초당에서 술을 마셨다. 비에 젖은 짐들은 불에 말리는 한편 말도 배불리 먹였다.

해질 무렵 소년 하나가 몇 사람을 끌고 초당으로 오자 곽상이 불렀다.

“얘야, 이리 와서 장군께 인사드려라.”

이어 관우에게 말했다.

"제 자식놈입니다."

관우가 어디 갔다 오는 길이냐고 묻자 곽상이 대답했다.

"사냥 갔다 오는 모양입니다."

곽상이 눈물을 흘리며 말했다.

"이 늙은이 집안은 대대로 농사지으며 글공부를 게을리 하지 않았는데, 하나뿐인 아들 녀석은 글공부는 거들떠보지도 않고 허구한 날 사냥질이나 하고 있으니 집안의 걱정입니다."

관우가 가만히 고개를 끄덕였다.

"지금같이 어지러운 세상에는 무예만 잘 익혀도 이름을 얻을 수 있습니다. 걱정하지 마십시오."

"저놈이 무예라도 익히려 한다면 속이 다 들었지요. 지금 완전히 건달 짓만 하고 돌아다니면서 노는 일에만 빠져 있으니 걱정이지요."

관우 역시 한숨만 길게 내쉬었다.

밤이 깊자 곽상은 물러갔다. 관우가 손건과 함께 막 잠자리에 들려 할 때였다. 갑자기 집 뒤쪽에서 말 울음소리와 함께 사람들 떠드는 소리가 들렸다. 관우는 급히 부하를 불렀다. 그러나 아무런 대꾸가 없어 손건과 함께 칼을 빼어 들고 나갔다. 곽상의 아들이 바닥을 뒹굴며 소리를 지르는데, 부하들은 젊은 사내들과 치고받는 중이었다.

관우가 무슨 일인가 묻자, 부하 가운데 하나가 곽상의 아들을 가리키며 대답했다.

"이놈이 적토마를 훔치려다 말 발길에 차여 고꾸라졌습니다. 우리는 뜬금없이 비명 소리가 나길래 뛰어왔는데 이놈들이 싸움을 걸었습니다."

관우가 성난 목소리로 꾸짖었다.

"이놈! 좀도둑도 못 되는 놈이 어찌 겁도 없이 내 말을 훔치려 했단 말이냐!"

혼을 막 내려 하는데 곽상이 달려왔다.

"못난 자식놈이 이런 못된 짓을 했으니 만 번 죽어 마땅합니다! 그러나 늙은 제 아내가 이놈을 그래도 자식이라고 목을 매달고 있으니 장군께서 너그럽게 용서해주십시오!"

"말씀대로 참으로 못난 자식입니다, 쯧쯧. 아비만큼 자식을 아는 이 없다더니 말 그대로군요. 늙은 아버지 낯을 봐서 용서하겠소."

관우는 아랫사람들에게 말을 잘 보살피라 이르고 사내들은 호통을 쳐서 쫓아버린 뒤 손건과 함께 초당으로 돌아와 잤다.

다음 날 곽상 부부가 관우가 머문 집채 앞에 와서 절을 하며 고마워했다.

"못난 자식이 장군을 몰라뵙고 버르장머리 없이 굴었는

데도 너그럽게 용서해주셔서 그저 고마울 뿐입니다."

관우가 조용히 얘기했다.

"그 아이를 불러주시오. 내가 한번 잘 타일러보겠소."

"그 녀석은 밤중에 건달놈들이랑 어디로 또 나가버렸습니다."

관우는 곽상에게 고맙다고 인사한 다음 두 부인을 수레에 태운 뒤 다시 길을 떠났다.

손건과 말 머리를 나란히 하고 수레를 살피며 산길로 들어서 30리쯤 갔을 때였다. 산 뒤에서 1백 명 남짓 되는 무리가 떼를 지어 몰려나왔다. 우두머리인 성싶은 두 사람은 말을 타고 있었다. 앞에 선 이는 누런 수건에 장수복을 입었고, 뒤따르는 이는 곽상의 아들이었다.

누런 수건을 두른 이가 소리쳤다.

"나는 천공장군 장각의 밑에서 한 부대를 맡고 있는 장수다! 여길 지나가고 싶으면 적토마를 내놓아라!"

관우가 껄껄 웃어젖혔다.

"세상 물정 모르는 미친 도둑놈이구나! 네가 장각 밑에서 도적질을 했다면 유비·관우·장비 세 형제에 대해선 들어보았겠지?"

"얼굴이 붉고 수염이 긴 사람이 관운장이라는 말은 들어보았다. 물론 직접 본 적은 없다. 이런 말 하는 넌 누구냐?"

          박상률 완역 삼국지 3

관우는 말을 세우고 칼을 걸쳐놓은 뒤 수염 주머니를 풀어 긴 수염을 보여주었다. 그 사람은 말에서 떨어지듯 뛰어내렸다. 이어 곽상 아들의 목덜미를 움켜쥔 뒤 관우의 말 앞으로 끌고 와 넙죽 엎드렸다.

관우가 이름을 물었더니 그가 대답했다.

"저는 배원소라고 합니다. 장각이 죽고 나자 기댈 곳이 없어 무리들을 끌어모아 여기 숨어살았습니다. 오늘 새벽에 이놈이 와서 어떤 나그네가 천리마를 타고 와서 자기 집에 머물고 있다면서 저더러 그 말을 빼앗으라 했습니다. 그래서 왔는데 뜻밖에 장군을 뵈었습니다."

곽상의 아들이 엎드려 마구 고개를 조아리며 살려달라고 싹싹 빌었다.

관우가 말했다.

"너의 아버지 낯을 봐서 목숨은 살려주마!"

곽상의 아들은 머리를 감싸쥔 채 쥐새끼 달아나듯 도망쳤다.

관우가 배원소에게 물었다.

"나를 본 일이 없다면서 이름은 어떻게 들었느냐?"

"여기서 이십 리 떨어진 곳에 와우산이라는 산이 있는데, 그 산속에 주창이라는 관서 사람이 살고 있습니다. 천 근도 거뜬히 들어올릴 수 있는 장사인데, 가슴이 우람하고 수염

또한 넝쿨처럼 말려올라가 얼른 보아도 힘깨나 쓰게 생겼습니다. 원래 황건적 장보 밑에 있던 장수였는데, 장보가 죽자 무리들을 이끌고 산속에 숨어살고 있습니다. 그 사람이 저에게 장군의 높으신 이름을 여러 차례 들려주며, 그때마다 장군을 만나지 못했다며 아쉬워했습니다.”

“산속에서 그렇게 사는 건 대장부가 할 일이 아니다. 지금부터라도 이런 짓을 버리고 바른길로 돌아가서 자기 신세를 망치지 않도록 하라.”

배원소가 절을 하며 고마워했다. 이때 멀리서 한 무리가 말을 타고 달려왔다.

배원소가 말했다.

“주창인 듯합니다.”

관우는 말을 세우고 기다렸다. 창을 든 채 무리를 이끌고 온 사람은 얼굴이 검고 키가 컸다. 그는 관우를 보더니 깜짝 놀라며 좋아라 했다.

“바로 관장군이시군요!”

그가 급히 말에서 뛰어내려 땅바닥에 엎드렸다.

“주창이 인사드립니다.”

관우가 물었다.

“장사는 나를 어디서 보았는가?”

“옛날에 황건적의 장보 밑에 있을 때 뵌 적이 있습니다.

도적의 무리에 끼어 있어 따를 수 없는 걸 한스럽게 여겼는데, 오늘 다행히 이렇게 뵙게 되었습니다. 장군께서는 저를 버리지 마시고, 장군의 말채찍을 잡고 따라다니는 졸개만이라도 하게 해주십시오. 그러면 죽어도 원이 없겠습니다.”

관우는 주창의 말이 거짓이 아님을 느꼈다.

“나를 따라가면 부하들은 어떻게 하고?”

“따라가고자 하는 이는 같이 가고, 안 가겠다는 이는 알아서 하게 하면 됩니다.”

주창의 말에 모두들 같이 따라가겠다고 외쳤다.

관우는 말에서 내려 수레로 가서 두 부인에게 어떻게 하면 좋겠냐고 물었다.

감부인이 말했다.

“허도를 떠나 여기까지 오면서 둘째 분 혼자서 갖은 어려움을 다 겪어냈습니다. 그러나 한 번도 군사들을 따르게 한 적이 없습니다. 얼마 전에 요화가 따라오겠다는 것도 물리쳤는데 어째서 주창의 무리는 받아들이려 하시는지요? 우리 같은 여자들 생각으로는 짐작 가는 바가 없으니 좋을 대로 하시지요.”

“형수님 말씀이 옳습니다.”

관우가 주창에게 갔다.

“이 관우가 인정이 없어서가 아니라 두 형수님께서 들어주시지 않는군. 일단 산속에 들어가 기다려라. 내가 형님을 만나면 반드시 데리러 오겠다.”

그러나 주창은 땅에 머리를 거듭 조아리며 사정했다.

“저 주창이 한때 건들거리며 마음을 잘못 써서 도둑이 되었습니다. 오늘 장군을 뵌 일은 저로서는 해를 다시 보는 바와 같습니다. 그런데 어찌 그냥 두고 가려 하십니까? 여럿이 따라가는 게 불편하시다면, 이 사람들은 모두 배원소에게 맡기고 저는 혼자 걸어서라도 장군을 따라 만릿길이라도 가겠습니다.”

관우가 다시 두 부인에게 가서 사정 얘기를 했더니 감부인이 고개를 끄덕였다.

“한두 사람이야 데려가도 괜찮겠지요.”

관우는 주창에게 부하들을 모두 배원소한테 딸려 보내라고 하였다. 그랬더니 배원소도 나섰다.

“저도 관장군을 따라가겠습니다.”

주창이 말렸다.

“자네까지 따라나서면 부하들이 다 흩어지고 말 걸세. 잠시 이 사람들과 함께 있게. 내가 관장군을 따라갔다 자리 잡으면 바로 데리러 오겠네.”

배원소는 떨떠름한 표정으로 부하들을 끌고 헤어졌다.

마침내 주창은 관우를 따라 여남으로 출발했다.

　　　　　　　　　　박상률 완역 삼국지 3

며칠을 가고 나자 산성이 하나 나타났다.

관우가 그 고을 사람에게 물었다.

"여기 고을 이름이 무엇이오?"

"고성입니다. 몇 달 전에 장비라고 하는 장수가 말 탄 군사 수십 명을 끌고 와서 여기 관리들을 쫓아내고 지금 고성을 차지하고 있습니다. 그 뒤로 군사를 끌어모으고, 말도 사들이고, 말먹이며 먹을거리도 제법 갖추더군요. 지금은 군사가 사오천 명 되는 성싶습니다. 그래서 아무도 해보지 못하고 있습니다."

관우는 몹시 기뻤다.

"아우랑 서주에서 흩어진 뒤 어디 가 있는지 몰랐는데 여기 와 있다니!"

관우는 성 안으로 손건을 들여보내며 두 형수가 왔다는 사실을 알리도록 했다.

한편 장비는 망탕산 속에 한 달 넘게 있다가 유비의 소식을 알아보기 위해 산을 나왔다. 우연히 고성을 지나다가 식량이나 좀 빌리려고 관아로 들어갔는데 고을 관리가 말을 듣지 않았다. 화가 난 장비는 고을 도장을 빼앗은 뒤 모두 내쫓아버리고 고을을 차지했다.

손건은 관우가 이른 대로 성에 들어가 장비를 보고 인사를 나누었다.

"현덕께서는 원소한테서 벗어나 여남으로 가셨소. 지금 운장이 허도에서 두 부인을 모시고 막 이르셨소. 장군은 얼른 나가 맞이하시지요."

장비는 아무런 대꾸 없이 갑옷 차림에 투구를 쓰고 장팔사모까지 든 채 말을 타더니 군사를 1천 명 넘게 거느리고 북문을 빠져나갔다. 손건은 깜짝 놀랐으나 뭐라고 물어보기도 그렇고 해서 그냥 장비 뒤를 따라나왔다.

관우는 장비가 오는 걸 보자 너무 기뻐 주창에게 칼을 맡기고 말을 달려 맞으러 나갔다. 그런데 뜻밖에도 장비는 고리눈을 부릅뜨고 호랑이 수염을 휘날리며 벼락같은 소리와 함께 장팔사모로 관우를 찌르려 했다. 관우는 깜짝 놀라 창끝을 피하며 소리쳤다.

"아우, 왜 이러나? 복숭아밭 약속을 잊었단 말이냐?"

장비가 코웃음을 쳤다.

"의리 없는 인간이 무슨 낯짝으로 나를 보러 왔느냐?"

"뭐라고? 내가 의리가 없다고?"

"너는 형님을 배반하고 조조한테 가 붙어서 벼슬까지 하더니 이제는 나까지 속이려 드느냐? 내 오늘 너랑 죽든 살든 결판을 내고 말겠다!"

"음, 네가 사정을 몰라서 그런 소리를 하는구나. 나도 뭐라고 설명하기도 멋쩍다. 두 형수님이 저기 계시니 직접 여

장비가 관우를 오해하다.

쥐보아라.”

두 부인은 그 말을 듣자 수레에 드리워진 발을 걷고 고개를 내밀어 장비에게 물었다.

“왜 이러십니까?”

장비가 말했다.

“형수님들은 가만히 계시면서 저 의리 없는 놈을 죽이는 거나 지켜보십시오. 그런 다음 성 안으로 들어가시지요.”

감부인이 나섰다.

“둘째 분께서는 다른 형제들이 어디로 갔는지 알 수 없어 조씨에게 잠깐 기대었을 뿐입니다. 마침 형님이 여남에 계시다는 소식을 듣자마자 죽을 고생을 다하며 우리를 여기까지 데리고 왔습니다. 절대로 오해하시면 안 됩니다.”

미부인도 거들었다.

“둘째 분께서 지금까지 허도에 계신 건 정말 어쩔 수 없는 일이었어요.”

그러나 장비는 막무가내였다.

“형수님들은 저놈한테 속아서는 안 됩니다! 충신은 죽을지라도 욕되게 살지 않습니다. 대장부라면 어찌 두 주인을 섬길 수 있겠습니까!”

관우가 답답해했다.

“아우는 제발 억지소리 좀 그만하거라.”

손건이 나섰다.

"운장께선 어렵게 장군을 찾아오셨습니다."

장비가 호통을 쳤다.

"너까지 나서서 헛소리하기냐! 저놈이 좋은 뜻으로 왔겠느냐? 분명히 나를 잡으러 왔다구!"

관우는 기가 막혔다.

"내가 너를 잡으러 왔으면 군사를 끌고 오지, 허 참!"

장비가 손가락으로 한쪽을 가리켰다.

"저기 오는 게 군사가 아니면 뭐냐?"

관우가 돌아보았다. 과연 사나운 범 같은 군사 한 무리가 먼지를 뽀얗게 일으키며 달려오고 있었다. 바람에 나부끼는 깃발을 보니 조조의 군사임이 틀림없었다.

장비가 씩씩거렸다.

"이래도 나를 속일 생각이냐?"

장비는 장팔사모를 꼬나들고 곧장 찌르려 했다.

관우가 급히 피하며 말했다.

"잠깐만! 저기 오는 장수를 베어내 속을 알게 해주마."

"그래, 네 마음이 어쩐지 한번 두고 보자. 북을 세 차례 치는 동안 저 장수의 목을 베어와야 한다."

관우가 그 말을 받아들였다.

조금 뒤 조조의 군사들이 들이닥쳤는데, 앞장선 장수는

바로 채양이었다. 채양이 칼을 쳐들고 말을 달려나오며 소리쳤다.

"네 이놈! 내 조카를 죽이고 이리 도망쳐와 있구나. 승상의 명을 받들어 널 잡으러 왔다!"

관우는 아무런 대꾸 없이 곧장 칼을 들었다. 장비는 직접 북채를 쥐고 치기 시작했다. 장비가 북을 한 차례 다 치기도 전에 한 번 번쩍한 관우의 칼에 채양의 목이 땅바닥에 떨어져 뒹굴었다. 조조의 군사들은 달아나기에 바빴다. 관우는 깃발을 들고 있는 군사를 사로잡아 자기를 뒤쫓아온 까닭을 물었다.

그 군사가 대답했다.

"채양은 장군께서 자기 조카를 죽였다는 소리를 듣고 화가 치밀어 장군을 치기 위해 하북으로 가려 했습니다. 그러나 승상께서 허락하지 않으시며 여남으로 가서 유벽을 치라고 하셨는데, 뜻밖에도 여기서 장군을 만났습니다."

관우는 그 군사를 장비에게 데려가 사실대로 말하도록 하였다. 장비는 관우가 허도에 있을 때 어찌했는지를 자세히 물었다. 그 군사는 있는 그대로 자세히 설명했다. 장비는 그제야 믿지 못했던 마음을 풀었다.

그때 성 안에서 군사 하나가 달려와 보고했다.

"남문 쪽으로 말 탄 군사 여남은 명이 몰려오고 있는데,

　　　　　　　　　　　　

어떤 군사들인지 알 수 없습니다."

장비는 이상하게 여기며 곧바로 남문 쪽으로 가서 살펴보았다. 들은 대로 여남은 명의 군사가 짧은 활과 화살통만 멘 채 달려오고 있었다. 그들은 장비를 보자마자 말에서 뛰어내렸다. 미축과 미방이었다. 장비도 말에서 뛰어내렸다.

미축이 인사를 했다.

"서주에서 흩어진 뒤 우리 형제는 난리를 피해 고향으로 가 있었습니다. 여기저기 사람을 풀어 알아봤더니 운장은 조조한테 항복했고, 주공께서는 하북에 가 계시다고 하더군요. 또 간옹도 하북으로 갔다는 소식은 들었지만 장군께서 여기 계신 줄은 전혀 알지 못했습니다. 어제 우연히 길 가는 나그네들을 만났는데, 그 사람들 말이 장씨 성을 가진 장수가 지금 고성을 차지하고 있다고 하더군요. 생김새가 어떠한지 듣고 나자 우리 형제는 틀림없이 장군이라고 생각했지요. 그래서 이렇게 찾아왔는데 다행히 만나게 되었군요!"

장비가 말했다.

"운장 형님과 손건이 두 형수님을 모시고 지금 막 이르셨소. 그래서 큰형님 소식은 들어서 알고 있소."

미축 형제는 크게 기뻐하며 관우를 만나고 두 부인도 만났다. 장비는 마침내 두 부인을 성 안으로 모셨다.

관아에 들어가 자리를 잡자 두 부인은 관우가 그동안 겪은 일을 자세히 말했다. 장비는 그때에야 비로소 목을 놓아 엉엉 울면서 관우에게 절을 하며 사과했다. 옆에 있던 미축 형제 역시 눈시울을 붉혔다. 장비도 헤어진 뒤 겪은 일을 얘기하고, 다시 모인 일을 기뻐하는 잔치를 열었다.

다음 날 장비가 관우에게 유비를 만나러 여남으로 가자고 하자 관우가 고개를 끄덕인 뒤 입을 열었다.

"아우는 여기서 두 형수님을 모시고 잠깐 있어라. 내가 손건하고 먼저 가서 형님의 소식을 알아보고 오겠다."

장비가 고개를 끄덕였다. 관우는 바로 손건과 함께 군사 몇 사람만 데리고 여남으로 달려가서 유벽과 공도를 만났다.

관우가 물었다.

"황숙께서는 어디 계시오?"

유벽이 대답했다.

"황숙께서는 여기 며칠 안 묵었소. 군사가 얼마 안 되는 걸 보고 원본초와 의논하기 위해 하북으로 가셨소."

관우는 맥이 탁 풀렸다. 손건이 달랬다.

"걱정하지 마십시오. 고달프기는 하지만 하북으로 달려가 황숙께 소식을 알리고 함께 고성으로 가면 됩니다."

관우는 그 말을 좇아 유벽과 공도와 헤어져 고성으로 돌

 박상률 완역 삼국지 3

아가 장비에게 이런 사정을 알렸다.

장비도 함께 가고 싶어 했으나 관우가 말렸다.

"우리가 당장 몸 붙이고 있을 곳은 이 성 하나밖에 없다. 그러니 가벼이 내버리고 갈 수 없다. 내가 손건하고 같이 원소한테 가서 형님을 만나 이리 모셔올 테니 아우는 이 성을 잘 지키고 있어라."

"형님은 안량과 문추를 죽였다면서 무슨 핑계로 그리 들어가시겠소?"

"걱정 마라. 내 알아서 하마."

이어 관우는 주창에게 물었다.

"와우산 배원소한테 있는 부하들이 어느 정도 되나?"

주창이 대답했다.

"사오백 명쯤 됩니다."

"나는 지금 가까운 지름길로 형님을 찾아가려 한다. 너는 와우산에 가서 부하들을 이끌고 나와 큰길에서 나를 기다려라."

주창은 명령을 받들어 곧장 떠났다. 관우와 손건은 말 탄 군사 20명 남짓만 데리고 하북으로 떠났다.

하북 가까이 이르렀을 때 손건이 말했다.

"장군께서는 함부로 들어가시면 안 되오. 여기서 잠깐 기다리시오. 내가 먼저 들어가 황숙을 뵙고 의논하겠소."

관우는 그러기로 하고 손건만 떠나보냈다.

사방을 둘러보니 큰 집 하나가 멀리 보였다. 그래서 하룻밤 묵기 위해 부하들과 함께 그 집으로 갔다. 노인 하나가 지팡이를 짚고 나와 관우를 맞았다. 관우가 인사를 나눈 뒤 사정 얘기를 하자 노인이 자기소개를 했다.

"나도 관가입니다. 이름은 정이고요. 오래전부터 훌륭하신 이름을 들어 알고 있었는데 이렇게 직접 뵙게 되어 영광입니다."

노인은 두 아들을 불러 관우에게 인사를 시킨 다음 정성스레 대접을 했다. 부하들도 모두 집 안에 묵을 수 있도록 했다.

한편 손건은 혼자서 말을 타고 기주로 들어가 유비를 만나 그동안 있었던 일을 자세히 일렀다.

유비가 말했다.

"간옹도 여기 있으니 조용히 불러다 같이 의논해보세."

조금 뒤 간옹이 들어왔다. 인사가 끝나자 세 사람은 여기를 빠져나갈 방법을 의논했다.

간옹이 말했다.

"주공께서는 내일 원소를 만나, 형주의 유표한테 가서 조조를 함께 치자고 의논하고 오겠다고 하십시오. 그 기회를 이용해서 여기를 빠져나가는 방법밖에 없습니다."

유비가 무릎을 쳤다.

"참으로 좋은 생각일세. 그런데 공도 나와 함께 따라갈 수 있겠소?"

"저는 제가 알아서 빠져나가겠습니다."

다음 날 유비는 원소를 찾아갔다.

"유경승은 지금 형양의 아홉 개 군을 차지하고 있습니다. 군사들도 뛰어나고 먹을거리도 넉넉합니다. 그쪽과 의논하여 손을 잡고 조조를 치도록 하시지요."

원소가 대답했다.

"그렇잖아도 전에 사람을 보내 같이 손을 잡자고 했으나 들어주지 않더군."

"제가 같은 성바지이니 가서 달래면 마다하지 못할 듯합니다."

"유표와 손을 잡기만 한다면 유벽보다야 훨씬 낫겠지."

원소는 유비에게 뜻대로 하라면서 한마디 덧붙였다.

"요새 들리는 소문에 따르면, 관운장이 조조한테서 떠나 하북으로 오고 있다고 하더구만. 오기만 하면 죽여서 안량과 문추의 한을 풀어야겠소!"

"명공께서 전에 그 사람을 받아들이겠다고 하셔서 제가 불렀습니다. 그런데 지금 와서는 어째서 죽이겠다고 하십니까? 안량과 문추가 사슴 두 마리라면 운장은 호랑이 한 마리입니다. 사슴 두 마리 대신 호랑이 한 마리를 얻는 일인데 무슨 한이 있으십니까?”

원소가 허허 웃었다.

“사실은 관운장이 내 마음에 쏙 들어 농담으로 해본 말이오. 공은 사람을 또 보내 빨리 오라고 하시오.”

“손건을 보내면 곧장 옵니다.”

원소는 무척 좋아라 하며 그렇게 하라고 했다. 유비가 물러가자 간옹이 들어왔다.

“현덕은 지금 가면 틀림없이 돌아오지 않습니다. 제가 같이 따라가서 유표를 달래는 한편, 현덕을 하나하나 지켜보겠습니다.”

원소는 그 말을 옳게 여겨 간옹이 유비를 따라가도록 했다. 그러자 곽도가 들어와 머리를 조아렸다.

“유비는 전에 유벽을 설득하러 갔다가 그러지 못하고 돌아왔습니다. 이제 간옹과 같이 형주로 가면 틀림없이 돌아오지 않습니다.”

“웬 의심이 그렇게 많은지 모르겠구나. 간옹도 나름대로 생각이 있는 사람이다.”

곽도는 한숨을 푹 내쉬며 물러갔다.

한편 유비는 손건에게 먼저 성을 나가 관우에게 소식을 알리라고 했다. 그런 다음 간옹과 함께 원소한테 인사를 한 뒤 말을 타고 성을 나가 먼저 와 있던 손건을 만났다. 그들은 모두 관정의 집으로 갔다. 관우가 뛰쳐나와 유비에게 절을 했다. 두 사람은 서로 손을 붙잡고 울었다.

관정이 두 아들을 데리고 나와 초당 앞에서 유비에게 인사를 했다. 유비가 이름을 묻자 관우가 대신 대답했다.

"이분은 저와 같은 성바지인데, 큰아들 관녕은 글공부에 힘쓰고 둘째 아들 관평은 무술을 익히고 있다 합니다."

관정이 말했다.

"둘째놈을 관장군께 딸려 보내고 싶습니다. 허락해주시지요."

유비가 물었다.

"몇 살입니까?"

"열여덟 살입니다."

"주인 어르신의 마음이 참 좋습니다. 그런데 내 아우가 아직 자식이 없으니 아예 아들을 삼게 하면 어떻겠습니까?"

관정이 좋아라 하며, 관평더러 관우에게 절을 올린 뒤 아버지라 부르게 하고 유비는 큰아버지라 부르게 했다.

유비는 원소가 뒤쫓아올지 몰라 서둘러 길을 떠났다. 관평은 관우를 따라 같이 나섰다. 관정은 한참 멀리까지 따라

나와 배웅하고 돌아갔다.

관우는 와우산 쪽으로 길을 잡아들었다. 얼마 가지 않았을 때였다. 주창이 피투성이가 된 채 몇십 명을 데리고 나타났다. 관우가 그를 유비에게 인사시킨 뒤 어찌 된 일인지 물었다.

주창이 머리를 조아렸다.

"제가 와우산에 이르러 보니 이미 한 장수가 저보다 먼저 말을 타고 나타나 단 일합에 배원소를 죽이고 부하들을 거느리고 있었습니다. 제가 부하들을 불렀더니 여기 따라온 이들만 나오고 나머지는 무서워서 나오지 않더군요. 저는 화가 나서 그 장수와 싸움을 벌였지만, 대들 때마다 지면서 세 번씩이나 창에 찔리고 말았습니다. 그래서 이런 꼴로 주공 앞에 나타나게 되었습니다."

유비가 고개를 갸우뚱했다.

"어떻게 생긴 사람이며, 이름은 뭐라던가?"

"몸집이 꽤 큰데, 이름은 듣지 못했습니다."

관우가 앞장서 와우산 쪽으로 말을 달리고 유비는 뒤따랐다. 산 아래에 이르자 주창이 큰소리로 욕을 해댔다. 갑옷 차림에 창을 뻗쳐든 장수 하나가 말을 달려 내려왔다.

유비가 말채찍을 휘두르며 앞으로 나아가 외쳤다.

"거기 오는 사람, 조자룡 아닌가?"

그 장수가 유비를 보더니 말에서 구르듯이 뛰어내리며 엎드려 절을 했다. 과연 조운이었다. 유비와 관우도 말에서 내려 인사를 건네며 어떻게 여기까지 왔는지 물었다.

조운이 대답했다.

"사군과 헤어진 뒤 저는 공손찬을 따라갔습니다. 공손찬은 남의 말을 듣지 않더니, 싸움에 지자 그만 스스로 불에 타 죽고 말았습니다. 원소가 여러 차례 저를 불렀지만, 원소 역시 사람을 알아보는 이가 아니라는 걸 알기에 가지 않았습니다. 그 뒤 서주로 사군을 찾아가려 했습니다. 그러나 서주는 이미 무너져 운장은 조조에게 가 있고, 사군은 원소한테 가 있다는 소식을 들었습니다. 몇 번이나 사군을 찾아뵈려 했으나 원소가 이상하게 여길까봐 찾아가지 못하고 이리저리 떠돌았습니다. 얼마 전 여기를 우연히 지나가는데 배원소라는 이가 나타나 제 말을 빼앗으려 하기에 그 사람을 죽이고 눌러앉아 있었습니다. 익덕이 고성에 있다는 소문이 들리기에 찾아가볼까 했으나 그런 소문이 맞는지 어떤지 몰라 망설이고 있었습니다. 오늘 이렇게 뵙게 되어 정말 다행입니다."

유비는 크게 기뻐하며 지난 일들을 들려주었다. 관우 역시 그렇게 했다.

유비가 부드럽게 웃었다.

"나는 자룡을 처음 보자마자 같이 있고 싶었는데, 오늘 만나게 되어 더할 나위 없이 좋네!"

조운이 대답했다.

"저도 여기저기 떠돌며 섬길 만한 분을 찾았으나 사군 같은 분을 만나지 못했습니다. 이제 모시게 되었으니 늘 바라던 바를 이룬 셈입니다. 몸이 가루가 되어 죽는다 해도 한이 없습니다."

조운은 무리들이 있던 곳을 바로 불태워버리고, 그들을 모두 거둬 유비를 따라 고성으로 갔다.

장비·미축·미방이 나와 유비 일행을 성 안으로 맞아들였다. 모두들 헤어진 뒤 있었던 일을 얘기했다. 두 부인이 그동안 관우가 치러낸 일을 들려주자 유비는 너무나 감격스러워했다.

유비는 소와 말을 잡아 하늘에 제사를 지내고 군사들을 배불리 먹였다. 유비는 무척 기뻤다. 형제들이 다시 모이고, 장수와 곁사람들도 빠진 이가 없고, 새로 조운이 왔으며, 관우가 관평과 주창까지 데리고 왔으니 기쁘기 그지없었다. 그들은 며칠을 두고 술자리를 이었다.

훗날 어떤 이가 이때의 모습을 시로 읊었다.

그땐 손발 같은 형제들, 오이 꼭지 떨어지듯

모두 소식 끊어져 서로 애타게 그리기만 했네

오늘 다시 임금과 신하 사이로 의로움 모으니

바로 용과 범이 바람과 구름을 만난 듯하네

유비·관우·장비·조운·손건·간옹·미축·미방·관평·주창이 거느린 군사는 말 탄 군사, 일반 군사 모두 합쳐 4, 5천 명 정도 되었다. 유비는 고성을 떠나 여남으로 가서 자리를 잡을 생각이었다. 마침 그때 유벽과 공도가 사람을 보내왔다. 이리하여 유비는 군사들을 거느리고 여남으로 가서 머물게 되었다. 유비는 곧바로 군사를 더 모으고 말을 사들이면서 앞날을 준비했다.

한편 원소는 유비가 돌아오지 않자 크게 화를 내며 군사를 일으키려 했다. 그러나 곽도가 말렸다.

"유비는 걱정하지 마십시오. 우리의 강한 적 조조를 없애는 일이 더 급합니다. 유표는 형주를 차지하고 있지만 두려운 적은 아닙니다. 강동 손백부의 힘이 지금 삼강을 누르고 있고 여섯 군에 뻗쳐 있습니다. 게다가 꾀 많은 신하와 씩씩한 장수들도 많이 거느리고 있습니다. 사람을 보내 같이 손잡고 함께 조조를 치도록 하십시오."

원소는 그 말을 좇아 바로 편지를 쓰고 진진을 손책에게 보냈다.

　　영웅이 하북을 빠져나가자
　　강동에서 호걸을 끌어내려 하는구나

과연 그 일은 앞으로 어떻게 될는지…….

손책의 죽음

성이 난 소패왕은 우길을 베고
눈 푸른 아이는 앉아서 강동을 주무르다

손책은 강동을 손안에 넣은 뒤 더 뛰어난 군사들을 갖추고 식량도 넉넉하게 쌓아두었다. 건안 4년, 손책은 유훈을 무찔러 여강을 차지했다. 또 우번에게 예장으로 격문을 가지고 가도록 해서 예장 태수 화흠의 항복을 받아냈다. 이때부터 손책의 힘은 더욱 세지고 기운도 널리 떨쳤다. 이에 손책은 장굉을 허도로 보내 글을 올리게 했다.

조조는 손책이 강해지자 한숨을 내쉬었다.

"사자 새끼하곤 해보기 어렵구나!"

조조는 조인의 딸을 손책의 막내아우인 손광에게 시집을

보내 두 집 사이의 관계를 가깝게 만든 뒤 장굉을 허도에 머물러 있게 했다.

손책은 대사마를 하고 싶어 했으나 조조가 들어주지 않았다. 이에 손책은 앙심을 품고 늘 허도를 칠 생각을 했다. 오군 태수 허공이 이를 눈치채고 몰래 편지를 써 허도의 조조에게 보내려 했다.

손책은 사납고 씩씩하기가 옛날의 항우와 같습니다. 그러니 조정에서 알맞은 벼슬자리를 마련하여 불러들이십시오. 바깥에 그대로 두면 나중에 큰일 납니다.

그러나 편지를 가지고 가던 이가 양자강을 건너다가 강을 지키던 군사들에게 붙들려 손책한테 끌려왔다. 손책은 편지를 보자마자 크게 화를 내며 그의 목을 베어버렸다. 그런 다음 허공에게 의논할 일이 있다며 사람을 보내 불러들였다.

허공이 도착하자 손책은 편지를 내보이며 호통쳤다.

"네가 나를 죽음으로 몰 생각이었더구나!"

손책은 무사들을 시켜 허공을 목 졸라 죽이게 했다. 소식을 들은 허공의 식구들은 뿔뿔이 흩어져 달아났다. 그러나 허공의 집을 드나들던 손님 세 사람은 도망치지 않고 허공의 원수를 갚을 기회를 엿보고 있었다.

어느 날 손책은 군사를 이끌고 단도의 서쪽 산에서 사냥을 했다. 큰 사슴 한 마리가 뛰쳐나오자 손책은 혼자서 말을 달려 산으로 쫓아 올라갔다. 올라가며 보니 숲속에 낯선 사람 셋이 창과 활을 들고 서 있었다.

손책이 말을 멈추며 물었다.

"너희들은 누구냐?"

"우린 한당의 부하입니다. 여기서 사냥하며 사슴을 쫓고 있습니다."

손책은 다시 말고삐를 낚아채며 떠나려 했다. 그때 한 사람이 창으로 손책의 왼쪽 넓적다리를 찔렀다. 손책은 깜짝 놀라 허리에서 칼을 뽑아 내리치려 했다. 그러나 칼날이 빠져 땅에 떨어지는 바람에 손에는 칼자루만 쥐어져 있었다. 그사이 다른 사람 하나가 쏜 화살이 손책의 뺨에 꽂혔다. 손책은 그 화살을 바로 뽑아 자기 활에 먹여 그 사람을 쏘아 거꾸러뜨렸다. 다른 두 사람이 창을 들어 손책을 마구 찌르며 소리쳤다.

"우리는 허공 집에 드나들던 사람이다. 주인의 원수를 갚으러 왔다!"

손책은 몸에 지닌 무기가 없어 활로 겨우 창을 막으며 달아나기 시작했다. 두 사람은 죽을힘을 다해 덤비며 물러나

지 않았다. 손책은 창에 여러 군데를 찔렸으며 말도 상처를 입었다. 아주 다급한 상황이었다. 마침 그때 정보가 몇 사람과 함께 나타났다.

손책이 소리 질렀다.

"이놈들을 죽여라!"

정보 무리는 한꺼번에 두 사람에게 달려들어 모습을 알아볼 수 없을 정도로 칼질을 해버렸다.

손책의 얼굴은 온통 피범벅이 되어 있었다. 상처 또한 깊었다. 급히 옷자락을 찢어 상처를 싸맨 뒤 오회로 옮겨 치료하게 했다.

나중에 어떤 사람이 허공의 집에 드나들던 세 사람을 기리며 시를 읊었다.

손랑의 지혜와 용기는 강동의 으뜸이나

산속에서 사냥하다 위험에 빠졌다네

허공의 집에 드나들던 세 사람

죽음으로 의리 보여주니

옛날 예양의 죽음도 특별할 것 하나 없네

상처를 입고 돌아온 손책은 치료를 위해 화타를 부르러 사람을 보냈다. 그러나 화타는 중원으로 가서 없고 제자만 남아 있었다. 하는 수 없이 제자한테 치료를 받게 되었는데, 그가 단단히 일렀다.

"화살에 묻어 있던 독이 이미 뼛속 깊이 퍼졌습니다. 무슨 일이 있어도 백 일 동안 조심하셔야 합니다. 화를 내셔도 안 되고 충격을 받아도 안 됩니다. 그러면 상처가 덧나 치료하기 어렵게 됩니다."

그러나 손책은 성질이 무척 급한 사람이라 그날 곧바로 좋아지지 않는다고 짜증을 부릴 정도였다.

20일쯤 지났을 때 허도에서 장굉이 보낸 사람이 왔다. 손책이 그를 불러들이자 들어와 보고했다.

"조조는 주공을 무척 두려워합니다. 그 아랫사람들도 대부분 놀라는 마음을 갖고 있습니다. 오직 한 사람, 곽가만이 무시하는 말을 합니다."

"곽가가 무어라 하더냐?"

그는 머뭇거렸다. 그러나 손책이 화를 내며 억지로 캐묻는 바람에 하는 수 없이 사실대로 대답하지 않을 수 없었다.

"곽가가 조조한테 주공은 별로 두려워하지 않아도 된다고 했습니다. 가벼운데다 준비성도 없고, 성질이 급한데다 생각도 깊지 않으니, 이는 보통 사람이 좀 설치는 정도라서 나중에 반드시 자기 손에 죽게 된다고 말했습니다."

손책은 성이 나서 붉으락푸르락했다.

"한 주먹거리도 안 되는 놈이 겁도 없이 나를 두고 그런 소리를 해? 내 반드시 허도를 손안에 넣고 말리라!"

손책은 상처가 나을 때까지 참지 못하고 곧바로 군사를 일으킬 생각을 했다.

장소가 말렸다.

"의원이 백 일 동안 꼼짝하지 말고 조심하라 하였건만, 주공께서는 어째서 분을 삭이지 못하시고 만금 같은 몸을 돌보지 않으십니까?"

바로 그때 원소가 보낸 진진이 왔다는 보고가 들어왔다. 손책이 불러들여 여기 온 까닭을 물었다. 진진은 원소가 동오와 함께 손을 잡고 조조를 안팎에서 무찌르고 싶어 한다는 얘기를 했다. 손책은 좋아라 하며 바로 성곽 위의 다락집에 장수들을 모아놓고 진진을 위해 술자리를 베풀었다. 한창 술을 마시고 있는데 장수들이 수군거리며 아래로 내려가기 시작했다. 손책이 무슨 일이냐고 묻자 곁에 있는 사람이 대답했다.

"우신선이 지금 아래를 지나가고 있습니다. 그래서 장수들이 인사를 하기 위해 내려가고 있습니다."

손책은 자리에서 일어나 난간에 기대어 내려다보았다. 도인 차림을 한 사람이 지팡이를 짚고 서 있었다. 그를 둘러싼 사람들은 저마다 향을 피우며 엎드려 절을 했다.

손책이 짜증스럽게 소리쳤다.

"웬 요사스런 사람이냐? 당장 잡아오너라!"

"저분은 우길이라는 분입니다. 동방에 살면서 오회를 오가며 부적 태운 물로 사람들의 병을 많이 고쳐주고 있습니다. 워낙 용하기에 사람들은 저분을 신선이라고 부릅니다. 가볍게 대하지 마십시오."

손책은 더욱 화를 내며 호통을 쳤다.

"빨리 잡아오지 못하겠느냐! 내 말을 안 듣는 놈은 목을 베어버리겠다!"

아랫사람들은 어쩔 수 없이 아래로 내려가 우길을 에워싸고 위로 올라왔다.

손책이 우길을 보고 꾸짖었다.

"도인인 척하는 미친놈아! 왜 사람들을 속이느냐?"

우길이 대꾸했다.

"저는 낭야궁의 도사입니다. 순제 때 약초를 캐러 산으로 들어갔다가 양곡 샘물가에서 신비로운 책을 얻었습니다. 책 이름은 《태평청령도》로 백 권 남짓 됩니다. 모두 다 사람의 병을 다스리는 내용이 들어 있습니다. 저는 이 책을 얻은 다음부터는 오로지 하늘을 대신해 덕을 베풀며 널리 사람들을 구하기 위해 힘을 썼을 뿐이지, 남의 물건은 터럭 하나 가지지 않았습니다. 그런데 무엇 때문에 사람들을 속인다고 그럽니까?"

손책이 말했다.

"네가 남들한테서 터럭 하나도 가지지 않았다면 옷은 어디서 나서 입었으며 음식은 어디서 나서 먹었느냐? 너는 바로 황건적의 장각 같은 놈이다. 지금 죽여 없애지 않으면 나중에 골칫거리가 될지도 모른다!"

손책이 그를 끌어다가 목을 베라고 했다. 그러나 장소가 말렸다.

"우도인은 강동에 수십 년을 살았지만 여태껏 아무런 잘못도 저지른 일이 없습니다. 죽이면 안 됩니다."

"이런 요사스런 놈을 죽이는 일은 개나 돼지를 죽이는 거나 마찬가지야!"

모두들 나서서 말리고 진진 역시 죽이지 말라 하였다. 그러나 손책의 노여움은 좀체 가라앉지 않았다. 일단 우길을 감옥에 가둬두라 했다.

술자리는 그렇게 끝나고 모두들 흩어져갔다. 진진도 숙소로 가서 쉬었다. 손책도 안으로 들어갔다.

손책의 어머니인 오태부인은 내시들을 통해 이 일을 벌써 알고 있었다. 손책이 들어오자 안채로 불러들였다.

"네가 우신선을 옥에 가두었다더구나. 그분은 군사들이며 백성들이며 가리지 않고 아픈 이들의 병을 많이 고쳐주어서 사람들이 우러러 받든다. 해치면 안 된다."

"그놈은 요사스런 인간입니다. 요술을 써서 사람들을 속이고 있어 없애버리지 않으면 안 됩니다."

오태부인은 거듭 그러지 말라고 타일렀다. 그러나 손책은 제 고집을 꺾지 않았다.

"어머님은 쓸데없이 바깥 사람들 말을 믿지 마십시오. 제가 다 알아서 합니다."

손책은 밖으로 나오자마자 자세히 따져 묻기 위해 우길을 끌고 오라 했다. 옥을 지키는 이들도 평소에 우길을 존경했다. 그래서 우길의 몸을 묶고 있는 사슬이며 목에 씌운 칼 따위를 모두 벗겨놓고 있다가 손책이 부르자 부랴부랴 다시 묶고 씌워서 데려갔다. 손책이 이를 눈치채고 호통을 치며 더욱 단단히 묶어서 가두라 했다.

장소를 비롯하여 수십 명이 이름을 적은 글을 올리고 엎드려 절하며 우길을 살려달라고 했으나 손책은 끄떡도 하지 않았다.

"공들은 모두 글깨나 읽은 사람들인데 어째서 그렇게 말도 되지 않는 소리들만 하시오? 옛날에 교주 자사 장진이 삿된 믿음에 빠져 거문고를 뜯고 향을 피우면서 붉은 수건을 두르고 하는 말이, 그렇게 하면 군사들한테 힘을 돋워주어 싸움에 이길 수 있다고 떠들었소. 그러더니 오히려 적군한테 죽어버렸잖소. 이런 일들은 모두 쓸데없는 짓들인데 공들은 알지 못하고 있소. 내가 우길을 없애버리려 하는 것도 바로 이런 어지러운 짓거리를 막고 삿된 믿음을 갖지 못하도록 하기 위해서요."

여범이 나섰다.

"제가 알기로 우도인은 바람을 부르고 비를 오게 할 수 있습니다. 마침 지금 가뭄이 심한데, 그 사람더러 비를 오게 해보라 하여 비가 내리면 풀어주지요."

"그래? 그 요사스런 인간이 어떤 짓을 하는지 한번 두고 보겠다."

손책은 우길을 끌고 와 몸을 풀어준 뒤 단 위에 올라가 비가 오도록 하라고 명령했다.

우길은 목욕을 하고 옷을 갈아입은 다음 뜨거운 햇볕 아래에서 스스로 밧줄로 몸을 꽁꽁 묶었다. 구경 나온 사람들이 길을 꽉 메웠다.

우길이 사람들을 보며 말했다.

"내 지금부터 단비를 석 자 되게 내리게 하여 많은 사람들의 걱정을 덜어주겠소. 그러나 나는 끝내 죽음을 벗어나지는 못합니다."

사람들이 대꾸했다.

"만일 신비한 힘을 보여주시기만 하면 주공께서도 틀림

없이 우러러보게 되리라 믿습니다.”

우길이 고개를 저었다.

“내 운수가 다 되었으니 결코 벗어나지 못합니다.”

마침내 손책이 단 있는 데로 와서 명령했다.

“만일 한낮까지 비가 내리지 않으면 바로 우길을 태워 죽여라.”

그러면서 미리 마른 장작을 쌓아놓도록 했다.

한낮이 가까워지자 바람이 세차게 불며 검은 구름이 몰려왔다.

손책이 소리쳤다.

“벌써 한낮이 다 되었는데 구름만 끼지 단비는 오지 않는다. 봐라, 요사스런 놈이 틀림없다!”

당장 우길을 장작더미 위에 올려놓고 불을 지르라 했다. 바람을 타고 불길이 치솟았다. 이어 한 줄기 검은 연기가 하늘로 뻗치더니 천둥 번개가 무섭게 쳤다. 그 끝에 큰비가 퍼붓듯이 쏟아지기 시작했다. 길은 금세 내를 이루었다. 말 그대로 단비가 석 자 되게 내렸다.

우길은 장작더미 위에 반듯이 누워 있다가 한소리를 크게 내질렀다. 그러자 비가 그치고 구름도 걷히더니 해가 다시 나왔다. 여러 벼슬아치들과 백성들이 우길을 장작더미 위에서 끌어내려 몸에 묶인 밧줄을 풀어주고는 절을 두 번

우길이 단비를 내리게 하다.

씩 하며 우러르는 마음을 나타냈다.

손책은 벼슬아치들이며 백성들이 옷이 젖는 줄도 모르고 물 바닥에 엎드려 절하는 것을 보더니 파르르 몸을 떨었다.

"날이 맑거나 비가 오는 건 자연스러운 일일 뿐이다. 요사스런 놈이 우연히 그런 기회를 틈타 이런 짓을 하는데 너희들은 왜 그렇게 떠들썩하게 구느냐?"

손책은 칼을 빼어 들더니 무사들한테 우길을 죽이라고 소리쳤다. 여러 벼슬아치들이 나서서 말리자 손책은 더욱 날뛰었다.

"너희들이 지금 우길을 따라 나를 배반하려고 그러지?"

손책의 말에 모두들 입을 다물고 말았다.

손책은 무사들을 시켜 우길의 목을 단칼에 베게 하였다. 바로 그때 한 줄기 푸른 기운이 동북쪽으로 사라졌다. 손책은 우길의 주검을 거리에 내버려두어 삿된 믿음의 본보기로 삼으라고 했다.

밤이 되었다. 바람이 거세게 일고 비가 세차게 퍼부었다. 새벽에 보니 시체가 사라지고 없었다. 시체를 지키던 군사가 그 사실을 보고하자 손책은 씩씩거리며 그 군사를 죽이려 들었다. 바로 그때 사람 하나가 천천히 걸어왔다. 바로 우길이었다. 손책은 크게 화를 내며 칼을 빼어 들어 내리찍으려 했다. 그러나 바로 정신을 잃으며 까무라쳤다. 사람들

                                      박상률 완역 삼국지 3

이 몰려들어 손책을 급히 방으로 옮겼더니 한참 뒤에야 깨어났다.

오태부인이 달려와 아들을 들여다보았다.

"네가 아무 이유 없이 신선을 죽이더니 화를 입는구나."

손책이 피식 웃었다.

"저는 어려서부터 아버님을 따라 싸움터에 나가 수도 없이 많은 사람을 죽였습니다. 하지만 한 번도 화를 입은 적이 없습니다. 요사스런 놈을 죽인 건 바로 큰 화를 미리 막기 위해서였습니다. 제가 화를 입을 까닭이 어디 있습니까?"

"네가 끝내 믿음이 없어서 이렇게 되었다. 지금부터 좋은 일이 있게 빌어야겠다."

"제 목숨은 하늘에 달려 있습니다. 그 따위 요사스런 놈이 결코 어떻게 하지 못합니다. 그러니 빌고 말고 할 까닭이 없습니다."

오태부인은 아무리 달래도 소용없으리라는 것을 깨달았다. 그래서 아랫사람을 시켜 몰래 기도를 드리게 했다.

그날 밤 잠자리에 들 시간이었다. 손책이 방 안에 누워 있는데 어디선가 갑자기 으스스한 바람이 불더니 등불이 꺼질 듯하다가 다시 밝아졌다. 그 불빛 사이로 우길이 서 있는 게 보였다.

손책은 큰소리로 꾸짖었다.

"나는 살아오는 동안 요사스런 것들을 없애고 세상을 편안하게 하겠다고 다짐하였다. 너는 이미 귀신이 되었는데 무엇 때문에 내 둘레를 떠나지 않느냐?"

손책이 침상 머리에 있는 칼을 집어던지자 우길은 사라졌다. 오태부인은 이런 일이 있자 더욱 걱정이 커졌다. 손책은 어머니를 안심시키려고 억지로 일어나 어머니를 뵈러 갔다.

어머니가 아들에게 일렀다.

"성인께서도 말씀하시기를 '귀신의 덕이 크고 강하다'고 하셨다. 그리고 '위아래 모든 신들에게 빌어라'라고 하셨다. 그러니 귀신을 얕잡아봐서는 안 된다. 네가 아무 죄 없는 우 선생을 죽였으니 어찌 뒤탈이 없겠느냐? 내 이미 고을 안의 옥청관에다 기도를 드리게 해놓았으니 네가 직접 가서 절을 하고 빌어라. 그러면 편안해진다."

손책은 내키지 않았지만 어머니의 말을 어길 수 없어 억지로 가마를 타고 옥청관으로 갔다. 도사가 나와 맞으며 향불을 피우라고 했다. 손책은 향불만 피우고 절은 하지 않았다. 향로 속에서 피어오르던 연기가 흩어지지 않고 화려한 가리개 모양을 이루더니 그 위에 우길이 반듯이 앉아 있었다. 손책은 화를 내며 우길에게 침을 뱉더니 거친 욕을 퍼부으며 나갔다. 그런데 문 앞에 다시 우길이 나타나 손책을 무섭게 노려보았다.

손책이 곁사람들에게 물었다.

"너희들 눈에도 요사스런 놈이 보이느냐?"

"보이지 않습니다."

손책은 화가 더욱 치밀어올랐다. 바로 허리에서 칼을 뽑아 우길을 향해 던졌다. 그 칼에 한 사람이 쓰러졌다. 바로 전날 우길의 목을 친 사람이었다. 칼은 그의 머릿속에 깊게 박혀 머리통에 있는 일곱 구멍에서 모두 피가 흘러나왔다. 손책이 그를 장사 지내주도록 하고 옥청관을 나서는데, 문 쪽으로 들어오는 우길이 또 보였다.

손책이 소리쳤다.

"여기가 바로 요사스런 귀신들이 사는 곳이구나!"

손책은 무사 5백 명을 시켜 옥청관을 헐어버리도록 했다. 무사들이 기왓장을 벗기려고 지붕으로 올라가자 우길이 지붕에 서서 기왓장을 밑으로 던지고 있었다. 손책은 화가 치밀 대로 치밀어 거기 있는 도사들을 다 내쫓고 아예 불을 질러버리도록 했다. 불길이 활활 타오르는데, 그 불길 가운데에 우길이 서 있는 모습이 보였다. 손책은 화가 난 채 부중으로 돌아왔다. 그런데 부문 앞에 우길이 또 서 있었다.

손책은 들어가지 않고 곧장 군사를 일으켜 성 밖으로 나가 영채를 세웠다. 그런 다음 장수들을 모아놓고 원소를 도와 조조를 함께 치자는 얘기를 꺼냈다. 그러나 모든 장수들이 말렸다.

"주공께서는 아직 몸이 다 낫지 않았습니다. 가벼이 움직여서는 안 됩니다. 몸이 좋아지면 그때 군사를 일으켜도 늦지 않습니다."

그날 밤 손책이 영채에서 자는데, 우길이 머리를 풀어헤치고 또 나타났다. 손책은 밤새 그를 보고 욕을 해댔다. 다음 날 오태부인은 사람을 보내 손책더러 부중으로 들어오라 했다. 손책이 들어오자 오태부인은 아들의 핼쑥한 얼굴을 보고 울음을 터뜨렸다.

"네 얼굴 꼴이 아주 말이 아니구나!"

손책은 거울을 끌어당겨 얼굴을 들여다보았다. 정말 얼굴이 무척 못쓰게 되어 있었다. 손책이 놀란 얼굴로 곁에 있는 이들을 돌아보며 소리쳤다.

"내가 어쩌다 이런 꼴이 되었지!"

바로 그때 우길이 거울 속에 나타났다. 손책은 손으로 거울을 냅다 치며 소리 질렀다. 이어 상처가 터지면서 정신을 놓아버렸다. 오태부인이 빨리 안으로 들여다 눕히라고 했다. 한참 뒤에야 손책은 눈을 떴다.

"나는 이제 더 살지 못할 성싶다!"

손책은 장소를 비롯한 여러 사람과 아우인 손권을 한자

리에 불렀다.

"세상은 지금 어지러울 대로 어지러워지고 있다. 우리는 마침 오월 땅에 많은 사람이 있고 삼강이 단단히 버티고 있어 잘만 하면 뜻을 크게 펼칠 수 있다. 자포를 비롯해 모두들 내 아우를 잘 도와주기 바라오."

그러면서 관인을 손권에게 바로 넘겨주었다.

"강동의 군사를 거느리고 적과 싸우는 시기와 방법 들을 따져 천하를 다투는 일이라면 네가 나보다 못하다. 그러나 어진 사람을 뽑아 쓰고 능력 있는 사람에게 일을 맡겨 저마다 힘을 다해 강동을 지키게 하는 일은 네가 나보다 낫다. 부디 아버님과 내가 얼마나 어렵게 뜻을 세우고 일으켰는지를 마음속 깊이 새겨서 잘 지켜다오."

손권은 목을 놓아 울면서 절을 한 뒤 관인을 받았다.

손책은 이번엔 어머니한테 말했다.

"제 목숨이 이미 다하여 어머님을 더 모시지 못합니다. 이제 아우한테 모든 걸 물려주었으니 어머님은 아침저녁으로 잘 살펴주십시오. 특히 아버님과 저와 함께한 사람들을 가볍게 대하지 않도록 해주십시오."

어머니가 울먹이며 말했다.

"네 아우는 아직 어려 큰일을 다 떠맡을 수가 없다. 앞으로 어떡해야 하느냐?"

"아우의 재주가 저보다 열 배는 뛰어납니다. 너끈히 큰일을 맡을 수 있습니다. 만약 안으로 어려운 일이 있거든 장소에게 물으면 되고, 밖으로 어려운 일이 있으면 주유에게 물으면 됩니다. 주유가 지금 여기 없어 직접 부탁을 하지 못하는 게 아쉽군요."

이어 손책은 여러 아우들을 다 불러 앉혔다.

"내 죽거든 너희들은 모두 힘을 모아 중모를 도와라. 일가붙이들 가운데에서 딴마음을 품은 이가 있으면 다 같이 힘을 모아 죽이도록 하라. 피를 나눈 형제라도 배반을 하는 이는 절대 선산에 묻지 말라."

아우들은 울면서 그 말을 들었다.

손책은 이번엔 아내인 교부인을 불렀다.

"내 당신과 불행하게도 이렇게 헤어지게 생겼구려. 어머님을 잘 모셔주오. 머지않아 주유가 돌아오면 당신 여동생도 같이 올 터이니 잘 부탁해주오. 남편인 주유한테 내 아우를 잘 도와서 나랑 평생 쌓은 믿음을 저버리지 않도록 해달라고 말이오."

말을 마치자마자 눈을 감으니, 그의 나이 겨우 스물여섯이었다.

나중에 그를 두고 읊은 시가 있다.

동남 땅에서 홀로 싸워 이루니

모두들 소패왕이라고 불렀네

생각할 땐 호랑이처럼 웅크리고

결정할 땐 매가 솟아오르듯 했네

묵직했던 그의 기운 삼강을 누르고

이름 또한 세상에 널리 떨쳤네

큰일 놔두고 눈을 감게 되니

그의 뜻 주유한테 모두 넘겼네

손책이 죽자 손권은 침상 앞에 쓰러져 목을 놓아 울었다. 장소가 손권을 일으켜 앉혔다.

"장군은 지금 울고 계실 때가 아닙니다. 장례를 치르셔야 하고, 군사 일이며 나랏일이며 당장 다스려야 할 일이 쌓여 있습니다."

손권은 애써 눈물을 거두었다. 장소는 손정에게 장례에 관한 일을 모두 맡긴 다음 손권을 모시고 나가 뭇 벼슬아치들의 인사를 받게 했다.

손권은 네모진 턱에 입이 큼지막했고, 눈은 푸르고 수염은 붉었다. 언젠가 조정에서 보낸 유완이 오 땅에 와서 손씨 형제들을 보고 이렇게 말한 적이 있다.

"내가 손씨 집안 형제들을 다 만나보았는데, 재주는 저마다 뛰어나게 생겼으나 오래도록 복을 누리게는 생기지 않았더군. 그 가운데에서 중모만큼은 생김새가 특별하고 뼈대 또한 남달라 앞으로 귀하게 되고 오래 살겠더군. 다른 형제들은 다 그만 못하지."

손권은 손책이 죽으면서 남긴 말에 따라 강동을 물려받긴 했지만 아직 일을 제대로 보고 있지 못했다. 이때 주유가 파구에서 군사를 거느리고 돌아왔다는 보고가 들어왔다.

손권이 고개를 끄덕였다.

"공근이 돌아왔으니 이제 좀 마음이 놓이는구려."

주유는 그동안 파구를 지키고 있었다. 손책이 화살을 맞아 많이 다쳤다는 소식을 듣고 병문안을 하기 위해 길을 떠났다. 오군 가까이 왔을 때 손책이 죽었다는 소식을 듣고 밤낮으로 달려왔다.

주유는 손책의 관 앞에 절을 한 뒤 엎드린 채 목을 놓아 울었다. 오태부인이 나와 손책이 주유에게 부탁한 말을 전했다.

주유가 바닥에 엎드려 절을 하고 말했다.

"저의 보잘것없는 작은 힘이라도 다하여 죽기를 마음먹고 뜻을 잇겠습니다!"

손권이 들어오자 주유가 절을 했다.

손권이 부탁했다.

"공은 부디 형님의 뜻을 잊지 마시기 바랍니다."

주유가 머리를 조아렸다.

"속이 다 도려내져 바닥에 뿌려지는 일이 있더라도 나를 알아주신 은혜 잊지 않겠습니다."

"아버님과 형님의 뒤를 이었으나 앞으로 어떻게 꾸려나가야 할지 모르겠소."

"예로부터 사람을 얻는 이는 잘되고 사람을 잃는 이는 못 된다고 하였습니다. 지금부터 슬기로움이 가득하고 눈이 밝은 사람을 찾아내 도움을 받으셔야 합니다. 그리해야 강동을 잘 지킬 수 있습니다."

"형님께서는 안에서 일어나는 일은 자포에게 물으라 하셨고, 바깥일은 공근에게 물으라 하셨습니다."

"자포는 어질고 이치에 밝은 분이라 마땅히 큰일을 맡을 만합니다. 그러나 저는 재주가 부족해 부탁하신 대로 다 할 수 있을까 걱정됩니다. 제가 장군을 도와드릴 만한 사람 하나를 추천하겠습니다."

손권이 누구냐고 묻자 주유가 대답했다.

"노숙이라는 사람인데, 자는 자경입니다. 임회 동천 사람이지요. 그 사람의 가슴속엔 군사상 필요한 온갖 지식과 방법이 가득하며, 뱃속엔 때를 잘 파악하는 슬기로움이 감추어져 있습니다. 아버지는 일찍 여의었지만, 어머니에 대한 효성이 지극합니다. 집안이 넉넉하여 늘 재산을 풀어 없는 사람들을 돌보았습니다. 제가 거소에 있을 때 수백 명을 이끌고 임회를 지날 때 하필 먹을거리가 떨어졌습니다. 누군가 노숙의 집에 곳간이 둘 있는데 삼천 섬씩 들어 있다고 해서 찾아가 도와달라고 했더니, 노숙은 조금도 머뭇거리지 않고 곳간 하나를 가리키며 가져가라고 했습니다. 이걸 보면 노숙의 사람됨을 알 수 있습니다. 그 사람은 칼 다루는 일과 말타기·활쏘기를 아주 좋아하더군요. 곡아 땅에 가 있는 동안 할머니가 돌아가셔서 장사를 지내려고 동성으로 가 있습니다. 마침 유자양이라고 하는 벗이 노숙에게 소호로 가서 정보 밑으로 들어가자 했는데, 노숙은 별로 생각이 없어 가지 않고 있다 합니다. 이런 때 주공께서 얼른 부르시지요.”

손권이 아주 흐뭇해했다. 바로 주유더러 노숙을 불러오도록 했다.

주유는 직접 노숙에게 가서 인사를 한 다음 손권이 부르는 뜻을 자세히 털어놓았다.

노숙이 대답했다.

“얼마 전에 유자양과 함께 소호로 가자고 약속한 적이 있어 그리 갈까 합니다.”

　　　　　　　　　　　박상률 완역 삼국지 3

주유가 말렸다.

"옛날에 마원은 광무제에게 '지금 세상은 임금만 신하를 잘 골라야 하는 게 아니라 신하도 임금을 잘 골라야 합니다'라고 말한 적이 있소. 우리 손장군께서는 지금 어진 이를 가까이하고 재주 있는 이를 받아들이는 데 있어 누구보다 뛰어난 사람이오. 공께서는 다른 생각 하지 마시고 나랑 동오로 가도록 합시다."

노숙이 그 말을 받아들여 주유를 따라와 손권을 만났다.

손권은 노숙을 무척 존경했다. 그래서 그와 하루 종일 이야기를 나누어도 싫증이 나지 않았다.

어느 날 모두들 돌아갔는데도 손권은 노숙을 붙들고 밤 늦게까지 술을 마시다가 한자리에 같이 드러누웠다.

밤이 이슥해졌을 때 손권이 물었다.

"지금 한나라는 기울 대로 기울었고, 세상은 어지러움에 빠졌소. 내가 아버님과 형님의 일을 이어받아 제나라 환공과 진나라 문공처럼 천하의 힘을 쥐어잡아 나라를 도와볼까 하는데, 공은 나를 어떻게 도와주겠소?"

"옛날에 한고조께서 의제를 섬기려 했으나 그렇게 하지 못한 까닭은 항우가 방해했기 때문입니다. 지금 조조는 그때의 항우와 같다고 할 수 있습니다. 장군께서 어떻게 환공이나 문공처럼 될 수 있겠습니까? 제 생각에 한나라는 다시 일으켜세울 수 없고 조조도 쉽게 없애버릴 수 없습니다. 장군께서는 우선 강동에 솥발처럼 단단히 버티고 서서 천하의 흐름을 잘 살피시기만 하면 됩니다. 지금 북쪽이 시끄러운데, 우리는 틈을 봐서 황조를 무찌르고 나아가 유표를 쳐서 장강 둘레를 다 차지해야 합니다. 그런 다음 제왕의 이름을 내걸고 천하를 노리도록 하십시오. 이게 한고조께서 나라를 일으킨 그대로입니다."

손권은 좋아라 했다. 바로 옷깃을 여미고 자리에서 일어나 노숙에게 고마움을 나타냈다.

날이 밝자 손권은 노숙에게 많은 물건을 보냈고, 그의 어머니에게도 옷을 비롯한 여러 물건을 보냈다.

노숙이 사람 하나를 추천했다. 배움과 재주가 많고 어머니를 잘 모시는 효자였다. 제갈근이라는 사람이었는데, 자는 자유이며 낭야 남양 사람이었다. 손권은 제갈근을 높이 받들어 모셨다.

제갈근은 손권에게 원소와는 손잡지 말고, 조조한테는 따르는 척하라고 했다. 그런 다음에 기회를 보라고 했다. 손권은 그 말을 좇아 원소의 뜻을 받아들이지 않는 편지를 진진에게 들려보냈다.

한편 조조는 손책의 죽음이 알려지자 곧장 군사를 일으

 박상률 완역 삼국지 3

켜 강남으로 쳐내려가려 했다.

시어사 장굉이 말렸다.

"남이 초상난 틈을 타서 쳐들어가는 건 의로운 일이 아닙니다. 만일 이기지 못하면 원수 사이가 되고 맙니다. 이런 때는 오히려 잘 대해주어야 합니다."

조조는 그 말을 받아들였다. 그래서 황제에게 아뢰어 손권을 장군 대우를 해주면서 회계 태수를 같이 맡도록 했다. 이어 장굉을 회계 도위로 삼아 관인을 가지고 강동으로 가게 했다.

손권은 아주 좋아라 했다. 장굉까지 돌아오게 되자 더욱 기뻤다. 장굉은 장소와 함께 일을 나누어 맡도록 했다.

장굉이 사람 하나를 추천했다. 고옹이라는 사람인데, 자는 원탄으로 옛 중랑장 채옹의 제자였다. 그는 입이 무겁고 술을 마시지 않았으며, 조금도 흐트러짐 없는 바른 몸가짐을 보여주는 사람이었다. 손권은 그를 보좌관으로 삼으며 태수의 일을 맡아보게 했다.

한편 진진은 돌아오자마자 원소에게 그동안의 일을 보고했다.

"손책이 죽고 손권이 그 뒤를 이어받았는데, 조조가 손권을 장군으로 삼아 자기편으로 만들었습니다."

원소는 크게 화가 나 마침내 기주·청주·유주·병주 등에
서 군사 70만 명을 일으켜 다시 허도를 치고자 했다.

강남에 난리가 좀 잦아드는가 싶었는데
이번엔 기주 북쪽에서 싸움이 일어나는구나

과연 이기고 짐은 어떻게 갈라질는지…….

원소와 조조의 관도 싸움

원소는 관도 싸움에서 조조한테 지고
조조는 오소를 덮쳐 식량을 불태우다

원소는 군사를 일으켜 관도로 갈 준비를 끝냈다.

하후돈은 조조에게 급한 상황을 알리는 편지를 보냈다. 조조는 순욱에게 허도를 맡긴 뒤 군사 7만 명을 거느리고 적을 맞으러 나왔다.

원소가 군사를 이끌고 출발하기 전, 옥중의 전풍이 글을 올렸다.

지금은 조용히 제자리를 지키면서 하늘이 내리는 기회를 엿보아야 합니다. 너무 가벼이 많은 군사를 일으키면 좋지 않습니다.

그러나 봉기는 원소를 부추겼다.

"주공께서 어질고 의로운 일을 위해 군사를 일으켰는데, 전풍은 왜 이런 방정맞은 소리를 하는지 모르겠습니다."

원소는 봉기의 말을 듣자마자 화를 벌컥 내며 전풍을 목 베어 죽이려 들었다. 그러나 뭇 관리들이 나서서 말리는 바람에 억지로 참았다.

"조조를 깨부수고 돌아와서 그놈의 죄를 묻겠다."

마침내 군사들이 출발했다. 깃발이 온 들녘을 덮었고, 칼과 창은 숲을 이루었다.

양무에 이르러 영채를 세우려 할 때 저수가 나섰다.

"우리가 수로는 많으나 씩씩하기는 저쪽이 더합니다. 또 저쪽 군사가 날쌔기는 하나 먹을거리와 말먹이는 우리만 못합니다. 저쪽은 먹을거리가 넉넉하지 못해 빨리 싸울수록 좋을 테지만, 우리는 먹을거리가 넉넉하므로 될수록 시간을 끌면서 천천히 싸워야 좋습니다. 날이 가면 갈수록 저쪽은 싸움도 해보지 못하고 스스로 꺾이고 말겠지요."

원소가 발끈했다.

"전풍이 군사들 사기를 꺾는 헛소리를 해서 돌아가는 날 꼭 죽이려 하는데, 이젠 너까지 이런 소리를 지껄이느냐? 여봐라! 저놈을 가두어두어라. 조조를 치고 와서 전풍과 함께 죄를 다스리겠다!"

이윽고 70만 대군이 동서남북 사방에 걸쳐 영채를 세우니 90리도 넘게 이어졌다.

이 사실은 곧바로 관도에 알려졌다. 이제 막 다다른 조조의 군사들은 그 소식에 모두 겁에 질렸다. 조조는 모사들을 불러놓고 의논했다.

순유가 말했다.

"원소의 군사가 많다고 해서 겁낼 까닭은 없습니다. 우리 군사는 워낙 날쌔기 때문에 한 사람이 열 사람을 해볼 수 있습니다. 그러나 될 수 있으면 빨리 싸우는 게 낫습니다. 시간을 끌면 먹을거리와 말먹이가 떨어져 큰일 납니다."

조조가 맞장구를 쳤다.

"나도 그렇게 생각하네."

조조는 곧장 북을 치고 아우성을 치며 들이치라는 명령을 내렸다. 원소의 군사가 나와 서로 마주 보며 둥글게 진을 쳤다.

심배는 여러 개의 화살을 한꺼번에 쏠 수 있는 궁노수 1만 명을 양 가장자리에 숨어 있게 했다. 또 보통 활을 쏠 군사 5천 명은 문기 안에 숨어 있게 했다. 그런 뒤 신호로 쾅 소리가 나면 한꺼번에 활을 쏘도록 했다.

북소리가 세 차례 울리자 원소가 황금 투구를 쓰고 황금 갑옷을 차려입은 다음 비단 웃옷에 옥띠를 두르고 앞으로 나와 말을 세웠다. 양쪽으로는 장합·고람·한맹·순우경 등의 장수가 늘어섰다. 온갖 깃발과 황제의 믿음을 나타내는 기에, 일을 맡아볼 수 있는 힘을 나타내는 도끼 등이 가지런히 세워져 있었다.

조조 쪽에서도 문기가 열리자 조조가 말을 타고 나왔다. 허저·장료·서황·이전 등이 저마다 무기를 들고 앞뒤로 조조를 에워쌌다.

조조가 말채찍을 들어 원소를 가리키며 소리쳤다.

"내가 황제께 아뢰어 네가 대장군이 되게 하였는데 무엇 때문에 배반하였느냐?"

원소가 성난 목소리로 맞받아쳤다.

"네가 한나라 승상 노릇을 하고 있지만 사실은 역적이다! 저지른 죄가 하늘까지 뻗쳐 왕망이나 동탁보다도 더한 놈이 나보고 배반했다고 억지소리를 하느냐!"

"내 이제 황제의 명령을 받들어 너를 무찌르겠노라!"

"나는 황제께서 옷 속에 숨겨 보낸 비밀 조서를 받들어 너를 치겠노라!"

조조가 씩씩거리며 장료에게 나가 싸우라 했다. 이를 보고 장합이 뛰쳐나왔다. 서로 어울려 4, 50합을 싸웠으나 이기고 짐을 가를 수 없었다. 조조는 두 사람의 싸움을 보며 속으로 놀랐다. 허저가 싸움을 도우러 칼을 휘두르며 말을 달려나왔다. 그러자 고람이 창을 꼬나들고 내달렸다. 네 장수가 두 패로 나뉘어 싸우기 시작했다.

조조는 하후돈과 조홍에게 각각 군사 3천 명씩을 거느리고 나가 적진으로 쳐들어가라고 했다. 심배는 조조군이 쳐들어오자 바로 쾅 소리를 울려 신호를 보냈다. 양 가장자리에 숨어 있던 군사들이 마구 화살을 퍼부었다. 안에 숨어 있던 군사들도 활을 쏘아댔다. 조조의 군사들은 버티지 못하고 남쪽으로 달아나기에 바빴다. 원소가 군사를 그쪽으로 몰고 가 덮쳤다. 조조군은 크게 져서 모두 관도로 물러갔다.

원소는 관도 쪽으로 더 다가가 영채를 세웠다.

심배가 다시 의견을 냈다.

"군사 십만 명을 뽑아 관도를 지키게 하고, 조조 영채 앞에다 흙으로 산을 쌓은 뒤, 우리 군사들을 그 위에 올려보내 조조의 영채를 내려다보며 활을 쏘게 하십시오. 만약에 조조가 여기를 버리고 달아나면 우리는 아주 중요한 길목을 손안에 넣게 되어 허도를 어렵지 않게 깰 수 있습니다."

원소는 그 말을 따랐다. 각 영채에서 힘깨나 쓸 만한 군사들을 뽑아 연장으로 흙을 파서 퍼나르게 하여 조조의 영채 앞에 흙으로 산을 쌓았다. 이를 본 조조의 군사들이 몰려나와 쫓으려 했지만, 길목마다 궁노수들이 지키고 있어 앞으로 나갈 수가 없었다.

채 열흘도 못 되어 원소 쪽에서는 흙산을 50개도 넘게 쌓아올리고, 그 위에 높다란 망루까지 세웠다. 이어 궁노수들에게 활을 퍼붓게 하였다. 조조의 군사들은 모두 겁이 나서 화살받이를 머리에 쓰고 몸을 사렸다. 흙산에서 신호 소리가 한 번 날 때마다 화살이 빗발치듯 날아왔다. 조조의 군사들은 그때마다 방패로 몸을 가린 채 땅바닥에 납작 엎드렸다. 원소의 군사들은 그 꼴을 볼 때마다 소리치며 웃었다.

군사들이 어쩔 줄 몰라 하자 조조는 급히 모사들을 불러 의논했다.

유엽이 나섰다.

"돌을 날릴 수 있는 발석거를 만들어야 깰 수 있을 듯합니다."

조조는 유엽에게 발석거 생김새를 그림으로 그려보게 했다. 마침내 유엽이 그려낸 그림을 바탕으로 해서 밤낮으로 발석거 수백 대를 만들어 영채 안 곳곳에 나누어놓았다. 노리는 곳은 흙산 위의 사다리였다.

흙산 위에서 궁노수들이 화살을 퍼붓자 조조 쪽에서는 발석거로 돌을 날렸다. 돌은 공중을 날아 궁노수들이 있는 곳에 떨어졌다. 궁노수들은 피하지 못하고 돌에 맞아 마구 죽었다. 원소의 군사들은 발석거를 돌벼락 치는 기계라 하여 벽력거라 불렀다. 이리하여 원소의 군사들은 더는 높은

데에 올라가 활을 쏠 수 없게 되었다.

심배는 다시 새로운 방법을 하나 내놓았다. 조조의 영채로 곧바로 들어갈 수 있게 땅 밑으로 굴을 파자고 했다. 굴을 파는 군사들은 굴자군으로 불렀다.

조조의 군사들은 원소의 군사들이 산 뒤쪽에서 굴을 파는 걸 발견하고 곧장 보고했다.

조조가 유엽에게 의견을 묻자 유엽이 대답했다.

"이건 원소군이 우리를 바로 해볼 수가 없어 몰래 공격하려고 그럽니다. 땅속으로 굴을 파서 우리 영채 안으로 쳐들어오려고 그럽니다."

"그럼 어떻게 막아야겠소?"

"영채 둘레에 도랑을 깊이 파면 저들이 판 굴은 아무 쓸모가 없게 됩니다."

조조의 군사들은 밤을 도와 도랑을 파기 시작했다. 원소의 군사들은 쉼없이 굴을 파며 나아갔지만 도랑이 나오자 더는 어쩔 수 없게 되어버렸다. 결국 헛심만 쓰고 만 셈이었다.

조조군은 8월에 관도에 나왔는데, 9월 말이 다 되어가자 군사들도 지치고 식량도 떨어져갔다. 그러기에 관도를 버리고 허도로 돌아가고 싶었지만 쉽게 결정을 내릴 수가 없었다. 허도에 있는 순욱에게 편지를 보내 의견을 물었다. 순욱이 곧바로 답을 보내왔다.

물러날지, 나아갈지에 대한 물음에 대해 말씀드리겠습니다.

제 생각에 원소가 관도로 전체 군사를 다 몰고 온 까닭은 명공과 어떻게든 이기고 짐을 가르기 위해서입니다. 공께서는 약한 상태로 강한 적을 막아내야 합니다. 만일 여기서 누르지 못하면 적에게 눌리게 됩니다. 이는 천하를 흔들 수 있는 중요한 일입니다. 원소는 군사가 많기는 하나 제대로 쓸 줄을 모릅니다. 공께서는 무예에 뛰어나시고 슬기로움 또한 뛰어나시니 그 정도를 넘어서지 못할 까닭이 없습니다. 지금 군사가 적은 건 사실이지만, 옛날에 초와 한이 형양과 성고에서 싸울 때와 비교하면 지금이 훨씬 낫습니다. 공께서는 지금 금을 긋듯 자리를 잡아 길목을 막고 더 밀고 들어오지 못하게 하십시오. 앞으로 나아가지 못하거나 일이 급하게 되면 틀림없이 뭔가 새로운 기회가 생기기 마련입니다. 이때가 적이 미처 생각하지 못한 작전을 쓸 때입니다. 결코 놓쳐서는 안 됩니다. 명공께서는 잘 헤아리시기 바랍니다.

조조는 순욱의 답장을 읽고 아주 흐뭇해했다. 곧바로 장수와 군사들에게 모든 힘을 다해 지키라는 명령을 내렸다.

원소의 군사는 30리쯤 뒤로 물러갔다. 조조는 장수들에게 영채 밖으로 나가 사정을 살피도록 했다. 서황의 부하 장수인 사환이 원소 쪽 군사 하나를 잡아 서황에게 끌고 왔다.

서황이 그에게 원소 쪽 사정을 묻자 그가 대답했다.

"머지않아 대장 한맹이 먹을거리를 싣고 오므로 우리들이 먼저 길을 살피러 왔습니다."

서황은 이 사실을 곧장 조조에게 보고했다.

순유가 말했다.

"한맹은 별 볼 일 없는 장수입니다. 누구든 말 탄 군사 몇천 명을 이끌고 나가게 해서 중간에 덮쳐 먹을거리 공급을 끊어버리면 원소군은 저절로 어지러움에 빠지고 맙니다."

조조가 주위를 둘러보았다.

"누가 가면 좋겠소?"

순유가 대답했다.

"서황이 가면 좋겠습니다."

조조는 서황더러 사환과 함께 군사들을 이끌고 먼저 가게 하고, 장료와 허저는 뒤따라가라고 했다.

그날 밤 허맹은 식량을 가득 실은 수레 수천 대를 원소의 영채 쪽으로 끌고 가고 있었다. 막 산골짜기 길로 들어섰을 때 서황과 사환이 군사를 이끌고 나타나 길을 막았다. 한맹이 말을 달려나오자 서황이 맞아 싸웠다. 사환은 수레꾼들을 들이쳐 쫓아버리고 수레에 불을 질렀다. 한맹은 힘이 부치자 말 머리를 돌려 오던 길로 달아났다. 서황은 군사들에게 서둘러 적의 모든 짐을 다 태워버리도록 했다.

군 안에 있던 원소가 난데없이 서북쪽에서 치솟는 불길을 보고 깜짝 놀라는데, 지고 쫓겨온 군사가 숨넘어가는 소리를 했다.

"먹을거리를 다 빼앗겼습니다!"

원소는 장합과 고람에게 곧장 큰길을 막도록 하였다. 그들은 바로 식량을 불태우고 돌아오는 서황과 맞부딪쳤다. 막 싸우기 시작하는데 뒤쪽에서 허저와 장료의 군사가 들이쳤다. 원소의 군사는 뿔뿔이 흩어져버렸다. 네 장수는 군사를 한데 합쳐 관도의 영채로 돌아왔다.

조조는 크게 기뻐하며 상을 두터이 내렸다. 이어 군사를 나누어 영채 앞에 영채를 또 세웠다. 사슴을 잡을 때 한 사람은 앞에서 뿔을 잡고 다른 한 사람은 뒤에서 다리를 붙잡듯이 한 모양새를 이루게 했다.

한편 한맹이 싸움에 지고 돌아오자 원소는 화가 날 대로 나 한맹을 죽이려 했다. 여러 사람이 말려 한맹은 겨우 살아났다.

심배가 원소에게 말했다.

"군사를 움직이려면 먹을거리가 무엇보다 중요하므로 단단히 지켜야 합니다. 오소는 우리의 먹을거리를 쌓아둔 곳입니다. 힘센 군사들을 보내 지켜야겠습니다."

"그건 나도 계획을 세워놓고 있다. 너는 업군으로 돌아가서 먹을거리를 살피되 모자라지 않게 대도록 하라.”

심배는 바로 떠났다. 원소는 대장 순우경에게 부하장수 휴원진·한거자·여위황·조예 들과 함께 군사 2만 명을 거느리고 가서 오소를 지키도록 하였다. 원래 순우경은 거친 데다 술을 좋아해 군사들이 싫어했다. 그는 오소에 이르자마자 장수들을 데리고 하루 내내 술만 마셔댔다.

한편 조조는 식량이 바닥났다는 보고를 받자 허도에 있는 순욱에게 빨리 식량을 마련하여 밤을 도와 보내라는 편지를 썼다. 그러나 편지를 가지고 가던 군사가 미처 30리도 못 가서 원소의 군사에게 붙들려 꽁꽁 묶인 채 모사인 허유 앞으로 끌려갔다.

허유의 자는 자원인데, 조조와는 젊었을 때 친구 사이였지만 지금은 원소의 모사로 있었다. 그는 곧바로 붙잡혀온 사람의 몸을 뒤져 조조가 식량을 보내달라고 쓴 편지를 찾아내자 바로 원소에게 가서 보고했다.

“조조의 군사가 관도에 머물며 우리와 서로 노려보고 있는 지도 오래되었습니다. 허도는 지금 텅 비어 있을 터이므로 군사를 나누어 밤낮없이 가서 들이치면 허도를 차지할 수 있고 조조도 사로잡을 수 있습니다. 지금 조조군은 먹을거리가 거의 바닥났다고 하니, 이런 때를 놓치지 말고 양쪽에서 들이받아야 합니다.”

원소가 시큰둥하게 대꾸했다.

"조조는 원래 속임수를 아주 잘 쓰는 인간이다. 이 편지는 바로 우릴 속이려고 일부러 썼는지도 모르지."

허유도 물러서지 않았다.

"지금 말씀드린 대로 하지 않으면 나중에 오히려 해를 입게 될지 모릅니다."

그때 업군에서 사람이 와 심배의 편지를 내놓았다.

편지에는 먼저 식량을 옮기는 일에 관한 내용이 씌어 있었다. 이어서 허유가 기주에 있을 때 백성들의 재물을 함부로 빼앗고, 또 아들과 조카를 시켜 백성들한테서 세금을 많이 뜯어내 제 뱃속을 채웠기에 아들과 조카를 잡아다 가두었다는 내용이 들어 있었다.

편지를 읽고 난 원소는 화가 몹시 나 허유를 꾸짖었다.

"이런 나쁜 놈 같으니라고! 네가 지금 무슨 낯짝으로 내 앞에 와서 이러쿵저러쿵 의견이라고 내놓느냐? 너는 원래 조조의 친구였느니라. 이번에 그놈한테서 뇌물 받아 처먹고 그놈을 위해 간사스럽게 혓바닥 놀려 우리 군사를 속여 망하게 하려는구나! 당장 목을 베고 싶지만 당분간 그 대가리를 모가지에 붙여둘 테니 빨리 물러가거라. 다시는 내 눈 앞에 얼씬거리지 말라!"

밖으로 나온 허유는 하늘을 쳐다보며 한숨을 내쉬었다.

"좋은 말은 귀에 거슬린다더니, 이런 인간하고 무슨 일을 한단 말이냐! 아들놈과 조카가 모두 심배한테 해를 입었다니, 내 어찌 기주 사람들을 다시 볼 수 있겠느냐!"

마침내 허유가 칼을 뽑아 들고 스스로 목을 찌르려 했다. 아랫사람들이 급히 칼을 빼앗으며 말렸다.

"공은 어째서 목숨을 그리 가볍게 여기십니까? 원소는 바른말을 아주 듣기 싫어합니다. 나중에 틀림없이 조조한테 사로잡히고 맙니다. 공은 조공과 친구 사이이면서 왜 어둠을 버리고 빛을 찾아가지 않으십니까?"

두어 마디 말이 허유를 퍼뜩 정신 나게 했다. 허유는 곧바로 조조를 찾아갔다.

후세 사람이 이를 두고 아쉬워하는 시를 읊었다.

본초의 씩씩한 기운 세상을 뒤덮었지만
관도에서 겨루었던 일 헛되이 한숨일세
허유가 말한 대로 한번 해보았으면
강산이 그리 쉽게 조씨 것이 되었겠나

허유는 몰래 영채를 빠져나와 조조의 영채로 가다가 조조의 군사에게 붙들렸다.

"나는 조승상의 옛 벗이다. 빨리 들어가서 남양의 허유가 왔다고 알려라."

보고를 받을 때 조조는 막 옷을 벗고 쉬고 있었다. 허유가 찾아왔다는 말을 듣자 신발도 신지 않은 채 뛰어나와 맞았다. 조조는 허유를 보자마자 손뼉을 치면서 웃음을 머금은 채 반기더니 손을 잡아끌어 안으로 들어갔다. 조조가 먼저 바닥에 엎드려 절을 하자 허유는 놀라 조조를 말렸다.

"공은 한나라의 승상이고, 나는 벼슬을 못 한 사람인데 왜 이러시는가?"

조조가 말했다.

"공은 나의 옛 벗인데 벼슬을 따져가며 위아래를 가려야 되겠는가!"

"나는 주인을 가려 섬길 만한 재주가 없어 원소 밑에서 몸을 굽히고 있었소. 원소가 말을 듣지 않고 방법도 받아들이지 않아 그 사람을 버리고 이렇게 옛 벗을 찾아왔소. 부디 거두어주기 바라오."

"자원이 이렇게 나한테 와주시니 내 일은 이루어진 거나 마찬가지요. 내가 원소를 깨부술 수 있는 방법을 좀 알려주시오."

"나는 원소더러 말 탄 군사를 보내 허도를 덮친 뒤 머리와 꼬리를 자르듯 앞뒤에서 치라고 했소."

조조는 깜짝 놀랐다.

"만약 원소가 자원의 말을 들었다면 나는 큰일날 뻔했소."

허유가 조조를 쳐다보았다.

"지금 군사들 먹을거리가 얼마나 남았소?"

"일 년 먹을 건 넉넉하오."

허유가 픽 웃었다.

"그렇지 않을 텐데요?"

"사실은 반년 정도 먹을 만하오."

허유가 소매를 떨치고 일어나 장막을 걷고 나가면서 소리쳤다.

"내 참된 마음으로 몸을 맡기러 찾아왔는데 공은 거짓으로 나를 대하니 무얼 더 바라겠소!"

조조가 얼른 붙잡았다.

"자원은 너무 화내지 마시오. 솔직히 말하겠소. 지금 남아 있는 먹을거리는 석 달 치밖에 안 되오."

허유가 싸늘하게 웃었다.

"세상 사람들이 맹덕을 간사스런 영웅이라 하는 까닭을 오늘 알았소."

조조가 웃으며 받았다.

"싸움을 할 땐 속임수도 쓰면서 한다는 말도 못 들었소?"

이어 조조는 허유의 귀에다 입을 대고 속삭였다.

"솔직히 말하면 이달 먹을 것밖에 없소."

허유가 소리를 꽥 질렀다.

"나를 그만 속이시오! 먹을거리는 다 떨어지고 없소!"

조조는 놀라서 자빠질 뻔했다.

"어떻게 아시는가?"

허유가 품속에서 편지 한 통을 꺼냈다.

"이 편지 누가 썼소?"

조조가 벌린 입을 다물지 못했다.

"이것 어디서 났소?"

허유는 편지 가지고 가던 군사를 잡은 얘기를 했다.

조조가 허유의 손을 잡으며 말했다.

"자원이 옛 벗을 일부러 찾아왔으니 제발 한 수 가르쳐주시오."

"명공이 적은 군사로 큰 적과 싸우면서 빨리 끝내는 방법을 찾지 않는데, 이건 죽어도 좋다는 말밖에 안 되오. 나한테 한 가지 방법이 있소. 사흘 안에 원소의 백만 대군과 싸우지 않고도 스스로 무너지게 하는 방법이오. 내 이르는 대로 하겠소?"

조조가 침을 꼴깍 삼켰다.

"어서 들려주시오."

"원소의 먹을거리와 물자들은 모두 오소에 있소. 지금 순우경이 지키고 있지만, 순우경은 술을 워낙 좋아해 제대로 지키고 있지 않소. 공은 날랜 군사들을 뽑아, 원소의 장수 장기의 군사인데 지금 먹을거리를 지키러 가는 길이라 둘러대게 하시오. 그렇게 가서 틈을 보아 먹을거리며 물자들을 태워버리면 원소의 군사는 사흘 안에 저절로 흐트러져버리오.”

조조는 무척 좋아라 하며 허유를 잘 대접한 뒤 영채 안에 머물게 했다.

다음 날 조조는 직접 말 탄 군사와 일반 군사 5천 명을 뽑아 오소로 가서 식량 둔 곳을 깨부술 준비를 했다.

장료가 걱정을 털어놓았다.

“원소라고 어찌 먹을거리 있는 곳을 허술하게 지키도록 했겠습니까? 승상께서 가벼이 가시면 안 됩니다. 아무래도 허유가 속이는 성싶습니다.”

조조가 고개를 저었다.

“그렇지 않네. 허유가 이리 온 건 하늘이 원소를 망하게 하려는 뜻일세. 지금 우리는 먹을거리를 제대로 대지 못해 오래 버티기 어렵네. 허유가 이른 대로 하지 않으면 앉아서 어려운 일을 일부러 기다리는 꼴일세. 저 사람이 우릴 속이려고 왔으면 저렇듯 여기 머물러 있지도 않을 걸세. 나도 이미 그쪽을 덮칠 생각을 하고 있었네. 먹을거리 있는 곳을 쓸어버리는 일은 이번 싸움에 가장 중요한 일이네. 자네는 너무 의심하지 말게나."

"그렇다 하더라도 원소가 우리의 빈틈을 노리고 쳐들어올지 모르니 준비는 미리 단단히 해놓아야 합니다."

조조가 웃었다.

"내 알아서 다 해놓았네."

조조는 순유·가후·조홍더러 허유와 함께 본부를 지키게 했다. 그런 뒤 하후돈·하후연에게 군사 한 무리를 떼어주며 왼쪽에 숨어 있게 하고, 조인과 이전도 군사 한 무리를 거느리고 오른쪽에 숨어 있게 했다.

장료와 허저가 앞장서고, 서황과 우금은 뒤따랐으며, 조조는 가운데에서 여러 장수들을 이끌고 나아갔다. 군사 5천 명 모두 마른 짚단이나 나뭇짐을 등에 지고 원소의 깃발을 내세웠다. 소리를 내지 않게 하려고 사람은 입에 막대기를 물고 말은 재갈을 물렸다. 해질 무렵에 오소로 떠났는데, 그날 밤 하늘의 별들은 유난히 더 반짝였다.

한편 갇혀 있던 저수는 밤에 밝게 빛나는 별들을 보고 자신을 바깥으로 잠깐 내보내달라고 부탁하여 하늘을 자세히 우러러보았다. 갑자기 금성이 거꾸로 움직여 견우성과 북두칠성 사이를 파고들었다.

저수는 깜짝 놀랐다.

                              박상률 완역 삼국지 3

저수가 별자리를 헤아리다.

“드디어 화가 닥치는구나!”

저수는 바로 원소를 만나게 해달라고 부탁했다. 원소는 술에 취해 누워 있었다. 저수가 급히 할 말이 있다 하니 들라 하였다.

저수가 고개를 조아렸다.

“좀 전에 하늘을 살폈더니 금성이 남쪽의 셋째 별자리인 유성과 둘째 별자리인 귀성 사이를 거꾸로 흘러 그 빛이 견우성과 북두칠성 있는 데까지 뻗쳤습니다. 적이 갑작스레 쳐들어오지 않을까 걱정입니다. 오소는 먹을거리를 쌓아둔 곳이라 더 단단히 지키지 않으면 안 됩니다. 빨리 날쌘 군사와 씩씩한 장수를 보내 사잇길과 산길을 잘 지키도록 하십시오. 그렇게 해야 조조가 쳐들어와도 막을 수 있습니다.”

원소가 화를 벌컥 냈다.

“너는 지금 죄인이다. 어디 주둥아리를 함부로 놀려 군사들 마음을 어지럽히려 드느냐!”

이어 감시하는 군사를 꾸짖었다.

“내가 단단히 가두어두라고 했거늘, 어쩌자고 이놈을 밖으로 내놓았느냐!”

원소는 그 군사를 목 베어 죽이게 하고, 다른 군사더러 저수를 끌고 가 가두게 하였다.

저수는 원소 앞을 물러나오면서 눈물을 훔치며 긴 한숨

을 내뱉었다.

"우리 군이 무너질 때가 곧 닥쳤으니, 내 죽은 몸뚱이는
어디에서 나뒹굴까!"

나중에 어떤 사람 하나가 이 일을 시로 읊었다.

충성스런 말 듣기 싫어 원수 만들었네

저 혼자 잘난 원소는 원래 슬기로움이 없지

오소 식량 없어지면 바탕이 꺼지는 꼴이라

기주 지키는 일 어찌 잘 되겠는가

조조는 군사들을 거느리고 밤길을 서둘러 갔다. 원소의
한 영채 앞을 지날 때 그곳을 지키는 군사가 막아서며 어디
군사냐고 물었다.

조조가 군사를 시켜 대답하게 했다.

"장기 장군의 명령을 받아 오소로 먹을거리를 지키러 가
는 군사요."

그 군사는 자기 편 깃발을 확인하고 더는 의심하지 않고
지나가게 했다. 그 뒤로 몇 차례나 더 이렇게 장기의 군사라
고 둘러대며 아무런 방해 없이 지나갔다. 오소에 도착하니
한밤중이 지나고 있었다.

조조는 지고 온 마른 짚단과 나무에 불을 붙여 식량 더미

에 불을 지르게 했다. 이어 조조의 장수들은 북을 치고 아우성을 치며 쳐들어갔다.

이때 순우경은 장수들과 함께 술을 마시고 취해 안에서 자고 있다가 북소리와 아우성치는 소리에 깜짝 놀라 깨어났다.

"왜 이렇게 시끄럽냐?"

묻는 말이 미처 끝나기도 전에 조조 군사가 내민 쇠갈고리에 콱 찍혀 고꾸라졌다.

휴원진과 조예는 식량을 날라주고 돌아오는 길이었다. 식량 더미에 불이 붙은 걸 보고 끄기 위해 급히 달려왔다.

이를 보고 군사 하나가 나는 듯이 조조에게 달려가 보고했다.

"뒤에서 적이 몰려오고 있습니다. 군사를 나누어 막아야 합니다."

그러나 조조는 알았다는 눈짓도 없이 큰소리로 외쳤다.

"모든 장수들은 오로지 앞으로만 나아가며 싸워라. 뒤에 있는 적은 바짝 다가왔을 때 휙 방향을 틀어 싸우면 된다!"

모든 장수와 군사들은 조조의 명령대로 앞으로만 무찔러 나갔다. 눈 깜짝할 새에 여기저기서 불길이 치솟아오르고 연기가 하늘을 뒤덮었다.

마침내 휴원진과 조예가 군사를 몰고 와서 달려들었다.

바로 조조가 말 머리를 돌려 그들과 싸웠다. 두 사람은 조조군에게 죽고 말았다. 식량과 물자는 모조리 타버렸다.

순우경은 사로잡힌 뒤 조조에게 끌려왔다. 조조는 그의 귀와 코와 손가락을 베어낸 뒤 말 등에 매달아 원소의 영채로 돌려보냈다. 원소를 욕보이기 위해서였다.

한편 막사 안에 있던 원소는 정북쪽 하늘에 불빛이 가득하다는 보고를 받고 오소에 무슨 일이 일어났다는 걸 알았다. 급히 모사며 장수들을 불러 군사 보낼 일을 의논했다.

장합이 나섰다.

"제가 고람과 같이 가서 구해내겠습니다."

곽도가 고개를 저었다.

"안 됩니다. 조조군이 먹을거리를 털러 왔다면 틀림없이 조조가 직접 왔을 터입니다. 조조가 나왔다면 영채는 비어 있겠지요. 이런 때 군사를 몰고 가서 조조의 영채를 덮쳐야 합니다. 조조가 알면 군사를 거두어 곧바로 돌아오지 않을 수 없습니다. 이는 바로 옛적에 손빈이 위나라를 에워싸서 조나라를 구한 방법입니다."

장합이 말했다.

"그렇지 않을지 모릅니다. 조조는 워낙 꾀가 많아서 안을 비운 채 밖으로 나올 사람이 아닙니다. 반드시 어떤 방법을 써놓고 나왔을 테죠. 지금 만약 조조의 영채를 덮쳤다가 무너뜨리지 못하면 순우경은 사로잡히고, 나아가 우리도 모두 조조한테 잡히고 맙니다.”

그러나 곽도는 고집을 꺾지 않았다.

“조조는 먹을거리를 빼앗는 데 정신이 팔려 있습니다. 그런 사람이 영채에다 군사를 남겨두고 나왔겠습니까!”

곽도는 거듭 조조의 영채를 치자고 고집을 부렸다. 마침내 원소는 장합과 고람에게 군사 5천 명을 거느리고 관도로 가서 조조의 영채를 덮치도록 했다. 이어 장기에게는 군사 1만 명을 이끌고 오소로 가도록 했다.

이때 조조는 순우경의 군사들을 죽이거나 쫓아버린 뒤 그들의 옷이며 갑옷이며 깃발들을 모조리 빼앗아 마치 순우경의 군사가 싸움에 지고 돌아가는 모습처럼 꾸몄다. 어느 산 뒷길로 들어섰을 때 장기의 군사들과 딱 마주쳤다. 장기의 군사가 어떤 군사냐고 묻자 오소에서 싸움에 지고 도망치는 군사라고 둘러댔다. 장기는 아무런 의심 없이 말을 몰아 지나갔다.

바로 이때 장료와 허저가 달려들며 소리쳤다.

“장기야, 게 섰거라!”

장기는 미처 손쓸 틈도 없이 장료의 칼에 베어 말 아래로 고꾸라졌다. 장기의 군사들 역시 힘없이 무너지고 말았다.

이런 뒤 원소에게 사람을 보내 거짓 보고를 하게 했다.

"장기가 오소에서 조조군을 다 무찔렀습니다."

원소는 그 말을 믿었다. 그래서 오소로 더는 군사를 보내지 않고 관도 쪽으로만 군사를 더 보냈다.

한편 장합과 고람은 조조의 영채로 밀고 들어갔다. 그런데 하후돈은 왼쪽에서, 조인은 오른쪽에서, 조홍은 가운데에서 한꺼번에 달려나왔다. 이렇듯 세 군데서 들이치는 바람에 크게 지고 말았다. 원소가 보낸 군사들이 막 다다르자 이번엔 뒤에서 조조가 치고 들어왔다. 사방에서 둘러싸고 무찔러대자 장합과 고람은 겨우 길을 뚫고 달아났다.

원소는 오소에서 지고 돌아온 군사들을 영채 안으로 거두어들였다. 순우경을 보니 귀며 코며 손가락 등이 잘려나가고 없었다.

원소가 물었다.

"어쩌다 오소를 잃었느냐?"

군사 하나가 나서서 일러바쳤다.

"순우경이 술에 취해 자고 있어서 적이 들이닥쳤을 때 어찌해볼 수가 없었습니다."

원소는 화가 머리끝까지 치밀어 그 자리에서 순우경의 목을 베어버렸다.

곽도는 장합과 고람이 돌아오면 누가 옳고 그른지를 따

지고 들까봐 걱정이었다. 그래서 그들이 오기 전에 먼저 엉너리를 쳤다.

"장합과 고람은 주공께서 이번 싸움에 졌어도 속으론 좋아할지 모릅니다."

원소가 이맛살을 찌푸렸다.

"뭔 소리냐?"

"두 사람은 원래 조조한테 항복하고 싶어 했습니다. 그래서 이번에 영채를 덮치러 가서도 제대로 힘을 쓰지 않았기에 군사들만 잃고 말았습니다."

원소는 또 크게 성을 냈다. 당장 사람을 보내 두 사람을 영채로 데려오라고 소리 질렀다. 곽도는 한발 앞서 장합과 고람에게 사람을 보냈다.

"주공이 장군들을 죽이려 하오."

곧이어 원소가 보낸 사람이 이르러 명령을 전하자 고람이 물었다.

"주공께서 우리를 왜 부르시지요?"

"저는 잘 모르겠습니다."

고람은 칼을 쓱 빼어 든 뒤 원소가 보낸 이를 죽여버렸다.

장합이 놀라자 고람이 말했다.

"원소는 헐뜯는 말이나 믿고 앉아 있으니 틀림없이 조조한테 사로잡히고 맙니다. 그런데 우리가 무엇 때문에 앉아서 죽기를 기다려야 하오? 차라리 조조한테 항복하지요. 그 게 낫겠소.”

장합이 고개를 끄덕였다.

“나도 그렇게 생각한 지 오래되었소.”

마침내 두 사람은 부하들을 이끌고 조조의 영채로 가서 항복할 뜻을 전했다.

하후돈이 고개를 갸우뚱했다.

“장합과 고람이 진심으로 항복을 하러 왔는지 알 수 없습 니다.”

조조가 대꾸했다.

“내가 정성껏 대하면 설령 딴마음을 품고 왔더라도 바뀌 게 된다.”

조조는 곧바로 영채 문을 열고 두 사람을 맞아들이도록 했다. 두 사람은 무기를 버리고 갑옷을 벗고 땅에 엎드려 조 조에게 절을 했다.

조조가 반갑게 맞았다.

“만일 원소가 두 장군의 말을 들었다면 지지 않았을지 모 르오. 오늘 두 장군이 나를 찾아왔는데, 그건 옛날에 미자가 은나라를 떠나고 한신이 한나라로 간 거나 마찬가지요.”

조조는 장합을 편장군 도정후로 삼고, 고람은 편장군 동 래후로 삼았다. 두 사람은 무척 기뻐했다.

　한편 원소 쪽에서는 허유가 떠난 데 이어 장합과 고람마 저 가버리고 오소의 식량마저 잃어버려서 군사들 마음은 흔들리기 시작했다.

　허유는 조조에게 빨리 공격하라 권하고, 장합과 고람은 앞장서겠다고 나섰다. 이에 조조는 장합과 고람에게 군사 를 거느리고 가서 원소의 영채를 무찌르라고 했다. 조조군 은 그날 한밤중에 군사를 세 갈래 길로 몰고 가 원소의 영채 를 덮쳤다. 그들은 동이 틀 때까지 치고받다가 군사를 거두 었다. 이때 원소는 군사를 절반 넘게 잃었다.

　순유가 의견을 냈다.

　"이젠 적을 어지럽게 할 소문을 퍼뜨립시다. 우리가 군사 를 나누어 한쪽은 산조로 가서 업군을 치고, 다른 한쪽은 여 양으로 가서 원소가 돌아갈 길을 끊는다고 말입니다. 원소 가 이 소문을 들으면 놀라서 틀림없이 군사를 나누어 보내 우리를 막으려 할 겁니다. 그들이 움직인 틈을 타 들이치면 반드시 원소군을 깰 수 있습니다."

　조조가 그 말을 따르기로 하고 군사들더러 사방에 그 소 문을 퍼뜨리게 했다. 원소의 군사는 이 소문을 듣자마자 달 려들어가 보고했다.

　"조조가 군사를 두 길로 나누어 한쪽은 업군을 치고 다른 쪽은 여양으로 간다 합니다."

원소는 크게 놀랐다. 급히 원담에게 군사 5만 명을 내어주며 업군을 지키라 이르고, 신명에게도 5만 명을 내어주어 여양을 지키라 이르며 그 밤으로 떠나라 하였다.

조조는 원소의 군사가 움직인다는 사실을 알아내자 바로 전군을 여덟 길로 나누어 원소의 영채를 덮쳐 들어갔다. 원소군은 싸울 뜻을 잃고 사방으로 달아나기에 바빠 그대로 무너지고 말았다. 원소는 갑옷을 걸칠 틈도 없이 맨 옷에 복건만 쓴 채 말에 올랐다. 막내아들 원상이 뒤를 따랐다. 장료·허저·서황·우금 등 네 장수는 군사를 몰아쳐 원소를 뒤쫓았다.

원소는 황하를 건널 때 너무나 다급해 책이며 문서며 수레며 금이며 비단 등을 모두 버리고 겨우 말 탄 군사 8백 명 남짓만 이끌고 갔다.

조조군은 원소를 뒤쫓았지만 잡지는 못하고 버리고 간 물건들을 모두 거두어들였다. 이때 원소군은 8만 명도 넘게 죽었다. 피는 흘러 내를 이루었고, 물에 빠져 죽은 이도 셀 수 없었다.

조조는 빈틈없이 이기자 거둬들인 금붙이며 비단 등을 군사들에게 상으로 나누어주었다.

문서들 가운데에서 편지 다발이 나왔다. 허도와 군에 있는 이들이 원소에게 몰래 보낸 편지들이었다.

조조를 가까이서 모시는 이들이 가만히 있지 않았다.

"이름을 하나씩 드러내서 잡아 죽여야 합니다."

조조가 고개를 저었다.

"원소가 엄청 강할 때는 나조차도 나 자신을 보호할 수 없겠거니 생각했다. 그러니 다른 이들이야 오죽했겠느냐?"

조조는 바로 그 편지들을 태워버리도록 하고, 그 얘기는 더 꺼내지 못하게 했다.

한편 원소는 싸움에 지고 달아났지만, 저수는 갇혀 있어서 도망치지 못했다. 마침 조조의 군사가 그를 찾아내 조조 앞으로 끌고 갔다. 조조와 저수는 아는 사이였다.

저수가 조조를 보자마자 소리쳤다.

"나는 항복하지 않는다!"

조조가 달랬다.

"본초가 막무가내여서 자네 말을 듣지 않았네. 그런데 자네는 어찌하여 지금 고집을 부리는가? 내가 만일 더 일찍 자네를 얻었다면 세상에 대해 지금처럼 걱정할 일은 없었을 거네."

조조는 저수에게 대접을 잘하며 머물러 있게 했다. 그러나 저수는 영채 안에서 말을 한 마리 훔쳐내어 원소에게 도망치려 했다. 조조는 화가 치밀어 그를 죽이라 했다. 저수는 죽을 때까지 낯빛 하나 바뀌지 않았다.

조조가 무릎을 치며 한숨을 내쉬었다.

"내가 충성스러운 마음과 의리가 있는 인물을 잘못 죽였구나!"

조조는 저수의 장례를 잘 치러주도록 했다. 황하 나루에 묘를 썼는데, 비석에는 '충성스럽고 꼿꼿한 저수의 묘'라고 썼다.

훗날 어떤 사람이 저수를 기리는 시를 읊었다.

하북에 이름난 이 많았지만

충성스럽고 꼿꼿한 이론 저수를 꼽네

탁 보면 어떻게 진을 쳐야 할지 보이고

쳐다보면 하늘의 뜻 알아챘네

죽음 앞에서도 마음은 쇳덩이 같고

어려움 속에서도 굳은 의지는 구름 같았네

조조조차 뜨거운 의리 앞에 고개 숙여

특별한 무덤 따로 만들어주었다네

조조가 마침내 기주를 들이치라는 명령을 내렸다.

세력이 약해도 계산이 빠르면 이기고

군사가 많아도 슬기가 부족하면 망하나니

과연 이기고 짐은 어떻게 갈라질지…….

무너지는 원소

조조는 창정에서 원소를 깨뜨리고
유비는 형주의 유표에게 몸을 맡기다

조조는 원소가 달아나자 기운을 몰아 군사를 가지런히 한 뒤 줄기차게 뒤를 쫓았다.

원소는 맨몸에 복건 차림으로 8백 명 조금 넘는 말 탄 군사를 이끌고 여양 북쪽 언덕에 이르렀다. 대장 장의거가 영채에서 나와 맞았다. 원소는 장의거에게 지금까지 벌어진 일을 들려주었다. 장의거는 흩어진 군사들을 불러모았다. 군사들은 원소가 살아 있다는 소문을 듣고 마치 개미 떼처럼 모여들었다. 이리하여 원소는 어느 정도 군대 꼴을 다시 갖추게 되었다.

기주로 돌아가기로 의견이 모아져 원소군은 길을 떠났다. 해가 저물어 거친 산속에서 자게 되었다. 원소는 막사 안에서 이런저런 생각에 빠져 있었다. 그때 멀리서 울음소리가 들려왔다. 원소는 소리 나는 곳으로 가보았다. 싸움에 진 군사들이 모여 앉아 이번 싸움에 죽은 형제며 벗이며 아버지를 떠올리며 슬퍼하고 있었다.

그들은 저마다 가슴을 치고 울면서 원망하는 말을 쏟아냈다.

"전풍의 말을 들었다면 우리가 지금 이런 꼴로 있지는 않았을 텐데!"

원소도 몹시 뉘우치는 마음이 들었다.

'내가 전풍의 말을 듣지 않아서 싸움에 져 군사를 잃고 장수도 잃었으니, 돌아가면 그 사람을 어찌 볼꼬!'

다음 날 말을 타고 가다 보니 봉기가 군사를 끌고 나와 맞았다.

원소가 봉기를 보고 한숨을 내쉬었다.

"내가 전풍의 말을 듣지 않아 이런 꼴을 당했다. 이제 돌아가 그 사람을 어떻게 봐야 할지 모르겠다."

봉기가 기회를 놓치지 않고 전풍을 헐뜯었다.

"전풍은 주공께서 싸움에 졌다는 소식을 듣자 손뼉을 치며 '과연 내가 말한 대로 되었구만'이라고 하면서 크게 웃었답니다.”

원소가 대뜸 화를 크게 냈다.

“그 얼간이 선비 같은 놈이 나를 비웃었다고? 내 반드시 죽여버리겠다!”

원소는 곁에 있는 이에게 자기 칼을 내주며, 기주로 먼저 가서 감옥에 있는 전풍을 죽이라고 했다.

한편 감옥에 있는 전풍에게 옥을 지키는 이들이 찾아와 말했다.

“별가 어르신, 축하드립니다!”

전풍이 대꾸했다.

“무슨 좋은 일이 있다고 축하인가?”

“원장군께서 지금 크게 지고 돌아오는 중입니다. 그러니 다시 귀하게 쓰실 수 있겠습니다.”

전풍이 웃었다.

“나는 이제 죽게 되었구만!”

“모두들 별가 어르신이 잘 되리라 여기는데 죽게 된다니 무슨 말입니까?”

“원장군이 겉으로는 너그러워 보이지만 속은 좁아서 남을 잘 미워하고, 누가 충성을 하는지도 잘 모르네. 만약에 이번 싸움에 이겼다면 기뻐서 그나마 나를 살려줄지도 모

를 일이었네. 싸움에 졌으니 낯이 깎였다고 생각할 거네. 그
러니 나는 살기 어렵게 되었네."

아무도 그 말을 믿지 않았다. 그때 갑자기 원소의 칼을 든
사람이 도착해 원소의 명령을 전하며 전풍의 머리를 베려
고 했다. 사람들은 깜짝 놀랐다. 그러나 전풍은 태연했다.

"나는 이미 죽을 줄 알았네."

옥을 지키는 이들 모두 눈물을 흘렸다.

전풍이 마지막 말을 했다.

"대장부로 세상에 나서 섬길 주인을 잘못 택했으니, 이는
내가 어리석어 그랬다. 오늘 내가 죽는다고 무얼 아까워하
겠는가!"

전풍은 옥 안에서 스스로 목을 찔러 죽었다.

훗날 어떤 사람이 이때 일을 두고 시를 읊었다.

얼마 전엔 저수가 군중에서 죽더니
오늘은 전풍이 옥 안에서 죽는구나
하북을 받칠 기둥들 다 부러지니
원소가 망하지 않고 배기겠는가

전풍이 죽었다는 소식이 알려지자 사람들은 모두 한숨을
내쉬며 안타까워했다.

　원소는 기주로 돌아왔으나 마음이 뒤숭숭해서 아무 일도 보지 못했다. 거기다가 아내 유씨는 뒤를 이을 아들을 빨리 결정하라고 보챘다.

　원소에게는 아들이 셋 있었다. 맏아들 원담은 자가 현사로 청주를 맡고 있고, 둘째 아들 원희는 자가 현혁으로 유주를 맡고 있었다. 막내아들 원상은 자가 현보로 원소의 나중 부인인 유씨가 낳았는데, 얼굴이며 몸이 잘생겨 원소가 가까이 두고 무척 사랑했다.

　관도 싸움에서 진 뒤부터 유씨는 원상을 뒤를 이을 아들로 정해달라고 특히 더 졸라댔다. 마침내 원소는 심배·봉기·신평·곽도 등 네 사람을 불러 뒤를 잇는 문제를 의논했다. 심배와 봉기는 원상을 받들었고, 신평과 곽도는 원담을 받들었다. 그래서 저마다 자신들이 받들고 있는 아들을 내세우고 싶어 했다.

　원소가 네 사람을 쳐다보았다.

　"지금 바깥이 조용해지지 않고 있소. 그렇다고 안쪽 일을 미뤄둘 수 없소. 내 뒤를 잇는 문제를 매듭지으려 하오. 맏아들 담은 성질이 너무 사나워 죽이는 걸 좋아하고, 둘째 희는 너무 약해빠져서 큰일을 맡을 그릇이 못 되오. 막내 상은 영웅다운 모습이 서려 있고 어진 이를 예의를 다해 모시고 선비를 받드니, 나는 이 애가 내 뒤를 이었으면 좋겠소. 공들의 생각은 어떻소?"

곽도가 말했다.

"세 아드님 가운데 담이 맏이인데 지금 또 밖에 나가 있습니다. 주공께서 맏이를 밀쳐두고 막내를 내세우신다면 바로 시끄러워집니다. 군사들은 기운이 꺾이고 적은 가까이 와 있습니다. 이런 때 아버지와 아들과 또 형제들 사이에 다툼이라도 생기면 어찌하시렵니까? 주공께서는 우선 적을 막을 일부터 걱정하시고, 뒤를 이을 아들을 결정하는 일은 나중에 다시 의논하시지요."

원소는 망설이며 어찌해야 좋을지를 몰랐다. 그때 보고가 들어왔다. 유주의 원희가 군사 6만 명을 이끌고 도착했고, 원담도 5만 명을 이끌고 청주에서 왔으며, 원소의 조카인 고간도 5만 명을 이끌고 병주에서 와 있다는 내용이었다. 모두 싸움을 돕기 위해 기주에 모여들었다. 이에 원소는 기뻐하며 다시 기운을 얻어 군사들을 살펴 가다듬은 뒤 조조와 싸우러 갔다.

이때 조조는 싸움에 이긴 군사들을 거느리고 강가에 나가 진을 치고 있었다. 그 지방 사람들이 식량을 가지고 나와 맞았다. 조조는 사람들 가운데에 머리와 수염이 새하얀 노인 몇을 막사 안으로 들어오게 하여 말을 붙였다.

"어르신들은 연세가 어떻게 되셨습니까?"

"우리 모두 백 살 가까이 먹었습니다."

"우리 군사들이 어르신들 사는 곳을 시끄럽게 해서 매우 죄송합니다."

"환제 때 황성이라는 별이 초와 송 자리의 하늘에 나타난 적이 있었습니다. 그런데 그런 것에 밝은 요동 사람 은규라는 이가 여기서 하룻밤을 자면서 우리에게 '황성이 하늘에 나타나 이곳을 비추니, 오십 년 뒤에 귀하신 분이 양과 패 사이에서 나옵니다'라고 했지요. 지금이 그때로부터 딱 오십 년 뒤가 되는 해입니다. 원본초가 세금을 너무 무겁게 거두어가 백성들 모두 원망이 많았습니다. 승상께서는 어질고 의로운 군사를 일으키시어 백성들은 어루만져주고 죄 있는 이들은 쳤습니다. 게다가 관도 싸움 한 번에 원소의 백만 대군을 무찌르셨으니, 이는 실로 옛날 은규가 한 말과 딱 들어맞습니다. 이제 모든 백성들이 맘 편하게 살게 되었습니다."

조조가 빙긋 웃었다.

"허허, 어르신이 말씀하신 바를 제가 어찌 다 갖추었겠습니까?"

조조는 노인들에게 술과 음식을 대접하고 비단을 주어 돌려보냈다.

조조는 느낀 바가 있어 전군에 명령을 내렸다.

"만약에 백성들 집에 가서 개나 닭을 잡아먹는 이가 있으면 사람을 죽인 죄와 똑같이 다스리겠다!"

군사들은 모두 놀라서 그 말을 어기지 않았다. 조조는 속으로 무척 기뻐했다.

원소가 네 고을에서 군사 2, 30만 명을 모아 창정까지 와서 영채를 세웠다는 보고가 들어왔다. 조조는 군사를 거느리고 나아가 영채를 세웠다.

다음 날 양쪽 군사는 서로 마주 본 채 싸울 준비를 끝냈다. 조조는 여러 장수들을 거느리고 진 앞으로 나섰다. 원소역시 세 아들에다 조카와 장수들을 거느리고 진 앞으로 나왔다.

조조가 먼저 약을 올렸다.

"본초는 꾀도 없고 힘도 없으면서 어째서 아직도 항복하지 않는가? 칼이 목에 들어올 때는 뉘우쳐도 소용없다!"

원소가 성을 벌컥 내며 장수들을 둘러보았다.

"누가 나가서 싸우겠느냐?"

원상이 아버지 앞에서 무언가를 보여주고 싶어 춤추듯 쌍칼을 휘두르며 뛰쳐나가더니 이리저리 휘젓고 다녔다.

조조가 손가락으로 그를 가리켰다.

"저게 누구냐?"

원상을 알아본 이가 대답했다.

"원소의 셋째 아들 원상입니다."

말이 미처 끝나기도 전에 장수 하나가 창을 꼬나들고 말을 달려나갔다. 서황의 부하 장수 사환이었다.

두 장수가 서로 어울려 싸운 지 채 3합이 되기 전에 원상이 말 머리를 돌려 옆으로 달아났다. 사환이 그 뒤를 쫓았다. 원상이 갑자기 몸을 돌리더니 활을 쏘아 쫓아오는 사환의 왼쪽 눈을 맞혔다. 사환은 바로 말에서 떨어져 죽었다.

아들이 이기는 것을 보고 난 원소는 채찍을 들어 공격 명령을 내렸다. 많은 군사들이 한꺼번에 몰려들어 어지럽게 싸우기 시작했다. 한바탕 그렇게 싸우고 나서 양쪽은 제가끔 징을 쳐 군사들을 영채로 거두어들였다.

조조는 여러 장수들을 모아놓고 원소를 무찌를 방법을 의논했다. 정욱이 열 군데에 숨어 있다가 함께 치는 방법을 내놓았다. 먼저 황하로 물러나서 10개 부대로 나누어 숨어 있게 한 뒤 원소가 뒤를 쫓아오게 하자고 했다.

"우리 쪽은 더는 물러날 데가 없어 반드시 죽을힘을 다해 싸울 것이기에 원소를 깰 수 있습니다."

조조는 그 말을 받아들여 좌우 양쪽 군사를 각각 다섯 부대로 나누었다. 그리하여 왼쪽의 1대는 하후돈이 맡고, 2대는 장료, 3대는 이전, 4대는 악진, 5대는 하후연이 맡았다. 그리고 오른쪽의 1대는 조홍이 맡았고, 2대는 장합, 3대는 서황, 4대는 우금, 5대는 고람이 맡았다. 가운데에선 허저가 앞장을 섰다.

다음 날 10개 부대가 먼저 가서 양쪽에 숨어 있었다. 밤이 깊자 조조는 허저에게 군사를 끌고 나가 원소의 영채를 덮치는 듯이 하도록 했다. 이에 원소의 다섯 영채에서 군사들이 한꺼번에 쏟아져나왔다. 허저는 군사들을 되돌려 달아나기 시작했다. 원소가 직접 군사를 거느리고 뒤쫓아오는데 외침 소리가 끊임없이 이어졌다. 날이 샐 무렵이 되자 원소는 황하 강가까지 쫓아왔다. 조조군은 더는 달아날 데가 없었다.

그때 조조가 큰소리로 외쳤다.

"앞은 더 갈 곳이 없다. 죽기 살기로 싸워보지 않겠는가?"

조조의 군사들은 몸을 돌려 죽을힘을 다해 앞으로 나아갔다.

허저가 앞장서서 나는 듯이 말을 달려나가 여남은 명의 장수를 베었다. 원소군은 흐트러지기 시작했다. 원소가 군사를 돌려 되돌아가자 뒤에서 조조군이 쫓아왔다. 그렇게 달아나는데 갑자기 북소리가 울리더니 왼쪽에서 하후연의 군사가 뛰쳐나오고 오른쪽에서는 고람의 군사가 몰려나왔다. 원소는 세 아들과 조카와 함께 죽을힘을 다해 길을 뚫고 달아났다.

그러나 10리도 미처 못 갔는데 왼쪽에서는 악진이, 오른쪽에서는 우금이 군사를 몰고 뛰쳐나왔다. 원소의 군사들은 낙엽 떨어지듯 죽어 나자빠져 시체가 들판을 덮고 피가 내를 이루었다.

겨우 몇 리를 더 달아났으나 이번엔 왼쪽에서 이전이, 오른쪽에선 서황이 군사를 이끌고 나와 한바탕 휩쓸어버렸다. 원소와 아들들은 놀라서 벌렁거리는 가슴을 안고 전에 세웠던 영채로 급히 도망쳐 들어갔다.

한숨을 돌리며 원소는 모든 군사들에게 밥을 지어 먹으라고 일렀다. 막 밥을 먹으려는 순간, 왼쪽에서 장료의 군사들이 뛰쳐나오고 오른쪽에선 장합의 군사들이 뛰쳐나와 영채를 덮쳤다. 원소는 넋이 다 나간 채 말을 타고 창정으로 도망쳤다.

사람과 말이 다 지쳐 잠깐 쉬려는 참이었다. 뒤에서 다시 조조의 군사들이 쫓아왔다. 원소는 또 죽기 살기로 도망쳤다. 그러나 이번엔 왼쪽에서 조홍이, 오른쪽에선 하후돈이 군사를 이끌고 또 길을 막았다.

원소가 소리쳤다.

"죽을 마음으로 싸우지 않으면 모두 사로잡히고 만다!"

모두들 힘을 내어 이리 뛰고 저리 뛰어 겨우 길을 뚫고 나아갔다. 원희와 고간은 화살을 맞아 상처를 입었고, 군사들도 거의 다 죽어 얼마 남지 않았다.

원소가 세 아들을 끌어안고 한바탕 목을 놓아 울더니 그만 정신을 잃고 쓰러졌다. 모두들 달려들어 주물렀다. 원소는 깨어나자마자 붉은 피를 토해내며 긴 한숨을 내쉬었다.

"나는 지금까지 수십 번을 싸웠지만 이번 같은 일은 없었다. 이건 하늘이 나를 버리는 것이다. 너희들은 모두 자기 고을로 돌아가 기어코 조조놈하고 다시 겨룰 수 있도록 준비하라!"

원소는 신평과 곽도에게 원담을 따라 청주로 가게 했다. 거기서 조조가 또 쳐들어올지 모르니 모든 걸 다시 가다듬도록 했다. 이어 원희는 유주로, 고간은 병주로 돌아가 군사와 말을 다시 살펴 다음을 준비하게 했다. 원소 자신은 원상과 함께 기주로 돌아와 몸을 추스르는 한편, 원상에게 심배·봉기와 함께 군사 일을 보도록 했다.

조조는 창정에서 크게 이기자 군사들에게 상을 두터이 내렸다. 이어 사람을 보내 기주의 사정이 어떤지 살펴보고 오게 했다.

"원소는 병이 들어 누워 있고, 원상과 심배가 성을 단단히 지키고 있습니다. 원담·원희·고간은 모두 자기 고을로 돌아갔습니다.”

모두들 조조에게 급히 몰아치자고 했으나 조조는 고개를 저었다.

“기주는 먹을거리가 넉넉한 곳일세. 또 심배도 제법 돌아가는 판을 읽을 만한 머리는 되네. 그러니 쉽게 무너뜨리기는 어렵네. 게다가 지금 들녘에는 농작물이 한창이라 자칫하면 백성들이 피해를 입게 되네. 기다렸다가 추수 끝난 뒤에 쳐들어가도 늦지 않네.”

이런저런 이야기가 나와 떠들썩한데 순욱이 보낸 편지가 왔다.

유비가 여남에서 유벽과 공도의 군사 수만 명을 얻었습니다. 승상께서 하북으로 군사를 이끌고 나가신 걸 알고 유벽에게 여남을 지키게 한 뒤, 허도의 빈틈을 노리고 유비가 직접 군사를 이끌고 오고 있다 합니다. 승상께서는 빨리 돌아오셔서 막아내도록 하십시오.

조조는 크게 놀랐다. 그래서 조홍만 강가에 남아 군사가 많은 듯이 부풀려 꾸미게 하고, 자신이 직접 유비를 맞아 싸우기 위해 여남으로 군사를 거느리고 갔다.

한편 유비는 관우·장비·조운과 함께 군사를 이끌고 허도를 치기 위해 가다가 양산 가까이 갔을 때 조조군을 만났다. 유비는 양산에다 영채를 세우기로 하고 군사를 3대로 나누었다. 관우는 동남쪽에, 장비는 서남쪽에, 유비 자신은 조운과 함께 정남쪽에 영채를 세웠다.

조조군이 오자 유비는 북을 치고 아우성을 치며 나아갔다. 조조는 진을 치고 나서 유비더러 애기를 하자고 나오라 했다. 유비가 말을 타고 문기 밑으로 나갔다. 조조가 채찍을 들어 유비를 가리키며 나무랐다.

"나는 너를 높은 자리에 두고 대접했는데, 너는 어찌하여 의리를 잊고 은혜를 저버리느냐?"

유비가 맞받아쳤다.

"네가 한나라 승상의 이름으로 설치고 있지만, 사실은 나라의 역적이다! 나는 황실의 친척으로서 황제의 비밀 조서를 받들어 역적을 치러 왔다!"

이어 유비는 비밀 조서를 말 위에서 외워 들려주었다.

조조는 화를 벌컥 내며 허저에게 나가 싸우라 했다. 그때 유비 뒤에서 조운이 창을 꼬나들고 말을 달려나왔다. 두 장수는 서로 어울려 30합을 싸웠으나 이기고 짐을 가르지 못했다. 그때 외침 소리가 크게 일더니 동남쪽에서 관우가 군사들을 몰고 나오고, 서남쪽에서는 장비의 군사들이 몰려와 세 군데서 한꺼번에 덮쳤다. 조조군은 먼 길을 오느라 지쳐서 싸움에 지고 달아났다. 승리를 거둔 유비는 영채로 돌아왔다.

다음 날 유비는 또 조운을 내보내 싸움을 걸었다. 그러나 조조의 군사는 열흘이 되어도 꼼짝도 하지 않았다. 유비는 이번엔 장비를 시켜 싸움을 걸었다. 역시 조조의 군사는 꼼짝도 하지 않았다. 유비는 뭔가 의심이 들었다. 바로 그때 공도가 식량을 가져오다 조조군에게 둘러싸이고 말았다는 보고가 들어왔다. 유비는 서둘러 장비를 보냈다. 그런데 이번엔 하후돈이 군사를 끌고 뒷길로 돌아 여남을 치러 갔다는 보고가 들어왔다.

유비는 깜짝 놀라며 소리쳤다.

"앞뒤에 적이 있어 돌아갈 곳이 없구나!"

유비는 부리나케 관우를 보내 구하게 했다.

양쪽 군사가 떠난 지 하루도 안 되어 보고가 들어왔다. 하후돈이 벌써 여남을 쳐서 유벽은 성을 버리고 달아났다고 했다. 게다가 관우는 지금 적에게 둘러싸여 있다고 했다.

유비가 거듭 놀라는데 또 보고가 들어왔다. 공도를 구하러 간 장비도 포위당했다고 했다.

유비는 군사를 급히 되돌리고 싶었으나 조조군이 뒤를 칠까봐 망설이고 있었다. 그때 허저가 영채 밖에서 싸움을 건다는 보고가 들어왔다. 유비는 두려워 나가서 싸우지 못하고 날이 밝기만을 기다렸다. 유비는 군사들을 배불리 먹이게 한 뒤 일반 군사를 앞세우고 말 탄 군사는 뒤따르게 했다. 영채 안에서는 시각을 알리는 북과 징을 그대로 치게 해 아무 일 없는 듯이 했다.

영채를 벗어난 유비군이 몇 리를 걸어 막 흙산 하나를 지날 때였다. 횃불이 여기저기서 켜지며 환해지더니 외침 소리가 크게 났다.

"유비는 게 섰거라! 승상께서 여기서 기다리고 계신다!"

유비가 놀라 갈팡질팡하며 달아날 길을 찾는데 조운이 나섰다.

"주공께서는 걱정하지 마시고 저만 따라오십시오."

조운은 창을 꼬나들고 말을 달려 길을 뚫으며 나아갔다. 유비는 쌍고검을 빼어 들고 그 뒤를 따랐다. 어렵게 싸우며 가고 있는데 허저가 달려와 조운에게 덤벼들었다. 바로 뒤이어 우금과 이전도 쫓아왔다. 유비는 돌아가는 판이 어려워지자 정신없이 말을 달려 도망쳤다. 외침 소리가 점점 멀어졌다.

유비는 깊은 산속 길로 혼자서 달아났다. 날이 밝을 무렵에 한 떼의 군사가 산속에서 뛰쳐나왔다. 유비는 깜짝 놀라 돌아보았다. 유벽이 싸움에 진 군사 1천 명 남짓과 유비 가족들을 이끌고 오는 길이었다. 그 뒤로 손건·간옹·미방도 따라왔다.

그들은 유비에게 그동안 있었던 일을 털어놓았다.

"하후돈의 군사들이 워낙 사납게 들이닥치는 바람에 막아낼 수가 없어 성을 버리고 도망치는데 이번엔 조조의 군사가 뒤를 쫓았습니다. 다행히 운장이 막아주어서 벗어날 수 있었습니다."

유비가 숨 가쁘게 물었다.

"그럼 운장이 지금 어디 있는지는 모르는가?"

유벽이 말했다.

"장군께서는 일단 여기를 벗어나십시오. 차차 아시게 됩니다."

몇 리나 갔을까. 갑자기 북소리가 시끄럽게 울리더니 말 탄 군사 한 떼가 몰려왔다. 앞장선 대장은 장합이었다.

그가 크게 외쳤다.

"유비는 빨리 말에서 내려 항복하라!"

유비는 뒤로 돌아 달아나려 했다. 그러나 산 위에서 붉은 깃발이 나부끼더니 한 무리 군사가 또 몰려왔다. 고람이 이끄는 군사들이었다. 앞뒤로 길이 다 막히자 유비는 하늘을 우러르며 부르짖었다.

"하늘이여, 어찌하여 나를 이렇게 힘들게 하는가! 일이 이렇게 그르쳐졌으니 이제는 죽을 수밖에 없구나!”

유비가 칼을 뽑아 스스로 목을 찌르려 하는데 유벽이 얼른 말렸다.

“제가 죽을힘을 다해 싸워 사군을 구하겠습니다.”

유벽은 말을 마치자마자 고람에게 달려들었다. 그러나 채 3합도 싸우기 전에 고람의 칼을 맞고 말 아래로 고꾸라지고 말았다.

유비는 어찌할 바를 모르다가 직접 나서서 싸우려 했다. 바로 그때 고람 군사의 뒤쪽이 시끄러워졌다. 장수 하나가 마구 들이치더니 단 한 번의 창놀림으로 고람을 말 아래로 고꾸라뜨렸다. 조운이었다.

유비는 긴 숨을 내쉬며 가슴을 쓸어내렸다. 조운은 창을 뻗쳐든 채 말을 이리저리 몰며 고람의 군사들을 마구 무찔러 흐트러뜨렸다. 이어 앞쪽 군사들을 보고 혼자서 뛰어들어 장합과 마주쳤다. 두 사람은 30합도 넘게 싸웠으나 이기고 짐을 가르지 못했다.

마침내 장합이 말 머리를 돌려 달아나기 시작했다. 조운은 이긴 기운을 몰아 그대로 몰아쳤다. 그러나 장합의 군사들이 좁은 길목을 단단히 틀어막고 있어 빠져나갈 수가 없었다.

길을 뚫기 위해 싸우고 있는데 관우가 관평·주창과 함께 군사 3백 명을 이끌고 반대쪽에서 나타났다. 앞뒤에서 공격하여 장합의 군사들을 물리친 뒤 빠져나가 험한 산 밑에 영채를 세웠다.

유비는 관우에게 장비를 찾아보도록 했다. 장비는 공도를 구하러 갔으나, 공도는 이미 하후연에게 죽고 난 뒤였다. 장비는 있는 힘을 다해 하후연을 들이친 뒤, 하후연이 달아나자 그 뒤를 계속 쫓았다. 그러나 악진이 군사를 몰고 오는 바람에 오히려 앞뒤로 포위를 당하고 말았다. 관우는 길에서 싸움에 져 달아나던 군사를 만나 이 사실을 알고 바삐 달려가 악진을 물리치고 장비와 함께 유비에게 돌아왔다.

바로 그때 조조군이 밀려온다는 보고가 들어왔다. 유비는 손건에게 가족들을 끌고 먼저 가라 하였다. 유비는 관우·장비·조운과 함께 뒤에서 싸우다 달아나다를 되풀이했다. 조조는 유비가 멀리 달아나자 더는 쫓지 않고 군사를 거두었다.

싸움에 지고 남은 군사는 채 1천 명도 되지 않았다. 유비는 그들을 이끌고 정신없이 달아났다. 가다 보니 강이 나왔다. 그곳 사람들에게 물었더니 한강이라 했다. 유비는 일단 그곳에 영채를 세웠다. 그곳 사람들이 유비가 온 걸 알고 양고기와 술을 가져왔다. 모두들 강가 모래밭에 앉아 그걸 받아먹었다.

유비가 싸움에 져 슬퍼하다.

유비가 한숨을 내쉬었다.

"그대들은 모두 다 임금을 곁에서 모실 만한 사람들인데 불행하게도 유비를 따르고 있구먼. 내 운명이 사나워 그대들까지 고생을 시키고 있네. 나한테는 지금 송곳 하나 꽂을 만한 땅도 없으니 그대들 앞날을 망칠까 두렵네. 그대들은 어찌하여 나를 버리지 않고, 밝은 주인을 찾아가서 이름을 날리려 하지 않는가?"

모두들 얼굴을 가리고 우는데 관우가 나섰다.

"형님 말씀은 받아들일 수 없습니다. 옛날에 고조께서도 항우와 천하를 다투시며 여러 차례 졌지만, 나중에 구리산의 한판 싸움에서 성공하여 사백 년의 밑자리를 닦으셨습니다. 이기고 지는 일은 싸움터에서 흔히 있는 일인데 어찌하여 스스로 뜻을 저버리려 하십니까?"

손건이 말을 이었다.

"이루고 못 이루는 일은 때에 따라 다르므로 뜻을 잃어서는 안 됩니다. 여기서 형주가 가깝습니다. 거기 아홉 군을 거느리고 있는 유경승은 군사도 강하고 먹을거리도 넉넉하게 가지고 있습니다. 게다가 주공과는 황실의 같은 친척입니다. 어째서 그리 가실 생각은 하지 않으십니까?"

유비가 대답했다.

"받아들여주지 않을까봐서이네."

"그럼 제가 먼저 가서 유경승이 경계 가까이 나와 주공을 맞이하도록 설득해보겠습니다."

유비는 기뻐하며 손건더러 밤을 도와 형주로 가게 했다. 손건이 형주에 이르러서 유표를 만나 인사를 마치자 유표가 물었다.

"공은 현덕을 따라다니는 사람인데 어쩐 일로 이곳을 찾아왔소?"

손건이 대답했다.

"유사군은 세상의 영웅입니다. 비록 군사는 보잘것없고 장수도 몇 안 되지만 오로지 나라를 붙들어세우려는 생각에만 사로잡혀 있습니다. 그러기에 여남의 유벽과 공도는 유사군과 사귐이 없는데도 목숨까지 바쳤습니다. 명공께서는 유사군과 같이 황실의 친척이십니다. 이번에 싸움에 지자 강동의 손중모에게 가려 하길래 제가 이렇게 말렸습니다. '친척이 있는데 왜 남한테 가시려 합니까? 형주의 유장군께서는 어진 이는 예의를 갖추어 맞고, 재주 있는 선비는 공손히 대접하십니다. 그러기에 지금 인재들은 물이 동쪽으로 흐르듯 다 그쪽으로 모이고 있습니다. 더욱이 같은 친척인데 무슨 말이 더 필요합니까?' 이리하여 유사군이 특별히 저를 보내 찾아뵙게 했습니다. 명공께서 부디 살펴주십시오."

유표는 무척 기뻐했다.

"현덕은 바로 내 아우뻘이오. 오래전부터 만나고 싶었소. 이제 나를 찾아온다 하니 참으로 다행이오."

그러나 채모가 곁에서 말렸다.

"안 됩니다. 유비는 처음엔 여포를 따르다가 그다음엔 조조한테 갔고, 또 얼마 전에는 원소한테 기대고 있었습니다. 누구든 끝까지 섬기지 않는 걸 보면 그가 어떤 사람인지 알 수 있습니다. 만약 지금 그를 받아들인다면 틀림없이 조조가 우리를 치러 옵니다. 쓸데없이 싸움을 불러일으킬 필요가 없습니다. 차라리 손건의 머리를 베어 조조한테 바치면, 조조는 주공을 아주 잘 대해줄 겁니다."

손건이 굳은 표정으로 채모를 바라보았다.

"나는 죽음을 두려워하는 사람이 아니오. 유사군이 나라를 위하는 마음은 조조·원소·여포 따위하고는 견줄 수가 없소. 전에 그 사람들 곁에 있었지만, 그건 어쩔 수 없어 그랬지요. 유장군께서는 한나라 황실의 후손으로 친척을 위하는 마음이 남다르시다는 말을 들었기에 천릿길을 달려와 찾아오고자 합니다. 그런데 어째서 그대는 어진 분을 헐뜯으려 하시오?"

유표가 채모를 꾸짖었다.

"내 이미 마음을 정했으니 여러 말 늘어놓지 마라."

채모는 핀잔을 듣자 속으로 투덜대며 나갔다.

마침내 유표는 손건을 유비에게 먼저 보내어 알리게 한 뒤 직접 성에서 30리 밖까지 나가 유비를 맞았다. 유비는 몸을 크게 낮추어 유표에게 인사를 올렸다. 유표도 유비를 따뜻하게 맞아주었다. 유비는 관우·장비 등을 불러 유표에게 절을 올리도록 했다. 유표는 유비 무리를 데리고 형주로 들어가 살 집을 마련해주었다.

한편 조조는 유비가 형주의 유표에게 가 있다는 보고를 받자 바로 군사를 끌고 가서 치려고 했다.

정욱이 말렸다.

"원소도 아직 없애지 못했는데 급하게 형양을 치러 가면 안 됩니다. 원소가 북쪽에서 밀고 내려오면 어떻게 될지 모릅니다. 허도로 돌아가서 군사들 훈련이나 시키며 내년 봄을 기다려야 합니다. 날이 풀리면 군사를 일으켜 원소를 먼저 친 다음에 형양을 무찌르도록 하시지요. 그렇게 되면 남북을 한꺼번에 다 얻을 수 있습니다."

조조는 정욱의 말을 받아들여 군사를 거두어 허도로 돌아갔다.

건안 7년 정월, 조조는 다시 의논 끝에 군사를 일으켰다. 일단 하후돈과 만총을 먼저 여남으로 보내 그곳을 지키면서 유표를 막게 했다. 조인과 순욱은 허도에 남아 지키게 하고, 조조 자신은 직접 대군을 이끌고 관도로 가서 영채를 세웠다.

한편 원소는 지난해부터 앓던 감기가 좀 좋아지고 피를 토하는 것도 나아지자 허도를 치고 싶어 했다.

그러나 심배가 말렸다.

"지난해에 관도와 창정에서 진 까닭에 군사들의 마음이 아직도 가라앉아 있습니다. 지금으로선 성 둘레 도랑이나 깊이 파고 성을 더 높이면서 군사와 백성들의 힘을 길러야 합니다."

그런 의논을 하고 있는데 조조가 군사를 이끌고 관도로 와서 기주를 치려 한다는 보고가 들어왔다.

원소가 말했다.

"만약 적군이 성 아래 도랑까지 오길 기다렸다 막으려 하면 이미 늦다. 내가 직접 대군을 거느리고 나가 싸워야겠다."

원상이 말했다.

"아버님께서는 아직 몸이 좋아지지 않으셔서 멀리 나가시면 안 됩니다. 제가 군사를 이끌고 나가 적을 물리치겠습니다."

원소가 그러라고 했다. 이어 청주의 원담, 유주의 원희, 병주의 고간을 불러들여 네 길에서 조조를 치도록 하였다.

여남에서 싸움의 북소리 울리는가 했더니

이번엔 기주 북쪽에서 북소리 시끌벅적하구나

과연 이기고 짐은 어떻게 갈라질는지…….

원씨 두 형제의 다툼

기주를 차지한 원상은 칼끝을 세우고
허유는 장하 물을 끌어들이는 꾀를 바치다

원상은 사환을 죽인 뒤 자신의 씩씩함을 자랑스러워했다. 그래서 원담 등이 군사를 이끌고 올 때까지 기다리지 않았다. 그는 혼자서 군사 수만 명을 거느리고 여양으로 가 먼저 온 조조의 군사를 맞았다.

장료가 앞장서 싸우러 나왔다. 원상은 창을 뻗쳐들고 뛰쳐나갔다. 그러나 채 3합도 견디지 못하고 크게 져서 달아났다. 장료는 기운을 몰아 마구 짓밟았다. 원상은 쩔쩔매다가 어찌해볼 방법이 없어 급히 군사를 이끌고 기주로 돌아왔다.

원소는 원상이 싸움에 지고 돌아왔다는 보고를 받자 또 놀라 자빠졌다. 병이 다시 도져 피를 여러 말 토하며 정신을 잃고 그대로 고꾸라졌다. 유부인이 급히 안으로 들여다 눕혔지만 병은 점점 더 깊어만 갔다.

유부인은 급히 심배와 봉기를 원소 머리맡으로 불러들인 뒤 뒤를 이을 아들 문제를 매듭짓게 했다.

원소는 손가락만 들어 보일 뿐 말을 못 했다.

유부인이 말했다.

"상을 뒤이을 아들로 삼으라는 뜻이십니까?"

원소가 머리를 끄덕였다.

심배가 그 자리에서 유언장을 만들었다. 곧이어 원소는 외마디 소리를 지르고 몸을 한 번 뒤집은 뒤 피를 한 말이나 뱉어내며 죽었다.

나중에 어떤 이가 시를 지었다.

대를 이어 높은 벼슬 하여 이름 날리며

어려서부터 제 맘껏 막히는 것 없이 다 했네

뛰어난 인물 3천 명을 불러모은들 뭐하나

백만 군사 씩씩해도 헛되고 헛되도다

속은 양인데 가죽만 호랑이니 그 바탕으로 무얼 하며

털만 봉이고 쓸개는 닭이니 그 배짱으로 무얼 하리

두고두고 안타깝고 어이없는 일은

형제끼리 집안 어려움 더욱 부채질한 것이라네

원소가 죽자 심배 등이 장례를 맡았다.

유부인은 원소가 아끼던 첩 다섯을 모두 죽여버렸다. 죽이는 것만으로도 성에 차지 않아 다섯 시체의 머리를 다 깎고 얼굴마다 칼자국을 낸 뒤 먹물을 들이부어 흉측하게 만들어버렸다. 영혼들이 저승에 가서라도 원소를 다시 만나지 못하게 막는다고 그렇게 했다. 모질기 짝이 없는 질투심이었다. 원상은 그들의 가족들이 보복할까봐 두려워 다 잡아다 죽여버렸다.

심배와 봉기는 원상을 대사마장군으로 내세운 뒤 기주·청주·유주·병주 등 네 고을의 목을 같이 맡도록 했다. 이어 여기저기 사람을 보내 원소의 죽음을 알렸다.

원담은 이미 군사를 거느리고 청주를 떠나 기주로 오는 길이었다. 중간에 아버지의 죽음을 알게 되어 곽도·신평과 함께 앞날을 의논했다.

곽도가 서둘렀다.

"주공께서 기주에 계시지 않아서 심배와 봉기가 틀림없이 현보를 내세웠으리라 여겨집니다. 빨리 가셔야 합니다."

신평이 고개를 저었다.

"심배·봉기 두 사람은 벌써 뭔가 나쁜 꾀를 내어 기다리고 있으리라 생각됩니다. 이대로 무턱대고 빨리 들어갔다가는 자칫 화를 입을 수 있습니다."

원담이 답답한 표정을 지었다.

"그렇다면 어떡해야겠소?"

곽도가 말했다.

"군사를 성 밖에 있게 한 뒤 저쪽 사정을 좀 살펴봐야겠습니다. 제가 직접 가서 알아보겠습니다."

원담이 그 말을 따랐다. 곽도는 기주로 들어가 원상을 만났다.

인사가 끝나자 원상이 물었다.

"형님은 왜 안 들어오셨소?"

곽도가 대답했다.

"병이 나 영채에 계시느라 못 오셨습니다."

"나는 아버님이 남기신 뜻을 받들어 그 뒤를 이어받았소. 형님은 거기장군으로 삼았소. 지금 조조의 군사가 우리 가까이 와 있소. 형님께 군사를 이끌고 앞장서달라고 해주시오. 내 곧 뒤따르겠소."

"군대 안에 싸움에 대해 의논할 만한 사람이 없습니다. 심정남과 봉원도 두 사람을 보내주시면 좋겠습니다."

"나도 그 사람들하고 아침저녁으로 의논할 일이 많은데 어떻게 보내란 말이오?"

"그러면 두 사람 가운데 한 사람만이라도 보내주시지요."

원상은 내키지 않았지만 어쩔 수 없어 두 사람을 불러 제비뽑기를 시켰다. 봉기가 뽑혔다. 원상은 봉기에게 바로 거기장군 도장을 가지고 곽도와 함께 원담한테 가도록 했다.

봉기는 곽도와 함께 원담의 영채로 갔다. 원담을 보니 아픈 얼굴이 아니고 멀쩡했다. 봉기는 몹시 불안해하며 도장을 바쳤다. 원담이 화를 크게 내며 봉기를 죽이려 들었다.

곽도가 남몰래 말렸다.

"지금 조조의 군사가 가까이 와 있으니 우선 봉기를 여기 더 있게 하여 원상이 마음을 놓게 하십시오. 조조를 무찌른 다음에 기주를 놓고 다투어도 늦지 않습니다."

원담은 그 말을 받아들여 바로 영채를 거둔 뒤 여양으로 가서 조조군을 맞았다. 원담은 대장 왕소를 내보내 싸우도록 했다. 조조는 서황을 내보냈다. 두 장수가 싸운 지 몇 합 되지 않아 서황이 한 번 내지른 칼에 왕소가 말 아래로 고꾸라졌다. 조조군이 이긴 기운을 타고 몰려드는 바람에 원담의 군사는 크게 질 수밖에 없었다.

원담은 싸움에 진 군사들을 이끌고 여양으로 들어갔다. 곧바로 원상에게 사람을 보내 도움을 요청했다. 원상과 심배는 의논 끝에 겨우 군사 5천 명을 보내 돕도록 했다.

조조는 도와주러 오는 군사가 있다는 걸 알아내자 악진과 이전을 내보냈다. 두 사람은 5천 군사를 둘러싼 뒤 모조리 죽여버렸다.

원담은 원상이 군사를 겨우 5천 명만 보낸 일과, 그나마 오는 길에 다 죽어버린 일에 대해 화가 날 대로 났다. 그래서 봉기를 불러내 마구 꾸짖었다.

봉기는 안절부절못했다.

"제가 주공께 편지를 보내서 직접 도우러 오도록 하겠습니다."

원담은 곧장 봉기더러 편지를 쓰게 한 뒤 기주의 원상에게 보냈다. 편지를 받은 원상은 심배와 의논했다.

심배가 고개를 갸우뚱했다.

"곽도는 꾀가 많은 사람입니다. 저번에 우리랑 더 다투지 않고 그냥 간 까닭은 조조군이 가까이 와 있기 때문이었습니다. 조조를 물리치고 나면 틀림없이 기주를 두고 다투려 들겠지요. 도와주는 군사를 보내지 마십시오. 조조의 손을 빌려 없애버리는 편이 더 낫습니다."

원상은 그 말을 좇아 군사를 보내지 않았다. 그 소식을 들은 원담은 몹시 화가 치밀어 곧장 봉기를 베어 죽이고 조조에게 항복할 일을 의논했다. 이러한 사실은 바로 원상에게

원상이 원담을 도우러 여양으로 떠나다.

알려졌다.

원상이 심배와 의논했다.

"보고받은 대로 조조한테 항복해서 힘을 합쳐 쳐들어오면 기주가 위태롭게 됩니다."

원상은 심배와 대장 소유에게 기주를 단단히 지키게 한 뒤 원담을 도우러 직접 대군을 거느리고 여양으로 떠났다.

원상이 앞장설 사람을 찾자 대장 여광·여상 형제가 나섰다. 원상은 그들에게 군사 3만 명을 이끌고 먼저 여양으로 가게 했다.

원담은 원상이 직접 온다는 말을 듣고 크게 기뻐하며 조조한테 항복하려던 계획을 거두어들였다. 마침내 원담은 성 안에서, 원상은 성 밖에서 군사를 거느리고 사슴을 잡을 때처럼 앞뒤로 버티어 선 채 싸울 준비를 끝냈다.

하루가 가기 전에 원희와 고간의 군사도 이르러 성 밖 세 곳에 군사가 진을 치게 되었다. 싸움은 날마다 벌어졌다. 원상 쪽이 조조군한테 늘 졌다.

건안 8년 2월이었다. 조조는 군사를 몇으로 나누어 치고 들어왔다. 이에 원담·원희·원상·고간은 모두 크게 져서 여양을 버리고 달아났다. 조조는 군사를 휘몰아 기주까지 뒤쫓아왔다. 원담과 원상은 성 안으로 들어가 굳게 지키고, 원희와 고간은 성 밖 30리 떨어진 곳에 영채를 세우고 겉으로

만 그럴싸하게 보이도록 하면서 지냈다.

조조군은 날마다 적진을 들이쳤지만 쉽게 무찌를 수가 없었다. 이에 곽가가 의견을 내놓았다.

"원씨가 맏아들을 버리고 셋째를 내세웠기에 형제간에 다툼이 생겨 각자 자기 무리를 짓고 있답니다. 지금은 사정이 급하니까 서로 힘을 모으지만, 조금이라도 숨을 돌리게 되면 서로 싸우게 됩니다. 그러니 차라리 군사를 남쪽으로 틀어 형주로 몰고 가 유표를 치면서, 그동안 원씨 형제들 사이에 다툼이 벌어지기를 기다리면 되겠습니다. 서로 다투고 난 뒤 들이치면 단번에 무찌를 수 있습니다."

조조는 그 말을 좇아 가후를 태수로 삼아 여양을 지키게 하는 한편, 조홍은 군사를 거느리고 관도로 가서 지키게 했다. 조조 자신은 대군을 이끌고 형주를 향해 떠났다.

원담과 원상은 조조군이 스스로 지쳐 물러가는 줄로 알고 서로 기뻐했다. 원희와 고간은 저마다 작별 인사를 하고 돌아갔다.

원담은 곽도와 신평을 불러 의논했다.

"나는 맏이이건만 아버님 뒤를 잇지 못하고, 상은 의붓어머니한테서 낳았는데도 도리어 뒤를 이어받았으니 내 몹시 언짢구먼."

곽도가 말했다.

"주공께서는 군사들과 함께 성 밖에 계시면서 현보와 심배더러 술을 마시러 오라고 부르십시오. 그런 뒤 칼 든 무사들을 숨겨두었다가 덮치면 끝입니다."

원담은 그 말대로 하기로 맘을 먹었다. 그때 별가 왕수가 청주에서 왔다. 원담이 이 계획을 살짝 들려주었더니 왕수가 펄쩍 뛰었다.

"형제란 양쪽 손과 같습니다. 지금 다른 사람과 맞붙어야 하는 판에 오른손을 잘라놓고 내가 반드시 이긴다고 장담한들 과연 이길 수 있겠습니까? 형제와 가깝게 지내지 않으면 세상 그 누구와 가깝게 지낼 수 있겠습니까? 저런 아첨꾼들은 피를 나눈 형제를 갈라놓고 제 이익을 챙기려는 놈들입니다. 제발 그런 소리는 귀를 닫고 듣지 마십시오."

원담은 화를 벌컥 내며 왕수를 쫓아버리고 사람을 보내 원상을 불렀다.

원상이 심배에게 이 일을 의논하자 심배가 대답했다.

"이건 틀림없이 곽도가 꾸민 일입니다. 부른다고 갔다가는 반드시 구덩이에 빠지고 맙니다. 차라리 이런 기회를 이용해 치는 편이 낫습니다."

원상은 그 말을 좇아 갑옷과 투구 차림으로 말에 올라 군사 5만 명을 이끌고 성을 나갔다. 원담은 원상이 군사를 이끌고 오자 일이 틀어졌다고 여겨 자신도 갑옷과 투구 차림으로 말에 올라 원상과 싸우러 나갔다.

원상이 원담을 보고 큰소리로 욕을 퍼붓자 원담도 같이 퍼부었다.

"네가 아버님한테 독약을 먹여 죽이고 자리를 빼앗더니, 이제 형까지 죽이려 왔느냐?"

두 사람은 맞붙어 싸웠다. 원담이 크게 졌다. 원상은 쏟아지는 화살을 무릅쓰고 닥치는 대로 몰아쳤다. 원담은 싸움에 진 군사들을 이끌고 평원으로 달아났다. 원상은 군사를 거두어 돌아갔다.

원담은 곽도와 함께 다시 군사를 일으킬 계획을 의논한 뒤 잠벽을 장수로 삼아 나아갔다. 원상은 직접 군사를 이끌고 기주성에서 나왔다. 양군은 서로 둥그렇게 진을 쳤다. 깃발이 펄럭이는 가운데 북을 치며 서로 노려보았다.

잠벽이 나가 한바탕 욕설을 퍼부었다. 원상이 직접 나가 싸우려 하자 대장 여광이 춤추듯 칼을 휘두르며 말을 달려 나와 잠벽에게 덤벼들었다. 몇 합 싸우지 않았을 때 여광이 잠벽을 베어 말 아래로 떨어뜨렸다. 싸움에 진 원담의 군사는 다시 평원으로 달아났다.

심배가 끝까지 뒤쫓자고 하자 원상은 군사들을 이끌고 평원까지 뒤쫓아갔다. 원담은 어찌해볼 수가 없어 평원성 안으로 들어가 굳게 지키며 나오지 않았다. 원상은 세 방향으로 성을 둘러싼 채 공격했다.

원담이 곽도에게 어찌할까 묻자 곽도가 대답했다.

"성 안에는 지금 먹을거리가 넉넉하지 않습니다. 게다가 저쪽 군사들은 한창 기운이 올라 있어 쉽게 해볼 수가 없습니다. 제 생각으로는 조조에게 항복을 하는 게 좋겠습니다. 그런 뒤 조조더러 군사를 몰고 와 기주를 치게 하면, 원상은 기주를 구하기 위해 틀림없이 돌아갑니다. 그때 장군께서 군사를 몰아 양쪽에서 들이치면 원상을 사로잡을 수 있습니다. 만약에 조조가 원상의 군사를 쳐서 무너뜨리면, 우리는 원상의 군사를 거두어들여 조조와 맞붙으면 됩니다. 조조는 멀리서 왔기 때문에 먹을거리를 제때 대기가 어려워 반드시 스스로 물러갑니다. 그러면 우리는 기주를 차지하고 들어앉아 다음 일을 준비할 수 있습니다."

원담이 그렇게 하기로 하고 물었다.

"그렇다면 누구를 조조한테 보내는 게 좋겠소?"

"신평의 아우 신비를 보내지요. 자는 좌치인데 지금 평원령으로 있습니다. 이 사람이 말재주가 좋아 이런 일에 써먹을 만합니다."

원담은 곧장 신비를 불러오게 했다. 신비는 기꺼이 왔다. 원담은 편지를 써서 신비에게 주며 군사 3천 명이 길이 갈리는 데까지 멀리 가서 신비를 보호하게 했다. 신비는 편지를 가지고 밤을 도와 조조한테 달려갔다.

한편 조조는 서평에 머물며 유표를 치려 하고 있었다. 유표는 유비에게 앞장서 군사를 이끌고 나가 싸우도록 했다. 그러나 미처 싸움이 시작되기도 전에 신비가 조조의 영채로 찾아왔다.

신비가 인사를 하자 조조가 찾아온 까닭을 물었다. 신비는 원담이 도와달라고 하는 뜻을 자세히 알리고 편지를 주었다. 편지를 읽고 난 조조는 신비를 영채 안에 머무르게 한 뒤 아랫사람들을 불러모아 의논을 했다.

정욱이 시큰둥하게 말했다.

"원담은 지금 원상의 공격을 받아 워낙 사정이 급해 항복하지만 그 속을 믿을 수 없습니다."

여건과 만총도 탐탁지 않게 여겼다.

"승상께서 여기까지 군사를 거느리고 오셨는데 유표를 또 치지 않고 원담을 도우러 가실 필요가 있겠습니까?"

순유가 고개를 저었다.

"세 분과 저는 생각이 좀 다릅니다. 제가 볼 때 지금 천하는 부글부글 끓고 있습니다. 그런데도 유표는 장강과 한강 사이에 웅크리고 앉아 한 발짝도 밖으로 내딛을 생각을 하지 않고 있습니다. 이건 그가 천하를 다투고 싶은 뜻이 없다는 표시입니다. 그러나 원씨 집안은 네 고을을 차지하고 군사를 수십만 명이나 거느리고 있습니다. 만약 두 아들이 사이가 좋아 함께 지키며 뜻을 이루고자 한다면 천하의 모습이 어떻게 그려질지 모릅니다. 지금 그 형제들이 서로 싸우다가 한쪽이 몰리자 우리를 찾지만, 우리는 이번 기회를 잘 이용하면 좋겠습니다. 우선 군사를 이끌고 가서 원상을 먼저 치고, 일이 어떻게 펼쳐지는가를 봐서 원담까지 없애버린다면 천하의 꼴을 우리 뜻대로 정할 수 있습니다. 기회를 놓치지 않도록 하시지요."

조조가 기뻐하며 고개를 끄덕였다. 바로 신비를 불러 술자리를 연 다음 물었다.

"원담이 항복하겠다는 뜻이 참말이오, 거짓이오? 또 원상의 군사가 실제로 이기고 있소?"

신비가 몸을 고쳐 앉았다.

"명공께서는 참말이냐 거짓이냐를 묻지 마시고 그쪽의 지금 상황을 살펴보십시오. 원씨 집안은 요 몇 해째 계속 지기만 해서 밖에서는 군사들이 지치고 안에서는 모사들이 죽어나갔습니다. 게다가 형제들이 아랫사람들의 말에 놀아나 사이가 벌어질 대로 벌어져 둘로 쪼개져 있습니다. 또 흉년까지 들어 하늘의 뜻과 사람 탓에 무너져가고 있다는 걸 모르는 사람이 없습니다. 이는 바로 하늘이 원씨 집안을 망하게 하려는 때를 잡은 듯합니다. 명공께서는 지금 군사를 거느리고 가서서 업군을 치십시오. 원상이 군사를 되돌려와서 구하지 않으면 제 밑자리를 잃게 되고, 돌아와서 구하려 든다면 원담이 그 뒤를 쫓아와 칩니다. 명공의 강한 힘으로 이미 지칠 대로 지친 군사들을 치면 되지요. 마치 거센 바람이 가을에 낙엽을 쓸어버리는 꼴이지요. 이런 일을 제쳐두고 형주를 칠 필요는 없습니다. 형주는 뭐든 넉넉한 땅이고, 여러 가지로 안정되어 있으며, 백성들도 잘 따르는 곳이라 쉽게 흔들리지 않습니다. 오늘날 세상의 가장 큰 골칫거리는 바로 하북입니다. 하북을 다스리면 뜻은 저절로 이루어집니다. 부디 명공께서는 잘 살피십시오."

조조는 무척 좋아라 했다.

"신좌치를 이제야 만나다니, 아쉽소!"

조조는 바로 그날 당장 군사들을 몰고 기주를 치러 갔다.

유비는 조조한테 무슨 꿍꿍이속이 있는지 몰라 두려움에 뒤를 쫓지 못하고 군사를 거두어 형주로 돌아갔다.

한편 원상은 조조군이 황하를 건넜다는 보고를 받자 서둘러 군사를 거느리고 업군으로 돌아오면서 여광과 여상 형제에게 뒤를 막으라고 했다.

원담은 원상이 군사를 거두어 급히 물러가자 바로 평원의 군사를 있는 대로 죄다 일으켜 뒤를 쫓았다. 몇십 리 가지 않았을 때 갑자기 쾅 소리 한 방에 양쪽에서 군사가 쏟아져나왔다. 왼쪽은 여광이, 오른쪽은 여상이 맡은 군사들이었다. 두 형제가 길을 막아섰다.

원담이 말을 세우고 두 형제 장수에게 말했다.

"아버님이 살아 계실 때 나는 두 장군을 서운하게 한 적이 없소. 그런데 어째서 지금 내 아우한테 붙어서 나를 괴롭히오?"

원담의 말에 두 장수는 바로 말에서 내려와 항복했다.

원담이 말했다.

"나한테 이러지 말고 조승상한테 항복을 하시오."

두 장수는 원담을 따라 영채로 갔다.

드디어 조조군이 오자 원담은 두 장수와 함께 조조한테 갔다. 조조는 무척 기뻐하며 원담에게 딸을 주겠다고 하면서 여광과 여상에게 중매를 서라고 했다.

원담이 조조에게 기주를 치라고 하자 조조가 고개를 저었다.

"아직 먹을거리를 대는 일이 쉽지 않다. 황하를 건너가 기수를 막아 백구로 물길을 돌려서 먹을거리 길을 낸 뒤 군사를 몰고 가겠다."

조조는 원담을 평원에 가 있게 한 뒤 자신은 군사를 이끌고 여양으로 가서 머물렀다. 이어 여광과 여상은 열후로 삼은 뒤 군대 안에 있게 했다.

이 모든 것을 지켜본 뒤 곽도가 원담에게 말했다.

"조조가 딸을 주겠다고 했지만 그건 참마음이 아닙니다. 지금 또 여광과 여상을 열후로까지 삼아 자기가 데리고 있는데, 이건 하북 사람의 마음을 자기 마음대로 쥐락펴락하겠다는 뜻입니다. 나중에 틀림없이 우리의 골칫거리가 되겠군요. 주공께서는 장군 도장 두 개를 새겨 몰래 두 사람에게 주십시오. 그렇게 해서라도 우리한테 조조 쪽 돌아가는 사정을 알려주게 해야 합니다. 그런 뒤 조조가 원상을 깨고 나면 기회를 보아야겠습니다."

원담은 이 말을 좇아 바로 장군 도장 두 개를 새겨 몰래 여광과 여상에게 보냈다. 두 사람은 도장을 받자마자 조조에게 가져갔다.

조조가 너털웃음을 웃었다.

"원담이 몰래 도장을 보낸 것은 내가 원상을 치는 사이에 너희들의 도움을 받아 나를 어찌해보자는 속셈이다. 도장은 일단 받아두어라. 나도 생각이 있느니라."

이때부터 조조는 원담을 죽여야겠다고 생각했다.

한편 원상은 심배와 함께 머리를 맞대고 있었다.

"조조군이 먹을거리를 백구로 들여오면 틀림없이 기주를 치러 올 텐데 어찌해야 좋겠소?"

심배가 대답했다.

"글을 띄우십시오. 먼저 무안장 윤해에게 모성으로 군사를 이끌고 가서 상당의 먹을거리 길이 막히지 않도록 하라고 하십시오. 아울러 저수의 아들 저곡더러 한단을 지키게 해 멀리서나마 드러나지 않게 보살피도록 하십시오. 그런 다음 주공께서는 평원으로 군사를 몰고 가 원담을 덮치십시오. 원담을 먼저 없앤 뒤에 조조를 무찌르면 됩니다."

원상이 아주 마음에 들어 했다. 원상은 기주를 심배와 진림에게 맡기고 마연과 장의 두 장수를 앞장세운 뒤 밤을 도와 평원으로 군사를 몰고 갔다.

원담은 원상의 군사가 가까이 몰려오자 조조에게 급히 알렸다.

보고를 받은 조조는 가만히 고개를 끄덕였다.

"드디어 기주를 얻게 되었군."

그때 허유가 허도에서 왔다. 원상이 또 원담을 친다는 말을 듣고 조조에게 비아냥거렸다.

"승상께선 이러고 가만히 있을 테요? 원씨 형제가 벼락이라도 맞기를 기다리는 거요?"

조조가 빙그레 웃었다.

"내 이미 계획을 다 세워놓았네."

조조는 조홍더러 군사를 이끌고 먼저 가서 업군을 치게 한 뒤, 자신은 직접 한 부대를 이끌고 윤해를 치러 갔다.

윤해는 조조군이 가까이 다가오자 군사를 이끌고 나와 맞았다.

윤해가 말을 타고 나오자 조조가 뒤를 돌아보았다.

"허중강은 어디 있느냐?"

곧장 허저가 말을 달려나와 윤해에게 덤벼들었다. 윤해가 미처 손 쓸 틈도 주지 않고 허저는 단칼에 윤해를 베어 말 아래로 고꾸라뜨렸다. 나머지 군사들은 저절로 무너져버렸다. 조조는 그들의 항복을 받아낸 뒤 바로 군사를 한단으로 몰고 갔다.

저곡이 군사를 이끌고 나오자 이번엔 장료가 말을 달려나갔다. 저곡이 겨우 3합도 버티지 못하고 달아나자 장료는 그 뒤를 쫓았다. 두 말 사이가 가까워지자 장료는 저곡을 향해 활을 쏘았다. 활시위 소리가 나자마자 저곡이 말에서 굴러떨어졌다. 조조가 군사를 거세게 휘몰아 들이치자 모두들 흩어져 달아나기에 바빴다.

드디어 조조는 대군을 거느리고 기주로 갔다. 조홍은 이미 성 아래까지 가 있었다. 조조는 군사들에게 성을 빙 둘러 흙산을 쌓게 했다. 아울러 땅 밑으로 몰래 굴도 파게 했다.

심배는 군사들을 엄하게 다스리며 성을 단단히 지켰다. 동문을 지키던 풍례가 술에 취해 순찰을 소홀히 하다가 심배에게 혼이 많이 났다. 풍례는 이에 앙갚음을 하기 위해 잔뜩 벼르며 몰래 성을 빠져나가 조조에게 항복하고 말았다.

조조가 풍례에게 어떻게 하면 성을 깰 수 있는지 묻자 풍례가 대답했다.

"성 밑에 내밀고 있는 문은 흙만 두툼하니 쉽게 뚫고 들어갈 수 있습니다."

조조는 풍례더러 힘센 장사 3백 명을 데리고 가서 깊은 밤을 틈타 땅굴을 파들어가라고 했다.

한편 심배는 풍례가 성을 빠져나가 항복해버린 뒤로는 날마다 직접 성으로 올라가 군사와 말을 살폈다. 그날 밤 내민 문 위 다락에서 밖을 바라보았다. 성 밖에 불빛이 하나도 비치지 않았다.

심배는 고개를 갸우뚱했다.

"틀림없이 풍례가 땅굴로 군사를 끌고 들어오고 있다."

곧장 날쌘 군사들을 불러 돌덩이를 가져다가 내민 문 입구를 들이쳐 막아버렸다. 입구가 막히자 풍례와 장사 3백 명은 그대로 갇혀 굴속에서 죽고 말았다.

일이 실패로 돌아가자 조조는 굴을 뚫어 들이치려던 계

획을 포기했다. 조조는 군사를 거느리고 원수 가까이 물러가 머물면서 원상이 군사를 이끌고 돌아올 길목을 지켰다.

평원을 치고 있던 원상은 조조군이 이미 윤해와 저곡을 무찌르고 기주를 둘러싸고 있다는 보고를 받자마자 기주를 구하기 위해 급히 군사를 거두어 돌아오고 있었다.

부장 마연이 말했다.

"큰길로 가면 틀림없이 조조가 숨겨둔 군사들이 기다리고 있을지 모릅니다. 작은 길로 가서 서산을 거쳐 부수 어귀로 나가 조조의 영채를 덮치면 반드시 에워싼 데를 뚫을 수 있습니다."

원상은 그 말을 좇아 직접 대군을 거느리고 앞서가면서 마연과 장의는 뒤를 막으라 했다.

그러나 이러한 사실은 어느 틈에 조조에게 알려져 조조는 벌써 준비를 해놓았다.

"저쪽이 만약에 큰길로 온다면 우리가 피할 수밖에 없다. 그러나 서산 쪽 작은 길로 온다니 한번 싸워서 사로잡을 수 있다. 내 짐작건대, 원상은 틀림없이 불로 신호를 보내 성 안과 통할 수 있도록 한다. 군사를 나누어 치도록 하자."

한편 원상은 부수 어귀로 나와 동쪽의 양평으로 가 양평정에 군사를 머물게 했다. 기주에서 17리 떨어진 곳으로, 옆으로는 부수가 흘렀다.

원상은 군사들에게 나뭇가지와 마른 풀 등을 쌓아놓게
한 뒤 밤을 기다렸다 불을 피워 신호를 보냈다. 이어 주부
이부를 조조군의 도독으로 꾸민 뒤 성 아래로 가서 크게 외
치게 했다.

"문 열어라!"

심배가 그의 목소리를 알아듣고 문을 열어 맞아들였다.

이부가 심배에게 말했다.

"주공이 이미 양평정에 군사를 이끌고 와서 머무르며 성
안에서 같이 따라주기를 기다리시오. 성 안에서 군사를 내
보낼 때는 똑같이 불을 피워 신호로 삼으시오."

심배는 성 안에 마른 풀을 쌓아놓고 불을 피워 신호를 보
냈다.

이부가 말했다.

"성 안에 먹을거리도 없을 테니 우선 늙고 약한 이와 병
든 군사, 그리고 여자들을 내보내 항복하게 합시다. 그러면
저쪽은 다른 생각을 하지 않겠죠. 우리는 그 백성들 뒤로 군
사들을 같이 내보내서 적을 무찌르게 합시다."

심배가 그의 말을 받아들여 다음 날 성 위에다 '기주 백성
항복'이라는 흰 깃발을 내걸게 했다.

이를 본 조조가 고개를 끄덕였다.

"음, 저건 성 안에 먹을거리가 떨어져 늙고 약한 백성들을

내보내 항복시키겠다는 뜻이다. 그런데 그 뒤로는 틀림없이 군사들이 따라나올 거다."

조조는 장료와 서황에게 군사 3천 명씩을 이끌고 가서 길 양쪽에 숨어 있게 한 뒤 자신은 직접 말을 타고 성 가까이 가서 해 가리개 아래에 서 있었다.

성 문이 열리더니 백성들이 노인들은 부축하고 어린아이들은 손을 잡아끌며 흰 기를 들고 나왔다. 백성들이 거의 다 나왔을 때쯤 되자 과연 군사들이 쏟아져나왔다. 조조가 붉은 깃발을 한 번 휘두르게 했다. 그러자 장료와 서황의 군사가 양쪽에서 한꺼번에 뛰쳐나와 마구 짓밟았다. 성 안에서 나온 군사들은 다시 쫓겨 들어갔다.

조조는 직접 말을 타고 뒤쫓았다. 도랑 위에 매달려 있는 다리 가까이 가자 성 안에서 화살이 빗발치듯 쏟아지더니 그 가운데 하나가 조조의 투구를 바로 맞혔다. 하마터면 이마를 꿰뚫을 뻔했다. 여러 장수들이 급히 달려들어 구해낸 뒤 진으로 돌아갔다.

조조는 옷을 갈아입고 말도 갈아탄 뒤 장수들을 거느리고 원상의 영채를 치러 갔다. 원상이 직접 싸우러 나섰다. 여러 갈래에서 군사들이 덮쳐들어 양쪽은 정신없이 싸웠다. 원상이 크게 졌다.

원상은 싸움에 진 군사들을 이끌고 서산으로 물러가 영

채를 세웠다. 이어 사람을 보내 마연과 장의의 군사를 빨리 불러오게 했다. 그러나 조조가 여광과 여상을 시켜 두 장수를 이미 데려간 걸 전혀 모르고 있었다. 조조는 그 두 사람 역시 열후로 삼았다.

조조는 바로 그날 군사를 거느리고 서산을 치러 갔다. 먼저 여광·여상·마연·장의를 시켜 원상의 식량 운반길을 끊어버렸다. 원상은 서산에서 버틸 수 없게 되자 밤을 틈타 남구로 달아났다. 그러나 영채를 세우기도 전에 사방에서 횃불이 일렁거리더니 숨어 있던 군사들이 덮쳐들었다. 갑옷을 챙겨 입을 새도 없고 말에 안장을 얹을 새도 없이 원상의 군사는 크게 무너져 50리 밖으로 달아났다.

원상의 군사들은 이제 더는 싸울 힘도, 마음도 없게 되어버렸다. 하는 수 없이 예주 자사 음기를 조조의 영채로 보내 항복하겠다고 전했다. 조조는 겉으로는 항복을 받아주는 척했다. 그러나 바로 그날 밤에 장료와 서황에게 원상의 영채를 덮치도록 했다. 원상은 도장을 비롯해 황제가 내린 깃발에다 일을 맡아볼 수 있는 힘을 나타내는 도끼와 벗어놓은 갑옷은 물론 다른 물자들까지 다 버리고 중산으로 달아났다.

조조는 군사를 거두어 기주를 치기 시작했다.

허유가 의견 하나를 냈다.

"장하 물을 끌어다가 성을 쓸어버릴 생각은 왜 하지 않습니까?"

조조가 무릎을 치며 군사들에게 성을 둘러싸고 40리에 걸쳐 도랑을 파도록 했다. 심배는 조조의 군사들이 도랑을 파는 걸 성 위에서 내려다보았다. 그러나 도랑이 별로 깊지 않은 걸 보고 속으로 웃었다.

'저건 장하 물을 끌어다가 성을 덮치겠다는 건데, 도랑이 깊어야 성이 물에 잠기지 저 정도 가지고 어쩌자는 거냐!'

심배는 아무런 대책을 세우지 않았다.

그날 밤 조조는 군사를 10배나 늘려 더욱 힘을 보태 도랑을 파게 했다. 해 뜰 무렵이 되었을 때 보니 도랑의 넓이와 깊이가 두 길이나 되었다. 이윽고 장하의 물을 끌어대자 성 안에 물이 여러 자 깊이로 차올랐다. 더구나 식량마저 바닥나 굶어 죽는 군사가 늘어나기 시작했다.

신비가 성 밖에서 원상의 도장이며 옷가지를 창끝에 매달아 보이며 성 안 사람들에게 항복하라고 권했다. 심배는 이를 보고 화가 날 대로 났다. 그래서 신비의 가족 80명 남짓을 잡아다가 늙은이·어린이 가리지 않고 닥치는 대로 성 위에서 목을 베어 성 밖으로 내던졌다. 신비는 넋이 나간 채 울어댔다.

심배의 조카 심영은 신비와 가깝게 지내는 사이였다. 그는 신비의 가족이 몰살당하는 걸 보자 속으로 어처구니가 없었다. 그래서 남몰래 성 문을 열어 바치겠다는 편지를 써서 화살에 매달아 밖으로 쏘아 날렸다. 그걸 주운 군사가 신비에게 가져왔다. 신비는 다시 그 편지를 조조에게 가져갔다. 조조는 기주성에 들어가면 원씨 집안 사람은 늙은이든 젊은이든 하나도 죽이지 말라고 명령했다. 이어 항복하는 군사와 백성들은 모두 살려주라고 했다.

다음 날 날이 밝자 심영은 서쪽 성 문을 활짝 열어젖히고 조조의 군사들이 안으로 들어오게 했다. 신비가 앞장서 말을 달려 들어가고 군사들이 그 뒤를 밀치고 들어갔다. 심배는 동남쪽 성 위 다락에 있다가 조조군이 벌써 성 안으로 들어온 걸 보았다. 곧장 말 탄 군사 몇과 함께 뛰쳐내려가 죽을힘을 다해 싸웠다. 싸우는 도중에 서황을 만나 서로 어우러졌으나 금세 서황에게 사로잡히고 말았다. 심배가 꽁꽁 묶인 채 성 밖으로 끌려가는데 신비가 나타났다.

신비는 이를 뿌드득 갈며 말채찍을 들어 심배의 머리통을 후려치며 소리쳤다.

"갈가리 찢어 죽여도 시원찮을 놈아! 너, 오늘은 내 손에 죽어봐라!"

심배 역시 큰소리를 내질렀다.

"신비, 이 역적놈아! 조조를 끌어들여 우리 기주를 깨다

　　　　　　　　　　　　　박상률 완역 삼국지 3

니! 내 너를 죽이지 못한 게 한이다!"

이윽고 서황이 심배를 조조 앞으로 끌고 가자 조조가 물었다.

"너는 누가 성 문을 열어 바친 줄 아느냐?"

심배가 대답했다.

"모르겠다."

"네 조카 심영이 열어주었다."

심배가 씩씩거렸다.

"어린놈 하는 짓이 못났더니 결국은 이런 짓을 했구나!"

"어제 내가 성 가까이 갔을 때 무슨 화살을 그렇게 많이 쏘아댔느냐?"

"화살이 적은 게 한이었다!"

"지금까지는 원씨에게 충성을 바쳐야 하니까 그랬겠지만, 이제 나한테 항복하지 않겠느냐?"

"항복 안 한다! 안 해!"

그때 신비가 땅에 엎드려 큰소리로 울었다.

"우리 가족 여든 명이 모두 이 역적놈 손에 죽었습니다. 부디 승상께서는 찢어 죽이셔서 제 한을 풀어주십시오!"

심배가 소리 질렀다.

"내 살아서는 원씨 신하이고, 죽어서는 원씨 귀신이다. 너희들처럼 남이나 헐뜯고 알랑대는 역적놈들하고는 다르다!

빨리 내 목을 쳐라!”

조조가 끌고 나가라 했다.

심배는 죽기 전에 칼을 든 무사에게 소리쳤다.

“내 주인은 북쪽에 계신다. 남쪽을 보고 죽을 수는 없다!”

이어 북쪽을 바라고 꿇어앉아 목을 내밀어 칼을 받았다.

훗날 어떤 이가 시를 읊었다.

하북에는 이름난 이가 많다지만

심배만 한 이 뉘 있으랴

어리석은 주인 탓에 목숨은 잃었지만

마음은 훌륭한 옛사람과 다르지 않네

충성스럽고 굽힘 없는 그의 말엔 숨김이 없었고

욕심부리지 않고 깨끗하게 뜻을 펼쳤네

죽을 때도 북쪽에 머리를 두니

고개 숙여 항복한 이 모두 부끄럽게 만드네

심배가 죽자 조조는 그의 충성스런 마음과 의리를 높이 사 성 북쪽에다 장사 지내주도록 했다.

여러 장수들이 조조에게 성 안으로 들어가자고 했다. 조조가 자리에서 막 일어나려 하는데 군사들이 한 사람을 끌고 왔다. 진림이었다.

　　　　　　　　　　　　　박상률 완역 삼국지 3

조조가 물었다.

"네가 전에 본초를 위해 글을 지을 때 나의 죄만 늘어놓으면 되지, 무엇 때문에 아버지와 할아버지까지 들먹이며 욕을 보였느냐?"

진림이 대답했다.

"화살이 시위에 얹혀 있어 쏘지 않을 수 없었소."

곁사람들 모두 조조에게 그를 죽이라고 했다. 그러나 조조는 그의 재주를 아껴 죽이지 않고 용서하며 종사로 삼았다.

조조의 맏아들 조비는 자가 자환으로 18살이었다. 그가 태어날 때 보랏빛 구름 한 조각이 마치 수레의 둥근 덮개처럼 방을 덮고 하루 종일 흩어지지 않았다.

그때 그런 일에 밝은 이가 조조한테 조용히 말했다.

"저건 천자의 기운입니다. 아주 귀하게 될 분이 태어났습니다."

조비는 8살 때 글을 지을 정도로 재주가 뛰어났고, 옛일이고 요즘 일이고 두루 꿰고 있었다. 게다가 말타기와 활쏘기도 잘했으며, 칼 겨루기도 좋아했다.

조조가 기주를 무너뜨렸을 때 조비는 아버지를 따라 군대 안에 있었다. 조비는 몇몇 군사들과 함께 원소의 집으로 먼저 갔다. 말에서 내리자마자 칼을 빼어 들고 집 안으로 들어가려 하자 장수 하나가 막아섰다.

"승상의 허락 없이는 누구도 원소의 집으로 들어갈 수 없습니다."

조비는 그를 꾸짖어 물리치고 칼을 빼어 든 채 뒤채로 들어갔다. 부인 둘이 서로 끌어안은 채 울고 있었다. 조비가 그들 앞으로 가더니 죽이려 들었다.

4대에 걸친 높은 벼슬 집안, 이미 깨어진 꿈이고

피를 나눈 한 집안 형제들, 또 큰 화를 피하지 못하네

과연 그들의 목숨은 어찌 될는지…….

공손강이 보내온
머리 둘

조비는 어지러운 틈을 타 견씨를 아내로 맞고
곽가는 요동을 차지할 방법을 적어놓다

조비는 울고 있는 두 부인 곁으로 가서 칼을 쳐들었다. 그때 갑자기 붉은 빛이 눈앞을 스쳐 칼을 내리고 물었다.

"너희들은 누구냐?"

한 부인이 대답했다.

"나는 원장군의 아내 유씨요."

"이 여자는 누구요?"

유씨가 대답했다.

"둘째 아들 원희의 아내 견씨요. 희가 유주로 나가 있는데, 멀리 따라가기 싫어 남아 있었소."

조비가 견씨 가까이 다가가 얼굴을 들여다보았다. 머리는 헝클어져 있고 얼굴은 땟자국이 흘렀다. 조비는 견씨의 얼굴을 소매로 훔친 뒤 자세히 살폈다. 살결은 옥처럼 희었고 생김생김은 꽃처럼 어여뻤다. 그야말로 뛰어나게 예쁜 여자였다.

조비가 유씨를 보고 말했다.

"나는 조승상의 아들이다. 너희 집안을 보호해줄 테니 걱정 말아라."

조비는 칼집에 칼을 꽂은 뒤 마루에 가 앉았다.

한편 조조는 장수들을 거느리고 기주성으로 들어가고 있었다. 막 성 문을 들어서는데 허유가 말을 달려 조조 가까이 오더니 말채찍으로 성 문을 가리키며 잘난 척했다.

"아만, 자네가 나를 만나지 못했다면 어떻게 이 문을 지나갈 수 있겠는가?"

조조는 껄껄 웃어넘겼다. 그러나 그 말을 들은 장수들은 모두들 기분 나빠했다.

원소 집 앞에 이르렀을 때 조조가 뒤를 돌아보았다.

"이 문으로 들어간 사람이 아무도 없겠지?"

문을 지키던 이가 고개를 조아렸다.

"세자께서 안에 계십니다."

조조가 아들을 불러내어 꾸짖는데 유씨가 나와 절을 했다.

“세자가 아니셨더라면 저희 집은 성하지 못했을 뻔했습니다. 견씨를 바칠 테니 세자 곁에 있게 해주십시오.”

조조는 견씨를 불러와서 절을 하게 하더니 눈을 크게 뜨고 살폈다.

“내 며느릿감으로 부족함이 없다!”

조조는 바로 그 자리에서 조비에게 견씨를 아내로 삼도록 했다.

기주를 차지하고 나자 조조는 원소의 무덤을 찾았다. 절을 두 번 하고 슬피 울고 난 조조가 장수들을 돌아보았다.

“옛날에 본초와 같이 군사를 일으켰을 때 본초가 나에게 이렇게 물었지. 만약에 일이 틀어졌을 때 나더러 어디로 가서 기대겠냐고 말이야. 그래서 내가 공은 어떻게 할 셈이냐고 되물었어. 그랬더니 자기는 하북 남쪽을 발판으로 해서 북의 연과 대에 기대어 사막의 군사까지 손에 넣어 남쪽으로 내려와 천하를 다툰다면 괜찮겠다고 그러더군. 그래서 나는 세상의 슬기롭고 힘 있는 이들을 모아 바른 도리를 다해 다스리면 안 될 일이 없다고 대답했지. 이런 말을 나눈 지가 바로 어제 같은데 지금 본초는 이 세상 사람이 아니니 내 어찌 슬피 울지 않을 수 있겠는가!”

모두들 길게 한숨을 내뱉었다.

조조는 원소의 아내 유씨에게 황금과 비단에다 쌀까지

주게 한 뒤 명령을 내렸다.

"하북 백성들은 난리를 겪느라 고생했으니 올해는 세금도 거두지 말고 나랏일에도 끌어대지 않도록 하라."

조정에는 글을 올려 지금까지의 일을 알리고, 조조는 스스로 기주목까지 맡았다.

어느 날이었다. 허저가 말을 달려 동문으로 들어가다 허유를 만났다.

허유가 허저를 불러 세운 뒤 거드름을 피웠다.

"내가 아니었다면 너희들이 이 문을 어찌 드나들 수 있겠느냐?"

허저가 발끈했다.

"우리가 목숨을 걸고 천번 만번 피로 싸워 빼앗은 성이다. 네가 한 게 뭐 있다고 주절거리느냐?"

허유가 참지 못하고 욕을 퍼부었다.

"너희들은 모두 멍청하기 짝이 없는 놈들이다. 씨부렁거릴 게 뭐 있느냐!"

허저는 화가 잔뜩 치민 나머지 칼을 빼어 들어 허유를 내리쳐버렸다. 그런 뒤 허유의 머리를 들고 조조에게 갔다.

"허유가 하도 시건방지게 굴어 죽였습니다."

"자원은 나의 오랜 벗이다. 그래서 허물없이 말을 좀 한

허유가 거드름을 피우다 허저에게 죽고 만다.

다. 그렇다고 죽이기까지 해서야 되겠느냐!"

조조는 허저를 호되게 나무란 뒤 허유의 장례를 잘 치러
주라고 했다. 이어 조조는 여기저기 사람을 보내 기주의 어
진 선비를 찾아보도록 했다.

기주 사람 하나가 한 사람을 추천했다.

"기도위 최염은 자가 계규로, 청하 동무성 사람입니다. 전
에 원소한테 여러 번 의견을 냈으나 받아주지 않았습니다.
그래서 그때부터 병을 핑계 대고 집안에 틀어박혀 지내고
있습니다."

조조는 곧장 최염을 불러 기주의 별가종사로 삼은 뒤 말
했다.

"어제 이 고을 호적을 좀 살펴보았더니 사람 수가 삼십만
명이나 되었소. 이쯤 되면 꽤나 큰 고을이오."

최염이 대꾸했다.

"지금 천하는 갈라져 온 나라가 찢어발겨지고 있습니다.
원씨 두 형제가 다투는 바람에 기주 백성들은 들녘에다 해
골을 드러내놓고 있는 판입니다. 이런 때 승상께서는 서둘
러 이곳 생활 사정을 물어 시름에 빠진 백성들을 건질 생각
은 하지 않으시고 사람 수나 따지고 계십니다. 그게 이 고을
의 백성들이 바라는 바이겠습니까?"

조조는 그 말에 낯빛을 고치며 잘못을 빈 뒤 최염을 윗자

리에 모셨다.

조조는 기주의 백성들을 돌보고 다독거린 뒤 사람을 보내 원담의 소식을 알아오도록 했다.

이때 원담은 군사를 거느리고 감릉·안평·발해·하간 등을 떠돌며 백성들 재물을 마구 빼앗는 짓을 하고 있었다. 원상이 싸움에 지고 중산으로 달아났다는 소식을 듣자 그쪽으로 몰려갔다. 원상은 아예 싸울 생각조차 없어 곧바로 유주로 달아나 원희에게 갔다. 원담은 원상의 군사들을 항복시킨 뒤 모두 이끌고 다시 기주를 되찾을 준비를 했다.

조조는 원담을 불렀다. 그러나 원담은 오지 않았다. 조조는 화가 치밀어 사위 삼기로 한 지난번 약속을 깨는 편지를 보낸 뒤, 직접 대군을 거느리고 곧바로 평원으로 갔다.

원담은 조조가 직접 군사를 이끌고 온다는 소식을 듣자 유표에게 사람을 보내 도와달라고 했다. 유표는 유비와 마주 앉아 의논했다.

유비가 말했다.

"조조는 지금 기주를 무찌르고 난 뒤라 군사들 기운이 한창 오를 대로 올라 있습니다. 원씨 형제들은 결국 머지않아 조조한테 사로잡히고 맙니다. 그러니 도와주어봐야 아무 소용이 없습니다. 게다가 조조는 늘 형양을 노리고 있으므로 우리는 군사들이나 잘 길러서 우리 자리를 지키고 있어야 합니다. 함부로 움직이지 않아야 합니다.”

유표가 고개를 끄덕였다.

“그럼 어떻게 내치면 좋겠소?”

“원씨 형제한테 따로따로 편지를 보내 서로 사이좋게 지내는 게 바람직하다는 뜻을 비치며 살짝 피해가면 됩니다.”

유표는 그 말을 받아들여 먼저 원담에게 편지를 썼다.

군자는 난리를 피해 달아나도 원수의 나라로는 가지 않는 법이네. 저번에 들으니 그대가 조조한테 무릎을 꿇고 항복을 했다더군. 이건 돌아가신 아버지의 원수를 잊은 일이요, 손발 같은 형제 사이의 정도 끊은 일이요, 서로 같이 손잡았던 이들도 부끄럽게 한 일이었네. 만일 기주의 아우가 제 도리를 다하지 않았다 하더라도 그대가 마음을 너그럽게 갖고서 일단 서로 손잡고 조조부터 물리친 다음에 옳고 그름을 따졌다면 누가 그 의로움을 높이 사지 않겠는가?

이어 원상에게도 편지를 보냈다.

청주의 형은 성질이 급하여 뭐가 옳은지 그른지 선뜻 가려내지를 못한 것 같네. 그대는 마땅히 조조를 먼저 무찔러 돌아가신

아버지의 한을 풀어드렸어야 했네. 그런 다음 일이 가라앉은 뒤에 옳고 그름을 따졌다면 좋지 않았을까? 만약에 서로 으르렁거리며 바른길로 돌아오지 않는다면 한로라는 사냥개와 동곽이라는 토끼 꼴이 날 걸세. 뛰어난 사냥개이고 재빠른 토끼면 뭐하겠는가. 서로 쫓고 쫓기다 둘 다 지쳐 죽어 나자빠지면 길 가던 농부만 힘 안 들이고 둘 다 차지하리라.

유표의 편지를 읽은 원담은 군사를 보내줄 뜻이 없음을 알아챘다. 그래서 혼자서는 조조와 싸울 수 없어 평원을 버리고 남피로 달아났다.

조조는 남피로 쫓아갔다. 그러나 아주 추운 겨울철이라 강이 얼어붙어 식량 실은 배를 움직일 수 없었다. 조조는 그 지방 백성들에게 얼음을 깨고 배를 끌게 하였다. 하지만 백성들은 그 명령을 따르지 않고 모두 달아나버렸다. 조조는 화가 치밀어 그들을 잡아다 모조리 목을 치라 했다. 소문을 들은 백성들이 조조의 영채로 찾아와 빌었다.

조조가 소리쳤다.

"너희들을 죽이지 않으면 내 말이 먹혀들지 않는다. 그렇다고 너희들을 차마 죽일 수도 없다. 빨리 내 눈앞에서 사라져 산속으로 달아나 숨어버려라. 우리 군사들한테 잡히지 않도록 하란 말이다."

백성들은 모두 눈물을 흘리면서 돌아갔다.

원담이 군사를 이끌고 성을 나와 조조군을 맞아 싸웠다. 양쪽 군이 서로 진을 벌이고 나자 조조가 말채찍을 들어 원담을 가리키며 꾸짖었다.

“내 너를 서운하지 않게 대접했거늘 어째서 딴마음을 먹었느냐?”

원담도 같이 대들었다.

“너는 내 땅을 쳐들어왔고, 내 성을 빼앗았으며, 나에게 주기로 한 딸도 주지 않으면서 나보고 딴마음 먹었다고 떠넘기느냐?”

조조가 성을 내며 서황더러 나가 싸우라 했다. 원담은 팽안을 내보내며 싸우도록 했다. 두 마리 말이 서로 어우러져 싸운 지 몇 합 안 되어 서황은 팽안을 칼로 베어 말 아래로 고꾸라뜨렸다. 원담의 군사는 크게 져서 달아나 남피성 안으로 들어갔다.

조조는 군사들더러 남피성을 완전히 둘러싸게 했다. 원담은 어찌해야 좋을지를 몰라 신평을 조조에게 보내 항복하겠다고 했다.

조조가 고개를 저었다.

“원담이라는 녀석은 이랬다저랬다 해서 믿을 수 없는 놈이네. 자네 아우 신비가 내 밑에서 중요한 일을 맡고 있네.

자네도 온 김에 여기 있으면 좋겠구먼."

신평 역시 고개를 저었다.

"승상께서는 그렇게 말씀하시면 안 됩니다. 임금이 귀하게 되어야 신하도 같이 좋은 걸 누릴 수 있게 되고, 임금이 걱정에 싸이게 되면 신하도 부끄러움을 당한다고 했습니다. 저는 오랫동안 원씨를 섬겨왔습니다. 이제 와서 어떻게 등을 돌릴 수 있겠습니까!"

조조는 그를 붙잡아둘 수 없다는 걸 알고 돌려보냈다.

신평이 돌아와 원담을 보고 조조가 항복을 받아주지 않더라고 말하자 원담이 억지소리를 했다.

"네 아우가 지금 조조를 섬기고 있어 너도 딴마음을 먹었구나!"

신평은 그 말에 어안이 벙벙하여 가슴이 탁 막히며 그 자리에 쓰러지고 말았다. 원담이 그를 끌어내 가라고 했다. 신평은 얼마 지나지 않아 죽고 말았다. 그제야 원담은 아쉬워했다.

곽도가 원담에게 말했다.

"내일 백성들을 앞세우고 군사들은 그 뒤를 따라나가 조조와 죽기 살기로 한판 붙을 수밖에 없습니다."

원담은 그 말을 좇아 그날 밤에 남피 백성들을 끌어모아 칼과 창을 쥐어주며 명령대로 따르도록 했다.

다음 날 새벽, 네 성 문을 활짝 열어젖혔다. 백성들을 앞
장세운 군사들이 뒤에서 아우성을 치며 성을 나가 곧장 조
조의 영채로 몰려갔다.

양쪽은 한낮이 될 때까지 아침나절 내내 싸웠으나 이기
고 짐은 가르지 못한 채 시체만 들판에 그득했다.

조조는 싸움의 끝이 뚜렷하게 매듭지어지지 않자 말을
버리고 산 위로 올라가 직접 북을 쳤다. 이에 장수와 군사들
이 더욱 힘을 내 앞으로 밀고 나갔다. 원담은 크게 졌다. 죽
어 나자빠진 백성들이 이루 헤아릴 수가 없었다.

조홍이 힘을 떨치며 적진으로 뛰어들어가 원담과 마주쳤
다. 조홍이 이리저리 칼을 마구 휘둘렀다. 마침내 원담은 그
칼을 맞고 죽었다.

곽도는 싸움이 잘 풀리지 않자 급히 성 안으로 말을 달려
들어가려 했다. 이를 본 악진이 활을 쏘았다. 화살에 맞은
곽도는 말과 함께 도랑 속으로 곤두박질쳐 죽었다.

조조가 군사를 거느리고 남피성으로 들어가 백성들을 어
루만졌다.

그때 군사 한 떼가 몰려왔다. 원희의 부하 장수인 초촉과
장남이 끌고 오는 군사들이었다. 조조는 직접 군사를 이끌
고 싸우러 나갔다. 갑자기 두 장수가 창을 거꾸로 놓고 갑옷
을 벗었다. 항복하러 온 것이었다. 조조는 그들 역시 열후로

삼았다.

　이어 흑산의 산적인 장연이 졸개 10만 명을 거느리고 와 항복했다. 조조는 그를 평북장군으로 삼았다.

　조조는 원담의 머리를 내다 걸게 한 뒤, 그걸 보고 우는 이가 있으면 목을 베겠다고 호통쳤다. 원담의 머리는 북문 밖에 내걸렸다.

　어떤 사람 하나가 상복 차림으로 나타나 원담의 머리 아래에서 슬피 울었다. 군사들이 그를 조조 앞으로 끌고 갔다. 조조가 알아보니 청주 별가 왕수였다. 그는 원담을 말리다 쫓겨난 사람이었는데, 원담이 죽었다는 소식을 듣고 찾아 온 것이었다.

　조조가 물었다.

　"너는 내가 어떤 명령을 내렸는지 아느냐?"

　왕수가 대답했다.

　"알고 있소."

　"그럼 목숨이 아깝지 않느냐?"

　"나는 평생 원담 밑에서 벼슬을 살았소. 그러니 원담이 죽었을 때 울지 않는 일은 의리에 벗어나는 짓입니다. 목숨이 아까워 의리를 저버린다면 무얼로 세상을 마주할 수 있겠소! 내가 시신이나마 거두어 장사를 치러줄 수 있게 해준다면 죽어도 한이 없소."

"하북에는 의로운 사람이 어찌 이리도 많은고! 원씨들이 이들을 제대로 알아보지 못하고 제대로 쓰지 못했구나. 안타깝고 안타깝다! 이런 사람들을 제대로 썼다면 내 어찌 여기를 넘보며 쳐다보기나 했겠는가!"

조조는 원담의 시체를 거두어 장사를 지내주게 한 뒤 왕수를 깍듯이 대접하며 사금중랑장 일을 맡겼다.

조조가 왕수에게 물었다.

"지금 원상은 원희한테 가 있는데, 원상을 잡으려면 어떻게 해야겠는가?"

왕수는 굳게 입을 다물고 아무런 대답을 하지 않았다.

"과연 충신이로다."

조조는 머리를 끄덕이며 곽가를 쳐다보았다.

곽가가 대답했다.

"원씨 밑에 있다 항복한 초촉과 장남 등을 시켜 치도록 하십시오."

조조는 그의 말을 받아들였다. 곧바로 초촉·장남·여광·여상·마연·장의 들더러 군사들을 이끌고 세 길로 나누어 가서 유주를 치게 했다. 이어 이전과 악진은 장연과 힘을 모아 병주로 가서 고간을 치도록 했다.

원상과 원희는 조조의 군사가 몰려온다는 소식을 듣자

맞서 싸우기는 어렵다고 생각했다. 그래서 군사를 이끌고 성을 빠져나온 뒤 밤을 도와 요서의 오환에게 달려갔다.

유주 자사 오환촉은 유주의 벼슬아치들을 모아놓고는 원씨를 버리고 조조를 섬기자며 피를 마셔 다짐하자고 했다.

오환촉이 소리쳤다.

"나는 조승상이 오늘의 영웅이라는 걸 알고 있다. 그러니 지금 가서 항복해야 한다. 내 말을 따르지 않는 사람은 목을 치겠다."

이어 차례대로 피를 마시게 했다. 별가 한형의 차례가 되었다. 그가 칼을 바닥에 내던지며 외쳤다.

"나는 원공 부자의 두터운 은혜를 입었소. 지금 주인이 망하게 되었는데도 지혜가 짧아 구하지 못하고, 용기가 없어 죽지도 못해 의리라곤 없는 인간이 되고 말았소. 그렇더라도 조조에게 항복하는 일만은 못 하겠소!"

모든 사람들의 낯빛이 변했다.

오환촉이 말했다.

"큰일을 할 때는 큰 뜻을 세워야 한다. 일이 이루어지는가 아닌가는 한 사람한테 매여 있지 않다. 한형이 그런 뜻을 가지고 있다면 마음대로 하라."

이어 한형을 밖으로 쫓아버렸다.

오환촉은 성 밖으로 나가 세 길로 나뉘어 오는 조조군을 맞아들이고 곧장 조조에게 가서 항복했다. 조조는 기뻐하며 오환촉을 진북장군으로 더 높여주었다.

그때 보고가 들어왔다.

"악진·이전·장연이 병주를 치러 갔으나 고간이 호관구에 딱 버티고 있어 깨지 못하고 있습니다."

조조는 직접 군사를 이끌고 나섰다. 세 장수가 나와 맞으며 고간이 관을 지키고 있어 치기 어려운 사정을 설명했다. 조조는 장수들을 모아놓고 고간을 깰 수 있는 방법을 의논했다.

순유가 말했다.

"고간을 깨려면 거짓으로 항복하는 척해야 할 듯합니다."

조조 역시 그렇게 생각했다. 그래서 항복한 장수인 여광과 여상을 불러 귓속말로 이러저러한 방법을 일러주었다.

여광과 여상은 군사 수십 명을 이끌고 관 아래로 가서 외쳤다.

"우리는 원래 원장군 아래에 있던 장수였소. 어쩔 수 없어서 조조한테 항복했지만, 조조는 우리를 속이기만 하면서 함부로 대했소. 우리는 다시 옛 주인을 모시기 위해 돌아왔소. 빨리 관문을 열어주시오."

고간은 그 말을 믿을 수가 없어 두 장수만 관으로 올라와서 얘기해보라고 했다. 두 장수는 갑옷을 벗고 말도 버린 채 안으로 들어가 고간에게 말했다.

"조조군은 지금 막 왔습니다. 군사들이 자리를 잡기 전에 오늘 밤 당장 영채를 덮치시오. 우리들이 앞장서겠습니다."

고간은 기뻐하며 그 말을 받아들였다.

밤이 되었다. 여광과 여상은 1만 명 가까운 군사를 이끌고 앞장서 나갔다. 막 조조의 영채에 이르렀을 때 뒤에서 외침 소리가 크게 일며 숨어 있던 군사들이 쏟아져나왔다. 고간은 속은 것을 알고 급히 호관성으로 돌아왔다. 그러나 그 사이에 악진과 이전이 이미 관을 차지하고 있었다. 고간은 겨우 길을 뚫고 달아나 흉노족의 왕인 선우에게 갔다.

조조는 호관구에 머무르면서 군사를 보내 고간의 뒤를 쫓도록 했다. 고간이 선우의 땅 가까이 이르렀을 때 마침 북번의 좌현왕을 만났다.

말에서 내린 고간은 땅에 엎드려 절을 한 뒤 사정했다.

"조조가 우리 땅을 빼앗고 이제 왕자의 땅까지 넘겨보고 있습니다. 부디 저를 구해주시기 바랍니다. 힘을 합쳐 빼앗긴 땅을 되찾게 해주시고 북쪽도 잘 지키시지요."

좌현왕이 말했다.

"나는 조조와 원수진 일이 없다. 그러니 내 땅을 쳐들어올 리 있겠느냐? 괜스레 네가 나를 조씨와 원수질 일을 만들려고 하는구나!"

좌현왕은 고간을 꾸짖어 쫓아버렸다. 고간은 아무리 궁리를 해보아도 갈 곳이 없었다. 생각 끝에 유표한테나 가볼까 하고 길을 떠났다. 그러나 상락에서 도위 왕염의 손에 죽고 말았다. 왕염은 고간의 머리를 조조에게 가져갔다. 조조는 왕염을 열후로 삼았다.

병주를 손에 넣은 조조는 서쪽의 오환을 칠 생각을 했다.

조홍을 비롯해 몇몇이 말렸다.

"원희와 원상은 완전히 무너져 장수는 죽고 힘이 다해 멀리 사막으로 도망쳐버렸습니다. 우리가 지금 군사를 이끌고 서쪽을 치러 간 사이에 유비와 유표가 빈틈을 타서 허도를 덮칠 수도 있습니다. 그리되면 우리는 급히 돌아올 수가 없어 적지 않은 화를 입게 됩니다. 일단 군사를 거두어 돌아가는 게 좋겠습니다."

그러나 곽가의 생각은 달랐다.

"여러분은 잘못 생각하고 있습니다. 지금 주공이 세상에 이름을 크게 떨치고 있긴 하지만, 사막에서는 멀리 떨어져 있는 것만 믿고 아무런 준비 없이 지내고 있을 터입니다. 이런 틈을 노려 갑자기 덮쳐 들어가면 반드시 깰 수 있습니다. 게다가 오환은 원소한테서 은혜를 입은 적도 있고, 원상과 원희 형제도 거기 가 있으므로 이번 기회에 없애버리지 않으면 안 됩니다. 사실 유표는 사람들 모아놓고 앉아서 얘기나 즐기는 사람이지요. 또 자기 능력으로는 유비를 부리기가 힘들다는 사실도 스스로 알고 있습니다. 그러니 유비한테 많은 힘을 실어주지 않을 것입니다. 물론 유비는 별로 가진 힘이 없어 움직일 수 없습니다. 따라서 나라를 비워놓고 멀리 나가도 걱정할 것이 없습니다."

조조가 고개를 끄덕였다.

"봉효 말이 옳네."

조조는 마침내 전군을 모두 일으켜 수레 수천 대를 몰고 길을 나섰다. 사막은 끝이 보이지 않는데 거친 바람은 계속 몰아쳤다. 게다가 길이 어찌나 험한지 사람이고 말이고 발걸음을 떼기가 힘들었다.

조조는 군사를 되돌리고 싶은 마음이 일어 곽가를 찾았다. 곽가는 기후와 환경이 맞지 않아 병이 나서 수레에 누워 있었다.

조조가 곽가를 보며 눈물을 흘렸다.

"내가 사막을 무찌르려는 욕심만 앞서 공을 여기까지 끌고 나와 병이 들게 했으니 마음이 몹시 편치 않구려!"

"저는 승상의 크나큰 은혜에 그저 고마울 뿐입니다. 비록 죽을지라도 만분의 일도 갚지 못할 겁니다."

"지금 보니 북쪽이 너무나 험해 되돌아갈까 하는 마음이 드는데 어찌하면 좋겠는가?"

"군사는 귀신 부리듯 재빠르게 써야 한다고 했습니다. 지금 천 리 먼 곳을 치려고 하니 짐이 많으면 그만큼 힘이 더 듭니다. 군사들에게 가벼운 차림을 하게 하여 배로 빨리 가 그쪽에서 아무런 준비 없이 가만히 있을 때 재빠르게 덮쳐야 합니다. 그러기 위해선 이곳 길에 밝은 사람을 찾아내 안내를 받아야 합니다."

조조는 곽가를 역주에 머물며 몸을 다스리도록 하고 길을 안내할 사람을 찾았다. 원소의 옛 장수인 전주가 이 지방을 잘 안다고 해서 조조가 불러 물었더니 그가 대답했다.

"이 길은 여름에서 가을까지는 물이 있습니다. 그러나 말과 수레가 지나가기에는 깊고, 배를 띄우기에는 얕습니다. 차라리 군사를 돌려 노룡구로 해서 백단의 험한 데를 지나면 텅 빈 벌판이 나옵니다. 거기서 유성으로 가 그들이 손놓고 있을 때 들이치면 한 번 싸움에 답돈을 사로잡을 수 있습니다."

조조는 그 말을 따랐다. 일단 전주를 정북장군으로 삼은 뒤 길을 안내하는 향도관을 맡아 앞장서 가게 했다. 바로 그 뒤를 장료가 따르고 그 뒤에는 조조가 따랐다. 모두들 가벼운 차림으로 전보다 배나 빨리 나아갔다.

전주가 뒤따르는 장료와 함께 마침내 백랑산에 이르렀

다. 마침 원희와 원상이 답돈의 군사 수만 명을 이끌고 나타났다. 장료가 조조에게 나는 듯이 달려가 보고했다. 조조가 높은 곳으로 말을 달려 올라가 바라보았다. 답돈의 군사는 질서도 갖추지 않고 헝클어진 채 무리를 이루고 있었다.

조조가 장료를 돌아보았다.

"적군들은 아무 질서도 없다. 그냥 덮쳐버리자."

조조가 지휘 깃발을 장료에게 주었다. 장료는 허저·우금·서황 들과 함께 네 길로 나누어 산 아래로 달려 내려가 힘껏 들이쳤다. 답돈의 군사는 갈팡질팡했다. 장료가 말을 달려나가 답돈의 목을 한칼에 베어버리자 나머지 무리는 모두 항복했다. 원희와 원상은 군사 수천 명을 이끌고 요동으로 달아났다.

조조는 군사를 거두어 유성으로 들어갔다. 곧바로 전주를 유정후로 삼아 유성을 지키게 했다. 그러나 전주가 울면서 고개를 저었다.

"저는 의리를 저버리고 도망친 사람입니다. 두터운 은혜로 목숨을 이어가고 있어 그것만도 다행입니다. 어찌 노룡의 대가로 벼슬자리까지 얻겠습니까! 죽어도 그런 자리는 받을 수 없습니다."

조조는 그의 뜻을 의롭게 여겨 전주를 의랑으로 삼았다.

선우 사람들을 달래고 난 조조는 좋은 말 1만 마리를 거두어들인 뒤 바로 군사를 되돌렸다.

날씨는 춥고 가물었다. 2백 리에 걸치도록 물이 없고 군사들 식량도 떨어졌다. 말을 잡아먹으며 견디면서 땅을 3, 40길이나 파서 겨우 물을 얻었다.

역주로 돌아오자 조조는 저번에 이번 길을 가지 말라고 말리던 사람들에게 상을 푸짐히 내린 뒤 장수들을 모아놓고 말했다.

"이번에 위험을 무릅쓰고 길을 떠나 다행히 성공은 했소. 이겨 돌아오기는 했지만, 이는 하늘이 도와서 이긴 것이라 본보기로 삼을 만한 일은 아니오. 여러분이 말렸던 것은 만 번 옳은 일이었소. 그래서 상을 내리니, 다음에도 나를 말릴 일이 있으면 어려워 말고 서슴없이 말해주기 바라오."

조조가 역주에 도착했을 때 곽가는 죽은 지 벌써 여러 날 되었지만 아직 장사 지내지 않고 그대로 있었다. 조조는 제사를 지낸 뒤 큰소리를 내며 울었다.

"봉효가 죽다니! 하늘이 나를 망치려는가!"

이어 조조는 곁에 있는 이들을 돌아보았다.

"여러분은 나랑 나이가 엇비슷하지만 봉효는 한참 아래일세. 그래서 뒷일을 맡길 생각이었는데 오히려 먼저 가다니. 내 가슴이 찢어지고 터질 듯하구려!"

이때 곽가를 가까이 모시던 이가 조조에게 편지 한 통을 가져왔다.

"곽공이 세상을 뜨기 전에 손수 써놓은 편지입니다. 승상께서 여기 적은 대로만 하시면 요동을 조용히 가라앉힐 수 있다고 했습니다."

편지를 뜯어본 조조는 고개를 끄덕이며 한숨을 내쉬었다. 곁사람들은 아무도 그 뜻을 알 수 없었다.

다음 날 하후돈이 여러 사람과 함께 들어와 머리를 조아렸다.

"요동 태수 공손강이 나라에 따르지 않은 지 오래되었습니다. 그런데 원희와 원상이 그리 갔으니 틀림없이 뒤탈이 생길 것입니다. 그쪽이 미처 움직이기 전에 빨리 가서 치면 요동을 차지할 수 있습니다."

조조가 가볍게 웃었다.

"여러분의 호랑이 같은 힘을 굳이 쓸 필요 없네. 며칠 지나면 공손강이 스스로 알아서 원희와 원상의 머리를 가져올 걸세."

그러나 아무도 그 말을 믿지 않았다.

말 탄 군사 수천 명을 이끌고 달아난 원희와 원상은 요동으로 갔다.

요동 태수 공손강은 양평 사람으로 무위장군 공손도의 아들이다. 공손강은 원희와 원상이 찾아왔다고 하자 본부의 벼슬아치들을 모아놓고 의논했다.

공손공이 먼저 입을 열었다.

"원소는 살아 있을 때 틈만 나면 늘 요동 땅을 넘보았습니다. 원희와 원상이 완전히 망가져서 발붙일 데가 없자 우리에게 기대러 왔습니다. 그러나 이건 비둘기가 까치집을 빼앗으러 오는 거나 마찬가지입니다. 만약 받아들였다가는 나중에 틀림없이 일을 저지릅니다. 성 안으로 살살 끌어들인 뒤 죽여서 머리를 조공한테 바칩시다. 그렇게 하면 조공은 반드시 우리를 잘 대접해줄 것입니다."

공손강이 이맛살을 찌푸렸다.

"하지만 조조가 군사를 이끌고 요동으로 내려올까 걱정이네. 그렇다면 차라리 원씨 형제를 받아들여 우리를 돕게 하는 게 나을 성싶네."

공손공이 고개를 끄덕였다.

"사람을 보내 알아봅시다. 조조군이 쳐들어오면 원씨 형제를 받아주고, 조조군이 움직이지 않으면 두 사람을 죽여 조공에게 바칩시다."

공손강은 그 말을 좇아 조조군의 상황을 살펴보라고 사람을 보냈다.

한편 원희와 원상은 요동에 이르자 머리를 맞댔다.

"요동 군사는 수만 명이나 되니까 조조랑 한판 맞붙을 만하다. 잠깐 빌붙어 있다가 틈을 봐 공손강을 죽이고 이 땅을 빼앗아버리자. 그런 다음 힘을 길러 중원으로 밀고 나가면 하북 땅을 다시 찾을 수 있다."

이런 뒤 두 사람은 공손강을 만나러 들어갔다. 공손강은 그들을 숙소에 머물게 한 뒤 병을 핑계 대며 만나는 걸 미루었다.

하루도 안 되어 조조군을 살피러 갔던 이가 돌아와 보고했다.

"조공의 군사는 역주에 머물고 있습니다. 요동으로 내려오지는 않을 듯싶습니다."

공손강은 마음이 놓였다. 무사들을 장막 뒤에 숨어 있게 한 뒤 원씨 형제를 들어오라 했다. 서로 인사가 끝나자 공손강이 앉으라 했다.

그날 날씨가 아주 추웠다. 원상은 자리에 깔개가 없는 걸 보고 공손강에게 말했다.

"깔개 좀 깔아주시지요."

공손강이 눈을 부릅떴다.

"너희 두 사람 머리가 곧 만릿길을 떠날 텐데 깔개는 무슨 깔개!"

원상이 깜짝 놀라는데 공손강이 소리쳤다.

"빨리 손을 쓰지 않고 뭐 하느냐!"

무사들이 뛰쳐나와 앉아 있는 두 사람의 목을 벤 뒤 머리를 나무 상자에 담았다. 공손강은 그걸 역주로 보내 조조에게 바치게 했다. 조조는 그때까지 군사들과 함께 역주에서 꼼짝 않고 그대로 있었다.

하후돈과 장료가 들어와 조조를 만났다.

"요동으로 가지 않을 거면 허도로 돌아가시지요. 유표가 딴마음을 먹을까봐 걱정입니다."

조조가 태연히 대꾸했다.

"두 원씨 머리만 오면 바로 돌아간다."

모두들 속으로 픽픽 웃었다.

그때 뜬금없이 요동의 공손강이 원희와 원상의 머리를 보내왔다는 보고가 들어왔다. 모두들 깜짝 놀랐다. 조조는 공손강이 보낸 편지를 받자 껄껄 웃었다.

"봉효가 생각한 그대로구만!"

조조는 머리를 가져온 사람에게 상을 내리고, 공손강을 양평후 좌장군으로 삼았다.

모두들 궁금해하며 물었다.

"어찌하여 봉효가 생각한 그대로라고 하십니까?"

이윽고 조조가 곽가의 편지를 꺼냈다.

지금 원희·원상이 요동으로 갔다고 합니다. 명공께서는 절대로 뒤쫓는 군사를 보내지 마십시오. 공손강은 예전부터 원씨한테 땅을 빼앗길까봐 늘 걱정하고 있었습니다. 그런 마당에 원씨 형제가 몸을 맡기러 오면 무척 의심을 할 겁니다. 만일 우리가 군사를 끌고 치러 가면 저들은 힘을 합쳐 막아내려 할 것인데, 그리되면 쉽게 깰 수 없습니다. 반대로 가만 놔두면 공손강과 원씨 형제는 서로 죽이려 들 것입니다. 그들 형편이 지금 그렇게 만들고 있습니다.

모두들 좋아서 펄쩍펄쩍 뛰며 칭찬을 해댔다.

조조는 뭇 벼슬아치들과 함께 다시 곽가의 영전에서 제사를 지냈다. 이때 곽가의 나이는 38살이었다. 그는 11년 동안 조조를 따라다니며 빼어난 공을 숱하게 세웠다.

나중에 어떤 사람이 곽가를 기리는 시를 읊었다.

하늘이 곽봉효를 내놓으니

인물 가운데에서도 빼어났다

뱃속에는 온갖 책이 들어 있고

가슴속에는 무장한 군사 숨어 있었네

꾀를 끄집어낼 땐 그 옛날 범려 같았고

결정하고 실천할 땐 예전의 진평 같았네

아깝게도 몸이 먼저 죽어 떠나니

중원의 대들보가 기울었도다

조조는 군사를 거느리고 기주로 돌아왔다. 곽가의 관은 허도로 먼저 보내 장사를 잘 치르도록 했다.

정욱을 비롯한 몇 사람이 조조에게 권했다.

"북쪽은 이미 다 가라앉혀놓았으니 이제 허도로 돌아가서 빨리 강남으로 내려갈 계획을 세우시지요."

조조가 웃었다.

"나도 진작부터 그럴 생각이었소. 그대들 말이 바로 내 생각이오."

그날 밤 조조는 기주성 동쪽 모서리에 있는 다락으로 자러 갔다. 난간에 기대어 하늘을 살피다가 손가락으로 하늘을 가리켰다. 곁에는 순유가 있었다.

"남쪽에 기운이 저렇듯 강하게 빛나는 걸 보니 아직은 때가 아니군."

순유가 대답했다.

"승상의 하늘 같은 힘으로 복종받지 못할 데가 어디 있겠습니까!"

바로 그때 한 줄기 금빛이 땅에서 뻗쳐 올라왔다.

순유가 말했다.

"저건 틀림없이 땅속에 보물이 숨겨져 있어서 그럽니다."

조조는 다락에서 내려가 사람을 시켜 빛을 따라가며 파 보게 했다.

별자리의 빛은 남쪽으로 흐르는데

보물은 되레 북쪽에서 나는구나

과연 무슨 보물을 얻을까…….

말을 타고
넓은 시내를 뛰어넘는 유비

채부인은 병풍 뒤에서 몰래 엿듣고
유비는 말을 타고 단계를 뛰어넘다

금빛 나는 곳을 파자 구리로 만든 참새인 동작이 나왔다.

조조가 순유에게 물었다.

"이게 무슨 일을 알리는 것 같은가?"

"옛날에 순 임금의 어머니는 옥으로 만든 참새인 옥작이 품속으로 날아드는 꿈을 꾼 뒤 순 임금을 낳았다고 합니다. 구리로 만든 참새도 역시 좋은 일로 여겨집니다."

조조는 무척 좋아라 하며 높은 대를 지어 축하하게 했다. 바로 터를 닦고, 나무를 잘라오고, 기와와 벽돌을 구워 장하 가에다 동작대를 짓는 일이 시작되었다. 1년 정도 걸릴 일이었다.

작은아들인 조식이 조조를 찾아왔다.

"만약 여러 층으로 된 대를 지으려면 셋을 세우면 좋겠습니다. 가운데 가장 높은 건 동작, 왼쪽 것은 옥룡, 오른쪽 것은 금봉이라 이름 지으시고, 양쪽을 잇는 구름다리 두 개를 공중에다 이어놓으면 볼 만합니다."

조조가 고개를 끄덕였다.

"네 생각이 아주 좋구나. 대가 그대로 다 지어지면 내 늙은 다음에 즐겨 지낼 만한 곳이 되겠다."

조조는 아들 다섯을 두었다. 그 가운데에 조식이 가장 똘똘하고 글을 잘 지어, 조조는 평소에 그 아들을 가장 사랑했다.

조조는 조식과 조비는 업군에 남아 대를 짓게 하고, 장연은 북쪽 길목을 지키게 했다. 그런 뒤 새로 합친 원소의 군사까지 모두 5, 60만 명을 거두어 허도로 돌아왔다. 이어 이번에 공을 세운 이들의 벼슬자리를 높여주었다. 또 글을 올려 곽가에게 정후라는 칭호를 내리게 하고, 그의 아들 곽혁은 조조가 데려다 기르기로 했다.

조조는 여러 모사들을 불러모은 뒤 남쪽의 유표를 칠 일을 의논했다.

순욱이 말렸다.

"대군이 이제 막 북쪽을 치고 돌아왔습니다. 바로 움직여서는 안 됩니다. 반년 정도 쉬면서 힘을 기르고 나면 유표와 손권을 단번에 무찌를 수 있습니다."

조조는 그 말을 받아들여 군사들에게 당분간 농사를 지으면서 명령을 기다리도록 했다.

한편 유비는 형주에 온 뒤로 유표한테서 대접을 잘 받으며 지냈다. 하루는 둘이 술을 마시는데 보고가 들어왔다. 항복해온 장수인 장무와 진손이 강하에서 백성들 집을 털며 돌아다니더니 이윽고 배반하려 한다는 것이었다.

유표가 깜짝 놀랐다.

"두 도적놈이 배반을 했으니 화가 적지 않겠구나!"

유비가 말했다.

"형님께서는 걱정하지 마십시오. 제가 가서 무찌르고 오겠습니다."

유표는 무척 좋아라 하며 곧장 군사 3만 명을 유비에게 주며 떠나도록 했다. 유비는 유표가 이른 대로 바로 떠났다. 하루도 지나기 전에 강하에 이르렀다. 장무와 진손이 군사를 이끌고 나왔다. 유비는 관우·장비·조운과 함께 말을 타고 문기 아래로 나가 섰다. 바라보니 장무가 타고 있는 말이 아주 씩씩해 보였다.

유비가 놀라는 표정을 지었다.

"저건 틀림없이 천리마다."

말이 미처 끝나기도 전에 조운이 창을 뻗쳐들고 달려나가 들이쳤다. 장무가 말을 달려나왔다. 조운은 채 3합도 싸우기 전에 장무를 말 아래로 고꾸라뜨리고는 손을 뻗어 말고삐를 잡아든 뒤 말을 끌고 돌아왔다.

진손이 말을 빼앗으려 뒤쫓아왔다. 곧바로 장비가 소리를 내지르며 창을 꼬나잡고 뛰쳐나가더니 진손을 찔러 죽여버렸다. 이에 나머지 군사들은 흩어지느라 바빴다. 유비는 남은 군사들의 항복을 받고 강하의 여러 고을을 가라앉힌 뒤 군사를 거두어 돌아왔다.

유표는 성 밖까지 나와 유비 일행을 맞아들였다. 곧바로 승리를 축하하는 잔치가 벌어졌다.

술기운이 제법 올랐을 때 유표가 말했다.

"아우가 이토록 뛰어나고 믿음직하니 형주는 이제 든든하오. 하지만 남월이 늘 쳐들어와 걱정인데, 장로와 손권도 가만있지 않으니 어찌해야 좋을지 모르겠소."

"이 아우한테 믿고 일을 맡길 만한 장수가 셋 있습니다. 장비는 남월 쪽을 돌아보게 하고, 관우에게는 고자성으로 가서 장로를 막도록 하고, 조운은 삼강을 맡아 손권을 움직이지 못하게 하면 아무 걱정 없습니다."

유표는 좋아라 하며 그 말대로 하려 했다.

채모는 이러한 얘기를 그의 손아래 누이인 채부인한테 전했다.

"유비가 세 장수를 밖으로 내보내고 자기는 형주에 눌러앉아 있겠다는데, 이러면 나중에 골치 아픈 일이 생길지도 모르는데……."

그날 밤 채부인은 유표를 말렸다.

"들리는 소문에 따르면, 형주의 많은 사람들이 유비 사는 데를 들락거린다 합디다. 미리 준비를 해야 합니다. 그 사람을 성 안에 계속 두고 있어봐야 별로 좋을 일이 없을 테니 어디 먼 데로 보내버리시지요."

유표가 고개를 저었다.

"현덕은 어진 사람이오."

"다른 사람 마음이 내 마음과 같지 않으니 탈이지요."

유표는 머뭇거리며 입을 닫아버렸다.

다음 날 성 밖을 나갔다가 유비가 아주 좋은 말을 타고 있는 걸 보고 물었다. 유비가 장무가 타던 말이라고 했다. 유표가 거듭 말에 대해 칭찬을 아끼지 않자 유비는 그 말을 유표에게 주었다. 유표는 무척 기뻐하며 그 말을 타고 성 안으로 들어왔다.

괴월이 무슨 말이냐고 묻자 유표가 대답했다.

“현덕이 준 말이오.”

괴월이 말했다.

“세상을 떠난 제 형님 괴량이 말의 관상을 잘 보았습니다. 그래서 저도 듣고 배운 바가 좀 있지요. 이 말을 보니 눈 밑이 움푹 들어가 눈물 봉지처럼 생겼고, 이마에는 흰 점이 있는데 적로라고 하는 말임에 틀림없습니다. 이런 말을 타면 주인을 해친다고 했습니다. 장무도 이 말 때문에 죽었으니, 주공께서는 이 말을 타지 마십시오.”

유표는 그 말을 듣자 꺼림칙한 기분이 들었다.

다음 날 유표는 유비를 불러 술을 마셨다.

“어제 좋은 말을 주어 고맙게 생각하오. 그러나 아우는 늘 싸움터에 나가야 하니 그 말은 아우가 타야 마땅하오. 그래서 돌려주고 싶소.”

유비가 자리에서 일어나 고마움을 나타냈다.

유표가 계속 말했다.

“아우가 여기에 너무 오래 틀어박혀 있기만 하면 군사 일에 무디어질까봐 걱정이오. 양양에 딸린 신야현은 물자가 넘치는 곳이오. 부하들을 거느리고 가서 거기 있으면 어떨까 싶소.”

유비는 그러겠다고 했다.

다음 날 유비는 유표에게 인사를 한 뒤 부하 군사들을 이끌고 신야를 향해 떠났다. 막 성 문을 벗어났을 때 어떤 사람이 다가와 허리를 굽히며 말했다.

"공께서는 그 말을 타지 마십시오."

형주의 막빈으로 있는 이적이었다. 그의 자는 기백으로 산양 사람이었다.

유비가 급히 말에서 내려 까닭을 묻자 이적이 대답했다.

"어제 괴이도가 유형주께 하는 말을 들었습니다. 이런 말은 적로라고 하는데, 말을 탄 주인이 해를 입는다고 하더군요. 그래서 말을 다시 돌려준 것이니 타지 마시지요."

"나를 걱정해주시는 뜻은 깊이 새기겠습니다. 그러나 사람이 죽고 사는 건 다 제 운명에 달려 있습니다. 어찌 말이 해롭게 하겠소!"

이적은 유비의 거침없는 말에 감동을 받아 이때부터 유비를 늘 찾았다.

유비가 신야로 오자 군사와 백성들 모두 다 좋아라 했다. 다스리는 일도 훨씬 새로워졌다.

건안 12년 봄, 감부인이 유선을 낳았다. 그날 밤 흰 학 한 마리가 관아 지붕 위로 날아와 40번이 넘도록 크게 운 뒤 서쪽으로 날아갔다. 아이가 태어날 때 방 안엔 향기가 가득했다. 감부인은 북두칠성을 삼키는 꿈을 꾼 뒤 아이를 뱄다.

그래서 아이 때 이름을 아두라 하였다.

이때는 조조가 군사를 이끌고 한창 북쪽을 치고 있을 때였다. 그래서 유비는 형주로 가서 유표를 설득했다.

"지금 조조는 군사를 있는 대로 다 끌고 북쪽을 치러 가 있어 허도가 텅 비어 있습니다. 이 틈을 타서 형주와 양양의 군사를 거느리고 가 덮치면 큰일을 이룰 수 있습니다."

그러나 유표는 고개를 저었다.

"나는 가만히 앉아서 아홉 군이나 거느리고 있으면 충분하오. 굳이 다른 일을 만들어 뭐하겠소?"

유비는 더 말하지 않고 입을 다물어버렸다.

유표는 유비를 뒤채로 데려가 술자리를 벌였다. 술이 꽤 오르자 유표가 한숨을 길게 내쉬었다.

유비가 물었다.

"형님께서는 무엇 때문에 한숨을 그리 길게 내쉽니까?"

"걱정거리가 있지만 쉽게 말을 할 수가 없소."

유비는 다시 물어보려 했으나 병풍 뒤에 채부인이 보였다. 그러자 얼른 머리를 숙이고 입을 다물어버렸다. 술자리가 끝나자 유비는 다시 신야로 돌아왔다.

그해 겨울, 조조가 유성에서 돌아왔다는 소식이 들렸다. 유비는 유표가 자기 말을 듣지 않은 일이 무척 아쉬웠다.

그러던 어느 날 유표가 갑자기 사람을 보내 유비를 불렀다. 유비는 그 사람을 따라 바로 유표를 보러 갔다. 유표는 유비를 뒤채로 데려간 뒤 술을 마시며 말했다.

"요새 들으니 조조가 군사를 거두어 허도로 돌아왔다고 하오. 근데 그 힘이 날로 세져서 우리 형주와 양양까지 넘겨다볼까 걱정이오. 지난번에 아우 말을 듣지 않고 기회를 놓친 게 못내 아쉽구려."

유비가 말했다.

"지금 천하는 찢길 대로 찢기어 날마다 싸움이 벌어지고 있습니다. 그러니 기회는 또 있겠지요. 그때 놓치지 않으면 후회할 일 없을 겁니다."

"아우 말이 맞소."

두 사람은 서로 권하며 술을 많이 마셨다. 얼큰해지자 유표가 갑자기 눈물을 흘렸다. 유비가 까닭을 묻자 유표가 대답했다.

"내가 걱정거리가 있소. 전에도 아우한테 말하려다 말할 형편이 되지 않아 못 하고 말았소."

"형님은 무슨 일 때문에 그러십니까? 제가 도울 수 있는 일이면 제가 죽더라도 모른 체하지 않겠습니다."

"내 첫 아내인 진씨가 낳은 맏이 기는 어질기는 하나 마음이 약해빠져서 큰일을 맡기기가 마땅치 않소. 나중 아내인 채씨가 낳은 둘째 종은 꽤나 똑똑하오. 그래서 맏이 대신 둘째로 내 뒤를 잇도록 할까 하는데 예법에 어긋나는 일이라 걱정이오. 그렇다고 맏이를 내세우자니 채씨들이 모두 군사를 쥐고 있어 걱정이오. 나중에 틀림없이 한바탕 난리가 일어날 걸 생각하면 어찌해야 좋을지 모르겠소.”

“예부터 맏이를 제치고 둘째를 세우면 난리가 일어나게 마련입니다. 만일 채씨들의 힘이 걱정되시면 차츰 채씨들의 힘을 줄여가야지, 아끼는 마음에 붙들려서 둘째를 세우시면 안 됩니다.”

유표는 입을 다물고 가만히 있었다.

채부인은 진작부터 유비를 의심했다. 그래서 유비와 유표가 만나기만 하면 꼭 엿들었다. 이날도 병풍 뒤에 숨어 유비가 하는 말을 듣고 속으로 아주 괘씸하게 여기고 있었다.

유비는 자신이 말실수를 했다는 걸 금세 깨달았다. 그래서 곧장 일어나 뒷간을 찾았다. 무심코 허벅지에 살이 찐 것을 보자 자신도 모르게 눈물이 흘렀다.

유비가 다시 들어오자 유표가 유비의 눈물 자국을 보며 이상하게 여겼다.

유비는 긴 한숨을 내쉬었다.

“저는 늘 말안장 위에 올라앉아 있어서 허벅지에 살이 찔 새가 없었습니다. 그동안 너무 오래 말을 타지 않았더니 허벅지에 살이 많이 쪘습니다. 세월만 덧없이 흘러 이렇게 늙어가서 아무것도 이루지 못하고 끝나나 하는 생각에 잠깐 슬퍼졌습니다.”

“내 듣기로, 아우가 허도에서 조조랑 푸른 매실을 안주 삼아 술을 마시며 세상의 영웅을 들먹였다더군. 그때 아우가 우리 시대의 이름난 이들을 다 들먹여도 조조는 끄덕이지 않다가 오로지 지금 이 세상의 영웅은 아우 자네와 조조 자신뿐이라고 했다더군. 조조가 그토록 센 힘을 쥐고 있으면서도 아우를 만만하게 보지 못할 정도인데, 아무것도 이루지 못할까 지레 걱정하지는 말게.”

유비는 술기운에 또 말실수를 하고 말았다.

“제가 딛고 뛸 바탕만 있다면야 세상의 웬만한 것들을 거들떠보기나 하겠습니까만…….”

유표는 그 말에 아무 대꾸 없이 입을 굳게 다물고 말았다.

유비는 순간 자신이 안 할 말을 또 했다는 걸 깨닫고는, 많이 취했다고 핑계 댄 뒤 서둘러 숙소로 돌아갔다.

나중에 어떤 이가 유비를 기리는 시를 지어 읊었다.

조조가 첫 번째로 손꼽아 치켜세우며

세상의 영웅은 유비뿐이라고 했네

허벅지에 살이 쪘다고 한숨지으니

천하가 셋으로 나뉘지 않을 수 없으리

유비의 말에 이러쿵저러쿵 대꾸는 하지 않았지만, 유표는 속이 영 편치 않았다. 유비가 돌아간 뒤 안으로 들어가자 채부인이 보챘다.

"병풍 뒤에서 유비가 하는 말을 다 들었습니다. 남을 아주 우습게 여기는 걸 보니 틀림없이 형주를 넘겨다보고 있는 게 틀림없습니다. 지금 없애버리지 않으면 반드시 뒤탈이 생길 것입니다."

유표는 아무 말 없이 고개만 저었다. 채부인은 참을 수 없어 채모를 몰래 불러들여 의논했다.

채모가 고개를 끄덕였다.

"숙소로 가서 죽인 다음에 주공께 알리는 게 낫겠군."

채부인이 그렇게 하도록 했다.

채모는 밖으로 나오자마자 그 밤에 당장 군사들을 살폈다.

한편 유비는 숙소에서 불을 밝힌 채 가만히 앉아 있다가 한밤중이 지나서야 잠자리에 들었다. 그때 조용히 문을 두드리는 소리가 났다. 이적이었다. 채모가 유비를 해치려 한다고 알려주기 위해 밤이 늦었는데도 찾아온 것이다. 이적은 채모가 하려는 짓을 재빠르게 이야기한 뒤 어서 떠나라고 유비를 떠밀었다. 그러나 유비는 미적거렸다.

"경승께 인사도 안 드리고 어떻게 가겠소?"

이적은 더욱 서둘렀다.

"공께서 인사를 하러 들어가시다가는 틀림없이 채모한테 당합니다."

유비는 이적에게 고맙다고 했다. 곧 아랫사람을 깨워 말에 오른 뒤 날이 밝기를 기다릴 새도 없이 밤길을 그대로 달려 신야로 달아났다.

채모가 군사를 이끌고 숙소에 도착했을 때 유비는 이미 떠나고 없었다. 채모는 한 발 늦은 걸 아쉬워하다가 시 한 수를 써서 벽에다 붙여놓고 바로 유표에게 갔다.

"유비가 배반하기 위해서 벽에다 그런 뜻이 담긴 시를 써 붙여놓고 인사도 없이 가버렸습니다."

유표는 믿을 수가 없었다. 그래서 직접 유비가 있던 숙소로 갔다. 과연 네 구절의 시가 붙어 있었다.

여러 해에 걸쳐 힘들게 고생만 하면서
옛 산과 내만 하염없이 바라보았네
용이 언제까지 못물에만 갇혀 있으랴
천둥소리 터질 때 하늘에 오르리

유표는 시를 보자 화가 잔뜩 치밀어올라 칼을 빼어 들며 외쳤다.

유표가 유비의 시를 의심스럽게 여기다.

"의리 없는 이 인간을 기어코 죽이고 말겠다!"

그러나 몇 발자국 떼다 말고 갑자기 섰다.

"유비하고 오랫동안 함께 지냈지만 시를 짓는 걸 한 번도 본 적이 없어. 그렇다면…… 이건 누군가가 우릴 갈라놓으려고 꾸민 짓이야."

유표는 다시 돌아가 칼끝으로 시가 적힌 종이를 박박 찢어발긴 다음 칼까지 내던진 뒤 말에 올랐다.

채모가 부추겼다.

"군사는 이미 다 살펴두었습니다. 이대로 신야로 가면 유비를 사로잡을 수 있습니다."

유표가 고개를 저었다.

"서두를 일이 아니다. 좀 더 두고 보자."

유표가 머뭇거리며 말을 들어주지 않자 채모는 채부인과 함께 의논했다. 가까운 날에 여러 벼슬아치들을 양양으로 불러모은 뒤 술자리에서 유비를 죽이기로 했다.

다음 날 채모는 유표에게 갔다.

"요 몇 해 동안 연거푸 풍년이었습니다. 고을을 맡고 있는 이들을 불러다 잔치를 열면 좋겠습니다. 주공께서도 한번 움직이셔야겠습니다."

"나는 요새 몸이 좋지 않아서 나갈 수가 없다. 나 대신 두 아이에게 손님들을 대접하도록 하여라."

"아직 어려서 혹시라도 예의를 갖추는 데 실수라도 있을까 걱정입니다."

"그럼 신야의 유비를 오라 해서 손님들을 맞도록 하라."

채모는 자기가 생각한 대로 일이 되어가는 것 같아 좋아라 하며 유비에게 사람을 보내 양양으로 오도록 했다.

한편 신야로 돌아온 유비는 자신의 말실수가 화를 불렀다는 걸 알기에 아무에게도 말을 하지 않았다. 그런데 갑자기 형주에서 양양으로 오라는 연락이 왔다.

손건이 말했다.

"어제 주공께서 바삐 돌아오시더니 계속 기분이 좋지 않았습니다. 그래서 형주에서 무슨 일이 있었구나 하고 생각하고 있었는데 오늘 갑자기 모임에 나오라 하는군요. 가벼이 움직여서는 안 되겠습니다."

유비는 그때에야 비로소 어제 일을 여러 사람 앞에 털어놓았다.

관우가 가볍게 받아넘겼다.

"형님께서 말실수를 하셨다고 지레짐작하시는 거지, 유경승은 정작 아무렇지 않았습니다. 그렇다면 남의 말을 너무 쉽게 믿어서는 안 됩니다. 양양은 여기서 그리 먼 데가 아닙니다. 가지 않으신다면 오히려 의심을 살 수 있습니다."

유비가 고개를 끄덕였다.

"운장의 말이 맞는 성싶네."

그러나 장비가 톡 나섰다.

"잔치에 좋은 잔치 없고 모임에 좋은 모임 없다고 했습니다. 가지 않으시는 게 좋겠습니다."

조운이 나섰다.

"제가 말 탄 군사와 일반 군사 섞어서 삼백 명만 이끌고 가서 주공을 보호하면 됩니다."

유비가 고개를 끄덕였다.

"그렇게 하는 게 가장 좋겠네."

유비는 조운과 함께 바로 양양으로 갔다. 채모가 성 밖까지 나와 무척 겸손하고 예의 바르게 맞았다. 유기와 유종 두 아들도 나왔는데, 그 뒤로 여러 벼슬아치들이 뒤따랐다. 유비는 두 아들이 함께 있는 걸 보자 아무런 의심도 일지 않았다.

그날 유비는 숙소에서 쉬었다. 조운은 군사 3백 명을 시켜 주위를 둘러싸게 한 뒤, 갑옷 차림에 칼을 든 채 잠시도 유비 곁을 떠나지 않았다.

유기가 유비에게 말했다.

"아버님께서는 몸이 편치 않으셔서 못 나오셨습니다. 그 대신 숙부님을 특별히 모셔다가 손님들을 맞게 하시고, 각 고을에서 오신 분들을 다독거리라 하셨습니다."

"나는 원래 이처럼 중요한 일을 맡을 만한 사람이 못 되지만, 형님께서 그리하라 이르셨다니 그렇게 하도록 하마.”

다음 날 9개 군 42고을의 벼슬아치들이 다 모였다는 보고
가 들어왔다. 채모는 괴월을 불러서 의논했다.

“유비는 세상의 뛰어난 영웅이라 여기 오래 머물러 있게
하면 반드시 나중에 탈이 생길 것이오. 오늘 반드시 없애버
려야 하오.”

괴월이 고개를 끄덕이면서도 묘한 표정을 지었다.

“사람들 원망이나 듣지 않을까 걱정이오.”

채모가 입에 힘을 잔뜩 주었다.

“내 이미 유경승의 명령을 몰래 받았기에 이런 말을 하는
것이오.”

“그렇다면 미리 준비를 좀 해야겠소.”

“동문 밖 현산 쪽 큰길은 이미 내 아우 채화가 군사를 이
끌고 가서 지키고 있소. 남문 밖은 채중이, 북문 밖은 채훈
이 맡았소. 서문은 굳이 지킬 필요가 없어 아무도 안 보냈
소. 앞에 단계가 가로막고 있어 수만 대군이라 하더라도 벗
어날 수 없소.”

“내 보기에 조운이 한시도 현덕 곁을 떠나지 않고 있어
손보기가 좀 쉽지 않을 것 같구려.”

“벌써 군사 오백 명을 성 안에 숨겨두었소.”

“그럼 문빙과 왕위에게 일러 바깥에다 장수들을 대접할

자리를 따로 하나 마련하게 합시다. 조운을 그리 불러다놓은 다음 일을 벌이면 틀림없겠소.”

채모는 그렇게 하기로 하고 소와 말을 잡아 잔치를 크게 열었다.

유비는 적로마를 타고 관아로 들어온 뒤 뒤뜰에 말을 매어놓게 하였다. 사람들은 모두 안에 모여 있었다. 유비가 가운데 자리에 앉고, 두 아들은 양쪽에 하나씩 나누어 앉았다. 나머지 사람들은 차례대로 앉았다.

조운은 칼을 차고 유비 곁에 서 있었다. 문빙과 왕위가 들어와 조운에게 따로 마련된 자리로 가자고 했다. 조운은 애써 빼며 가지 않으려 했으나, 유비가 가보라 일러서 마지못해 자리를 떴다.

채모는 밖에서 물샐틈없이 준비를 하고 있었다. 유비를 따라온 군사 3백 명도 모두 숙소로 돌려보냈다. 술자리가 어느 정도 무르익으면 신호와 함께 덮칠 준비가 끝났다.

술이 세 차례 돌았을 때 이적이 잔을 들고 유비 앞으로 다가와 나지막하게 속삭였다.

“옷매무새 좀 다듬으시지요.”

유비는 그 말뜻을 얼른 알아차리고 뒷간으로 갔다. 이적은 술잔을 한 차례 돌리고 나서 재빨리 뒤뜰로 가 유비에게 귓속말을 했다.

"채모가 사군을 해칠 준비를 끝내놓고 있습니다. 성 밖 동
남북 세 곳은 모두 군사가 지키고 있습니다. 오로지 서문으
로만 나갈 수 있습니다. 어서 빠져나가십시오."

유비는 소스라치게 놀랐다. 급히 적로마 고삐를 푼 뒤 뒤
뜰 문을 나가 몸을 날려 말에 올라탔다. 곁에 따라다니는 이
들을 부를 새도 없이 혼자서 서문 쪽으로 말을 달렸다. 문지
기가 물었으나 들은 척도 하지 않고 말채찍을 휘둘러 말을
더 세차게 몰아쳤다. 문지기는 막지 못하고 채모에게 나는
듯이 달려갔다. 채모는 바로 말에 올라 군사 5백 명을 이끌
고 뒤쫓았다.

유비가 서문을 빠져나온 뒤 몇 리 가지 않았을 때 큰 시내
가 앞을 가로막았다. 바로 단계였다. 너비가 여러 길 되고
상강으로 흐르는 터라 물살이 매우 거셌다. 유비는 시냇가
까지 갔으나 건널 엄두가 나지 않아 뒤돌아가려고 말을 돌
렸다. 머리를 길게 빼고 바라보니 성 서쪽에서 흙먼지가 뽀
얗게 일었다. 군사들이 금세 다다를 만한 거리였다.

유비는 한숨을 길게 내뱉었다.

"이제는 죽었다!"

다시 말을 돌려 시냇가로 갔다. 뒤돌아보니 뒤쫓는 군사
들이 거의 가까이 와 있었다. 유비는 너무나 급한 마음에 말
을 타고 물속으로 들어갔다. 몇 발 떼지도 않았을 때 말의

앞발이 물속으로 푹 꺼지면서 옷이 다 젖었다. 유비는 채찍을 높이 쳐들며 크게 외쳤다.

"적로야! 적로야! 오늘 나를 죽일 생각이냐!"

순간 말이 갑자기 물 밖으로 솟아오르더니 세 길이나 되는 서쪽 언덕으로 나는 듯이 건너갔다. 유비는 마치 구름이나 안개 속을 날아가는 느낌이 들었다.

나중에 소학사가 이 일을 시로 읊었다.

몸은 늙고 꽃은 져서 봄날은 가는데

벼슬자리 따라 떠돌다 보니 단계에 이르렀네

말 세워놓고 바라보며 홀로 거니는데

눈앞에 버들개지 눈발처럼 흩날리네

함양의 기운이 다하게 된 때를 생각해보니

용과 범이 서로 다투며 힘을 겨루었지

양양 잔치에서 왕의 후손들 마실 적에

그 안에 있던 현덕에겐 위험이 닥치고 있었네

홀로 살길 찾아 서문 밖 길 달리는데

뒤쫓아온 군사들 금세 따라잡네

앞을 가로막은 단계엔 희뿌연 물살 넘실대는데

세차게 말을 몰아 그대로 뛰어드네

말발굽은 푸른 유리를 깨뜨리듯 물을 걷어차고

금채찍 들어 휘두르니 하늘 바람 크게 인다

말 탄 군사 천 명이 달리는 소리 귓전을 울리는데

물속에선 느닷없이 쌍룡이 날아오르는구나

나중에 서천 땅 다스릴 뛰어난 영웅이

용마를 타고 앉았으니 두 용이 만난 셈이네

단계의 물은 예나 지금이나 동쪽으로 흐르는데

씩씩한 말과 영웅은 모두 다 어디 가 있나

흐르는 물가에 선 애달픈 마음, 거듭 한숨짓는데

빈 산엔 쓸쓸히 지는 저녁 햇살만 가득하네

셋으로 나누어 다스린 일 꿈만 같은데

그 자취들은 하릴없이 여러 세상 이어지는구나

유비는 단계를 뛰어넘은 뒤 서쪽에서 동쪽 언덕을 바라보았다. 채모가 군사를 몰고 시냇가에 이르러 소리쳤다.

"사군은 어째서 자리를 떨치고 빠져나오셨소?"

유비가 대꾸했다.

"나는 너와 원수진 일이 없는데 무엇 때문에 나를 해치려드느냐?"

"나는 그럴 마음을 조금도 갖고 있지 않습니다. 사군께서는 남의 말을 쉽게 믿지 마시오."

그 순간 유비는 채모의 손이 활에 가 있는 것을 보았다.

그래서 재빠르게 말 머리를 돌려 서남쪽을 향해 내달았다.

채모가 어이없어하며 곁사람에게 중얼거렸다.

"아무래도 귀신이 도와준 모양이야."

군사를 거두어 돌아가려는데, 서문 안에서 조운이 군사 3백 명을 몰고 달려오고 있었다.

용마는 한 번 뛰어올라 주인을 구하고

범 같은 장수는 뒤쫓아와 원수를 죽이려 드네

과연 채모의 목숨은 어찌 될는지…….

수경 선생을 만난 유비

유비는 남장에서 숨어사는 이를 만나고
선복은 신야에서 뛰어난 영웅을 만나다

채모가 서둘러 성으로 돌아가려 할 때 조운이 급히 군사를
몰고 달려왔다.

조운은 다른 자리에서 술을 마시고 있었다. 어느 순간 군
사들이 움직이는 게 이상해 안으로 들어가보니 유비가 보
이지 않았다. 깜짝 놀란 조운은 숙소로 뛰어갔다.

그때 어떤 사람이 일러주었다.

"채모가 군사를 이끌고 서쪽으로 달려갔습니다."

그래서 조운은 서둘러 창을 들고 말에 올라 데리고 온 군
사 3백 명을 몰고 뛰쳐나왔다.

마침내 채모와 마주치자 조운이 소리쳤다.

"우리 주공께서는 어디 계시오?"

채모가 시치미를 뗐다.

"사군께서 자리를 빠져나가 어디로 가셨는지 모르겠소."

조운은 원래 꼼꼼하고 차분한 사람이라 성급하게 다그치지 않고, 말을 달려 앞으로 가서 주변을 살펴보았다. 큰 시내가 앞을 가로막고 있어서 달리 갈 만한 데가 없었다. 그래서 다시 돌아와 채모한테 큰소리로 따져 물었다.

"우리 주공을 잔치에 나오시라 해놓고 무엇 때문에 군사를 몰아 뒤를 쫓았는가?"

채모가 태연히 대꾸했다.

"아홉 개 군 마흔두 고을 사람들이 다 모였는데, 으뜸 장수인 내가 보호하지 않으면 누가 하겠는가?"

"그대가 우리 주공을 쫓아내지 않았나?"

"사군께서 혼자 말을 타고 서문을 빠져나가셨다는 보고를 받고 달려왔지만 찾지 못했을 뿐이오."

조운은 어이없어 다시 시냇가를 샅샅이 살펴보았다. 건너편 언덕에 물에 젖은 자국이 있었다.

조운은 고개를 갸우뚱거렸다.

'말을 타고 여길 건너뛸 수는 없을 텐데…….'

조운은 군사 3백 명을 풀어 여기저기를 다 찾아보게 했다. 그러나 자취조차 찾을 수가 없었다. 다시 말 머리를 돌렸다. 채모는 이미 성 안으로 들어가버리고 없었다.

조운이 문을 지키는 군사들을 붙들고 다그치자 모두들 대답이 똑같았다.

"유사군께서는 나는 듯이 말을 달려 서문을 빠져나가셨습니다."

조운은 성 안으로 들어갈까 하는 생각을 잠깐 했으나 그만두었다. 혹시라도 군사들을 숨어 있게 하면서 들이칠지 모른다는 생각이 들어서였다. 하는 수 없이 군사를 이끌고 신야로 돌아갔다.

한편 유비는 말을 타고 시내를 건너뛰기는 했지만 어안이 벙벙했다. 마치 술에 취한 성싶기도 하고, 머리가 텅 비어버린 것 같기도 했다.

'그 넓은 시내를 단숨에 건너버리다니, 아무래도 하늘이 도우셨나보다!'

유비는 이리저리 구부러진 길을 따라 남장을 향해 말을 달렸다.

해가 뉘엿뉘엿 서산을 넘어가고 있는 걸 보며 가다 보니 목동 하나가 피리를 불며 소를 타고 오고 있었다.

유비는 긴 한숨을 내쉬었다.

유비가 사마휘를 만나러 가다.

'내 신세가 저 애만도 못하구나!'

유비는 말을 멈춘 채 목동을 물끄러미 바라보았다. 목동 역시 소를 세우고 피리를 입에서 떼더니 한참 유비를 뜯어 본 다음 물었다.

"장군께서는 혹시 황건적을 무찌르신 유현덕이 아니신 지요?"

유비는 깜짝 놀랐다.

"이런 촌구석에 사는 네가 어떻게 나를 아느냐?"

"저도 제대로는 잘 모릅니다. 스승님을 모시고 살다 보니 찾아오시는 손님들이 늘 유현덕을 들먹여서 귀동냥을 하게 되었을 뿐입니다. 유현덕의 키는 일곱 자 다섯 치이고, 팔이 무릎까지 내려오며, 자기 눈으로 자기 귀를 볼 수 있는데 요즘 세상의 영웅이라고들 하시더군요. 지금 장군을 보자마 자 딱 들어맞는다고 생각했을 뿐입니다."

"네 스승은 어떤 분이시냐?"

"제 스승님의 성함은 사마휘이신데, 자는 덕조이시고 영 천에서 나셨습니다. 도호는 수경 선생이신데 사람들은 그 렇게 부르길 좋아합니다."

"스승께서는 어떤 사람이랑 잘 어울리시느냐?"

"양양의 방덕공과 방통 같은 분들과 함께하길 좋아하십 니다."

"방덕공과 방통은 어떤 사이시냐?"

"아저씨와 조카 사이입니다. 방덕공이라는 분의 자는 산민이신데, 제 스승님보다 열 살이 많으십니다. 방통이라는 분의 자는 사원이시며, 제 스승님보다는 다섯 살 아래입니다. 언젠가 스승님께서 뽕나무에 올라가서 뽕잎을 따시는데 마침 방통 어른이 찾아오셨습니다. 뽕나무 아래에 앉으셔서 하루 종일 얘기를 나누시는데 조금도 지치시지 않더군요. 스승님께서는 방통 어른을 무척 아끼셔서 아우님이라고 부르십니다."

"스승님께서는 지금 어디 계시느냐?"

목동이 손을 들어 먼 곳을 가리켰다.

"저기 숲속에 있는 집에 계십니다."

"네 스승님을 좀 뵙게 해주려무나."

아이가 앞장서서 유비를 안내했다. 두어 마장 남짓 가자 집이 나왔다. 유비는 집 앞에서 말을 내려 중문으로 들어갔다. 아름다운 거문고 소리가 들려왔다. 유비는 거문고 소리에 귀를 기울이며 아이더러 아직 안에 알리지 말라고 했다. 그러나 갑자기 거문고 소리가 그치더니 안에서 한 사람이 웃으며 나왔다.

"거문고 소리는 맑고 그윽해야 하는데 갑자기 소리가 거세지다니! 영웅이 엿들어서 그런가?"

아이가 유비를 쳐다보았다.

"저분이 제 스승님이신 수경 선생이십니다."

유비가 살펴보니 소나무 같은 모습에 학의 뼈대로 보통 사람이 아니었다. 유비는 급히 앞으로 나가 젖은 옷차림 그대로 인사를 드렸다.

사마휘가 유비를 바라보았다.

"공은 오늘 다행히도 큰 어려움에서 벗어났습니다!"

유비는 깜짝 놀랐다. 아이가 나섰다.

"이분은 유현덕이십니다."

사마휘는 유비를 초당으로 데리고 가 자리를 잡고 앉았다. 서가에는 책들이 가득 쌓여 있고, 창 너머로는 소나무와 대나무가 빽빽하게 우거져 있으며, 거문고는 돌 상 위에 놓여 있었다. 맑고 막힘없는 기운이 느껴지는 분위기였다.

사마휘가 먼저 물었다.

"명공은 어떻게 오셨소?"

유비가 대답했다.

"우연히 이곳을 지나다가 아까 그 아이를 만나 오게 되었습니다만, 귀하신 분을 뵙게 되어 무척 기쁩니다!"

사마휘가 웃었다.

"공은 굳이 숨기지 않으셔도 되오. 공은 틀림없이 오늘 난리를 피해 이리 오셨을 것이오."

유비가 어쩔 수 없이 양양에서 있었던 일을 털어놓자 사마휘가 고개를 끄덕였다.

"공의 낯빛을 보자마자 그런 줄 이미 짐작했소."

사마휘가 자세를 고쳐 앉으며 물었다.

"내 명공의 높은 이름을 들은 지 오래되었소. 그런데 어째서 지금까지 뜻을 못 펴고 보잘것없이 지내시오?"

"팔자가 사나워서 그런가봅니다."

"그렇지 않소. 곁에서 장군을 도와줄 사람을 만나지 못해서 그런 거지요."

"제 비록 재주는 부족하지만, 제 곁에는 사람이 좀 있습니다. 문사로는 손건·미축·간옹 들이, 장수로는 관우·장비·조운 들이 아주 충성스럽게 도와주고 있습니다. 지금까지 많은 힘이 되어주었습니다."

"관우·장비·조운 들은 만 사람을 해볼 수 있는 장수들이지만, 그 사람들을 잘 쓸 수 있는 사람이 없는 게 아쉽소. 손건·미축 같은 사람은 글만 읽었지 세상일에는 어두워 나라를 다스리고 세상을 건질 만한 인물은 못 되오."

"저 역시 몸을 낮추고 늘 숨어 사는 어진 이들을 찾았으나 아직까지 만나지 못했습니다."

"공자께서 말씀하시기를, 열 집밖에 살지 않는 좁은 곳에도 반드시 충성스럽고 믿을 만한 사람은 있게 마련이라고 하셨소. 어찌 인물이 없다고 하시오?"

"제가 어리석은 탓에 알아보지 못합니다. 부디 가르쳐주
십시오."

"공은 형주와 양양의 여러 군에서 아이들이 부르는 노래
를 들어보신 적이 없소? 한번 들어보시오.

8, 9년 사이에 무너지기 시작하여
13년이 되면 살아남는 사람 없으리
하늘의 뜻은 어디로든 가 닿겠지
진흙 속에 잠긴 용이 하늘로 날아오르리

이 노래는 건안 초부터 불리기 시작했소. 건안 팔 년에 유
경승의 부인이 죽으면서 집안이 어지러워졌소. 이걸 두고
무너지기 시작했다고 보지요. 살아남는 사람이 없다는 뜻
은, 경승이 세상을 뜨고 나면 그 아래 있던 문관이며 장수들
할 것 없이 모두들 망해 흩어져버린다는 뜻이오. 또 하늘의
뜻은 어디로든 가 닿겠지라는 말과 진흙 속에 잠긴 용이 하
늘로 날아오른다는 말은 바로 장군을 두고 한 말로 여겨집
니다."

유비는 깜짝 놀라 손을 내저었다.

"저 같은 사람이 어떻게 그런 일을 맡을 수 있겠습니까?"

"지금 천하의 재주 뛰어나고 지혜로운 사람이 모두 여기 있으니 공은 곧바로 찾도록 하시오."

유비가 침을 꼴깍 삼켰다.

"재주 뛰어나고 슬기로운 사람들이 어디 있습니까? 과연 어떤 분들이십니까?"

"복룡과 봉추 두 사람 가운데 한 사람만 얻어도 천하를 편안하게 할 수 있습니다."

"복룡과 봉추라는 분들은 어떤 사람입니까?"

사마휘는 손뼉을 치고 껄껄 웃으면서 딴전을 피웠다.

"좋습니다! 좋아요!"

유비가 다시 더 물어보려 하는데 사마휘가 말을 맺었다.

"날이 벌써 저물었소. 장군은 오늘 밤 여기서 묵으시지요. 내일 날이 밝으면 또 말씀드리겠소."

사마휘는 아이에게 저녁 준비를 시킨 다음, 말도 뒷마당으로 끌고 가 잘 먹이라고 일렀다.

유비는 저녁을 먹은 뒤 바로 초당 옆방에 가서 잠자리에 들었다. 그러나 사마휘가 한 말들이 귓가에 맴돌아 잠을 이룰 수 없었다.

밤이 이슥해졌을 때 밖에서 문 두드리는 소리가 나더니 누군가가 들어왔다. 이어 사마휘의 말소리가 들렸다.

"원직이 어쩐 일이오?"

유비는 자리에서 일어나 조용히 귀를 기울였다.

찾아온 사람의 목소리가 들렸다.

"오래전부터 유경승이 어진 사람을 좋아하고 나쁜 사람을 미워한다고 들었기에 일부러 찾아가보았소. 그런데 다 헛소리더구먼요. 이 어진 사람은 좋아하면서도 쓰지 못하고, 나쁜 사람은 미워하면서도 떨쳐버리지 못하더라고요. 그래서 편지 한 통 써서 던져놓고 오는 길이오."

"공은 임금을 섬길 만한 재주가 있는 사람이니 사람을 가려 섬겨야지 어쩌자고 가볍게 경승을 찾아갔소? 공은 지금 영웅을 눈앞에 두고도 몰라보고 있소."

"선생의 말씀이 옳습니다."

유비는 두 사람이 나누는 말을 들으니 무척 기뻤다. 이 사람이 틀림없이 복룡 아니면 봉추일 거라고 짐작했다. 바로 뛰쳐나가 만나고 싶었지만 너무 서두르는 것 같아 애써 참았다.

날이 밝자 유비는 사마휘를 찾아가 물었다.

"어젯밤에 오신 분은 누구신지요?"

"내 벗이오."

유비가 한번 만나고 싶다고 했더니 사마휘가 말했다.

"그 사람은 밝은 주인을 찾는다면서 벌써 다른 곳으로 떠났소."

유비가 그 사람 이름을 묻자 사마휘는 웃으면서 얼버무렸다.

"좋습니다! 좋아요!"

유비가 다시 물었다.

"복룡과 봉추는 과연 어떤 사람입니까?"

사마휘는 역시 또 웃기만 하면서 딴전을 피웠다.

"좋습니다! 좋아요!"

유비는 거듭 절을 하며 사마휘에게 산에서 나가 서로 도와 한나라를 붙들어세우자고 했다. 그러나 사마휘는 고개를 저었다.

"산에 묻혀 한가로이 사는 사람이 세상에 나가서 할 수 있는 일은 없소. 나보다 열 배는 뛰어난 사람이 공을 찾을 테니 공도 잘 찾도록 하시오."

그때였다. 갑자기 밖에서 사람들 소리와 말 우는 소리가 들렸다.

아이가 급히 뛰어와 알렸다.

"어떤 장군이 수백 명을 거느리고 왔습니다."

유비가 깜짝 놀라 뛰어나갔다. 조운이었다. 유비는 크게 기뻐했다.

조운이 말에서 내려 인사했다.

"어젯밤에 현으로 돌아가서 주공을 찾았으나 만나지 못

해 밤새 여기저기 헤매다 여기까지 왔습니다. 주공께서는 얼른 신야로 돌아가시지요. 누가 현으로 쳐들어올까 염려스럽습니다."

유비는 사마휘와 헤어져 조운과 함께 말을 타고 신야를 바라고 떠났다. 몇 리 가지 않았을 때 한 무리의 군사가 달려왔다. 관우와 장비였다. 유비를 보자 모두들 무척 좋아라 했다. 유비는 말을 타고 단계를 건넌 얘기를 했다. 모두들 크게 놀랐다.

신야에 돌아온 뒤 유비는 손건 등을 부른 뒤 이번 일을 의논했다.

손건이 먼저 입을 열었다.

"일단 경승에게 편지를 보내 이번 일을 알리는 게 좋겠습니다."

유비는 그 말을 따랐다. 바로 손건더러 편지를 가지고 형주로 가도록 했다.

유표가 손건을 들라 한 뒤 물었다.

"내가 현덕을 양양 모임에 오도록 했는데 어찌하여 자리를 빠져나갔단 말인가?"

손건은 편지를 올린 뒤, 채모가 이러저러하게 일을 꾸며 유비를 죽이려 한 일과, 쫓기던 유비가 말을 타고 단계를 건너 겨우 살아난 사실을 자세히 일렀다.

유표는 화가 치밀 대로 치밀어 채모를 당장 불러들여 야단을 쳤다.

"네가 주제넘게 내 아우를 죽이려 했단 말이지!"

이어 채모를 끌어내 목을 치라고 명령했다. 채부인이 뛰쳐나와 울면서 빌었으나 유표의 화는 풀리지 않았다.

손건이 나섰다.

"만약에 채모를 죽이시면 황숙께서도 여기 편히 계실 수 없습니다."

그제야 유표는 채모를 꾸짖는 걸로 일을 마무리 지은 뒤, 맏아들 유기에게 손건과 함께 유비한테 가서 사과하도록 했다.

유기가 신야로 오자 유비는 그를 위해 술자리를 열어 대접했다. 술기운이 오르자 유기가 눈물을 뚝뚝 흘렸다.

유비가 그 까닭을 묻자 유기가 대답했다.

"계모 채씨가 늘 저를 해칠 생각을 품고 있건만, 저는 그 올가미에서 벗어날 방법이 없습니다. 숙부님께서 부디 좋은 방법을 일러주십시오."

유비도 달리 좋은 방법이 떠오르지 않아 그저 뻔한 소리밖에 할 수 없었다.

"늘 조심하면서 정성을 다해 효도를 하면 불행한 일도 저절로 사라질 성싶다."

다음 날 유기가 울면서 떠나는 인사를 했다. 유비는 말을 타고 유기를 성 밖까지 바래다주었다.

유비가 자기 말을 가리켰다.

"이 말이 아니었더라면 나는 벌써 저세상 사람이 되었을지 모른다."

유기가 말을 받았다.

"말이 아니라 숙부님의 크나큰 복 덕분에 사셨습니다."

얘기를 그치고 헤어지자 유기는 울면서 떠났다.

유비가 말 머리를 돌려 성으로 들어오는데, 장례 때 머리에 쓰는 갈포 두건을 쓰고 베옷 차림에 검은 띠를 두르고 검정 신발을 신은 사람이 노래를 부르면서 다가왔다.

하늘과 땅이 뒤집어지니

타던 불은 꺼지려 하네

큰 집이 쓰러지려 할 때

나무 한 그루로 받쳐지던가

산속의 어진 사람은

밝은 주인 섬기려 하는데

밝은 주인은 어진 사람 찾으면서도

정작 나를 몰라보는구나

유비는 노래를 듣자 속으로 짚이는 게 있었다.

'저 사람이 혹시 수경 선생이 얘기하신 복룡이나 봉추가 아닐까?'

유비는 곧바로 말에서 내려 간단히 인사를 나눈 다음 안으로 들게 해서 이름을 물었다.

그 사람이 자기소개를 했다.

"저는 영천 사람으로 선복이라 합니다. 사군께서 어진 이를 찾으신다는 말을 오래전부터 듣고 찾아오려 했으나, 무턱대고 올 수 없어 길에서 노래를 들려드렸습니다."

유비는 좋아라 하며 곧 윗자리에 앉혔다.

선복이 말했다.

"사군께서 타고 오시던 말을 한번 보고 싶습니다."

유비는 말의 안장을 벗겨놓고 끌고 오라 했다.

선복이 짐짓 말을 살펴본 뒤 말했다.

"적로마 아닙니까? 이 말은 천리마이기는 하지만 주인을 해치는 말이므로 타지 마십시오."

"그런 액땜은 이미 다 했소."

유비가 단계를 건너뛴 얘기를 했으나 선복은 또 말렸다.

"그건 주인을 구한 거지 주인을 해친 게 아닙니다. 언젠가 반드시 한 번은 주인을 해치고 말 것입니다. 제가 그걸 미리 막을 방법을 하나 일러드리겠습니다."

"어디 한번 들어봅시다."

"공께서 마음속으로 미워하는 사람이 있으면 그 사람한테 이 말을 줘버리십시오. 그렇게 해서 그 사람이 일을 당하고 난 뒤 다시 타면 아무 탈이 없습니다."

유비의 낯빛이 달라졌다.

"공은 여기 온 첫날부터 나에게 바른길을 이르지 않고, 자기 좋자고 남을 해치는 방법이나 일러주니 그건 도리가 아니오. 유비는 그런 가르침을 못 받겠소."

선복이 웃으며 사과했다.

"사군께서 어진 덕을 가지고 계시다는 말을 많이 들었으나 그대로 다 믿을 수 없어 한번 해본 소리입니다."

유비도 낯빛을 고치며 일어나 사과했다.

"이 사람 유비한테 어진 덕이 얼마나 있겠습니까? 선생께서 잘 살펴주십시오."

"제가 영천에서 이리 오다가 신야 사람들이 부르는 노랫소리를 들었습니다.

신야목 자리를

유황숙이라는 분이

맡은 뒤로부터는

백성들 살림살이 펴졌네

이 노래만 보아도 사군의 어진 덕이 백성들 사이에서 어
느 정도인지 알 만합니다."

유비는 선복에게 곁에서 자신을 도와주며 본부 군사를
살펴보도록 하였다.

한편 조조는 기주에서 허도로 돌아온 뒤 형주를 손에 넣
을 생각을 한순간도 버리지 않고 있었다. 그래서 조인·이전
과 항복해온 장수인 여광·여상 들에게 군사 3만 명을 내주
며 번성에 가 있게 했다. 형주와 양양 지방을 잘 살피며 빈
틈을 찾으라는 뜻이었다.

여광과 여상이 조인에게 보고했다.

"지금 유비가 신야에 웅크리고서 군사를 모으고 말을 사
들이며 먹을거리를 준비하고 있는 걸 보면 뭔가 꿍꿍이속
이 있어 보입니다. 재빨리 무찔러버려야 합니다. 저희 두 사
람이 승상께 항복한 뒤로 아직 작은 공마저 세우지 못했습
니다. 부디 날쌘 군사 오천 명만 내주십시오. 유비 머리를
베어다가 승상께 바치겠습니다."

조인은 좋아라 하며 두 사람에게 군사 5천 명을 내주면서
신야를 덮치도록 했다.

이러한 사실은 곧바로 유비에게 보고되었다. 유비가 선
복을 불렀다.

선복이 의견을 내놓았다.

"이미 적이 군사를 일으켰다면 적들이 우리 땅 안으로 못 들어오게 해야 합니다. 관공은 한 부대를 이끌고 왼쪽으로 가서 적의 가운데를 치게 하고, 장비는 오른쪽으로 군사를 이끌고 가서 적의 뒷길을 끊도록 하십시오. 주공께서는 직접 조운과 함께 군사를 거느리고 나가셔서 적의 앞을 덮치시면 깰 수 있습니다."

유비는 그 말을 좇아 바로 관우와 장비를 보낸 뒤 선복·조운과 함께 군사 2천 명을 거느리고 나갔다. 몇 리 가지 않았을 때 산 뒤쪽에서 먼지가 뿌옇게 일더니 여광·여상이 군사를 이끌고 몰려왔다. 양 군은 진을 치고 활을 쏠 군사들을 늘어세웠다.

유비가 말을 타고 문기 아래로 나가 크게 외쳤다.

"누가 함부로 내 울타리를 쳐들어오느냐?"

여광도 말을 타고 나와 소리쳤다.

"나는 바로 대장 여광이다. 승상의 명을 받들어 특별히 너를 잡으러 왔다!"

유비가 크게 화를 내며 조운더러 말을 달려나가 싸우게 했다. 두 장수가 어울려 싸운 지 몇 합 되지 않았을 때 여광이 조운의 창에 찔려 말 아래로 고꾸라졌다.

유비가 군사들을 휘몰아 들이치자 여상은 막아낼 수가

없어 군사를 끌고 달아났다. 한창 달아나고 있는데 길가에서 한 부대가 뛰쳐나왔다. 관우의 군사였다. 관우군이 한바탕 휘젓고 나자 군사를 절반이나 잃은 여상은 겨우 길을 뚫고 달아났다. 그러나 채 10리도 못 갔을 때 또 한 부대가 들이닥쳐 길을 막았다.

군사들 앞머리에서 장팔사모를 뻗쳐든 대장이 크게 소리쳤다.

"장익덕이 여기 있다!"

이어 여상을 덮치자, 여상은 손 한 번 제대로 휘둘러보지 못하고 장비의 창에 찔려 나가떨어지고 말았다. 남은 군사들은 이리저리 달아나느라 정신이 없었다. 유비는 군사들을 한데 모아 뒤쫓아가 절반 넘게 사로잡았다.

군사를 거두어 돌아온 유비는 선복을 잘 대접하고, 군사들에게도 잔치를 베풀고 상을 주었다.

싸움에 지고 달아난 군사들이 조인에게 보고했다.

"여광·여상 두 장수 모두 죽었고, 많은 군사들이 사로잡혔습니다."

깜짝 놀란 조인이 이전을 불렀다.

이전이 말했다.

"두 장수는 적을 얕잡아보다 죽었습니다. 당분간 군사를 움직이지 마시지요. 승상께 보고해서 대군을 이끌고 와서 치라고 하십시오. 그게 가장 나은 방법입니다."

조인이 머리를 가로저었다.

"아니오. 두 장수가 죽은데다 군사와 말까지 많이 잃었으니 이 원수를 빨리 갚아야 하오. 콩알만 한 신야를 치면서 승상의 대군까지 나설 필요가 있겠소?"

"유비는 매우 뛰어난 사람이오. 결코 가볍게 보아서는 안 됩니다."

"공은 무슨 겁이 그리 많소!"

"싸움하는 법에 이르기를, 적을 알고 나를 알아야 백 번 싸워 백 번 이긴다고 했소. 나는 싸우는 일을 겁내서가 아니라 꼭 이기지 못할까봐 그게 걱정되어서 그러는 겁니다."

조인이 화를 벌컥 내며 소리 질렀다.

"혹시 두 마음을 먹고 있는 것 아니오? 나는 반드시 유비를 사로잡고 말 테요!"

"장군이 나가신다면 나는 번성을 지키고 있겠습니다."

"나랑 같이 가지 않는다면 정말로 두 마음을 먹고 있어 그러는 걸로 알겠소!"

이전은 할 수 없이 조인과 함께 군사 2만 5천 명을 이끌고 강을 건너 신야로 갔다.

아랫장수들이 시체 되어 부끄러운 꼴로 돌아오니

 박상률 완역 삼국지 3

으뜸 장수가 복수하겠다고 다시 군사를 일으키네

과연 이기고 짐은 어떻게 갈라질는지…….

떠나가는 서서

유비는 꾀를 써서 번성을 덮치고
원직은 말을 타고 가다 말고 제갈량을 추천하다

조인은 화를 참지 못하고 드디어 본부 군사를 모두 일으켜 밤을 도와 강을 건너 신야를 덮치러 갔다.

한편 선복은 이기고 신야로 돌아온 뒤 유비에게 또 의견을 냈다.

"조인의 군사가 번성에 있습니다. 두 장수가 죽은 줄 알면 틀림없이 대군을 일으켜 싸우러 옵니다."

유비가 말했다.

"그럼 어떻게 해야겠소?"

"적들이 군사를 다 거느리고 온다면 번성은 텅 빕니다. 그

틈을 타 번성을 빼앗으십시오."

유비가 자세한 방법을 물었다. 선복은 귀에 대고 이러저러하라고 일렀다. 유비가 좋아라 하며 선복이 이른 대로 준비를 마쳤다. 그때 보고가 들어왔다.

"조인이 대군을 이끌고 강을 건너 쳐들어오고 있습니다."

선복이 무릎을 쳤다.

"과연 내 짐작대로군."

선복은 곧바로 유비에게 군사를 이끌고 나가 적을 맞도록 했다.

양군은 마주 보고 둥글게 진을 벌였다. 조운이 말을 달려 나가 적장을 불렀다. 조인이 이전더러 나가라고 했다. 조운과 이전은 여남은 합을 싸웠다. 이전은 힘이 달리자 말 머리를 돌려 자기 진으로 달아났다. 조운은 말을 달려 그 뒤를 쫓았다. 그러자 진 양쪽에서 화살이 빗발치듯 쏟아져 더는 쫓지 못했다. 양쪽 군은 싸움을 멈추고 각각 군사를 거두어 영채로 돌아갔다.

이전이 조인에게 말했다.

"저쪽 군사가 워낙 뛰어나서 가벼이 보아서는 안 되겠습니다. 번성으로 돌아가는 게 좋겠습니다."

조인이 크게 화를 내며 욕을 퍼부었다.

"너는 군사를 움직이기 전부터 우리 군사의 기운을 떨어뜨리는 재수 없는 소리를 해쌓더니 오늘은 일부러 져주고 왔다. 네 죄는 목을 베어야 마땅하다!"

조인은 이전을 끌어다가 목을 치라고 소리쳤다. 그러나 여러 장수가 힘껏 말려 겨우 목숨을 건졌다. 조인은 이전을 뒤로 돌리고 자신이 직접 앞장서 군사를 끌고 나가기로 했다.

다음 날 조인은 북을 치고 군사를 이끌고 나가 진을 친 다음 군사를 시켜 유비에게 묻게 했다.

"우리가 벌여놓은 진을 알겠느냐?"

선복이 높은 데로 올라가 살펴보고 와서 유비에게 말했다.

"저쪽이 팔문금쇄진을 펼쳐놓았습니다. 팔문은 쉬는 문, 사는 문, 다치는 문, 막는 문, 밝은 문, 죽는 문, 놀라는 문, 여는 문으로 여덟 문을 말합니다. 사는 문이나 밝은 문과 여는 문으로 들어가면 좋지만, 다치는 문과 놀라는 문과 쉬는 문으로 들어가면 다치고, 막는 문과 죽는 문으로 들어가면 죽습니다. 적들이 지금 여덟 문을 잘 펼쳐놓기는 했지만 한가운데가 엉성합니다. 만약에 동남쪽의 사는 문으로 쳐들어가서 서쪽의 밝은 문으로 나온다면 저 진은 반드시 흐트러지고 맙니다."

유비는 군사들에게 진을 잘 지키도록 한 뒤, 조운에게 군사 5백 명을 거느리고 동남쪽으로 치고 들어가서 서쪽으로 빠져나오라고 일렀다.

조운은 명령을 받자마자 창을 뻗쳐든 채 말을 달려 군사들과 함께 큰소리를 지르며 곧바로 동남쪽으로 몰려들어가 가운데를 쳤다. 조인은 북쪽으로 달아났다. 조운은 그 뒤를 쫓지 않고 바로 서쪽으로 빠져나왔다. 그런 뒤 다시 서쪽에서 치고 들어가 동남쪽으로 빠져나왔다.

조인의 군사는 마구 흐트러졌다. 유비는 이때를 놓치지 않고 마구 몰아쳤다. 조인의 군사는 크게 지고 달아났다. 선복은 뒤쫓지 말라고 했다. 이에 바로 군사를 거두었다.

조인은 싸움에 지고 나자 이전이 한 말이 떠올랐다. 그래서 다시 이전을 불러 의논을 했다.

"유비 쪽에 틀림없이 뛰어난 이가 있소. 그러지 않고선 우리 진을 깰 수 없소."

"여기 있지만 번성이 더 걱정입니다."

"오늘 밤에 영채를 덮쳐 이기면 다시 계획을 짜고, 만약에 이기지 못하면 곧장 군사를 거두어 번성으로 돌아갑시다."

"어렵습니다. 유비는 반드시 준비를 단단히 해놓고 있을 겁니다."

"그렇게 의심이 많아가지고서는 군사를 쓸 수 없소!"

조인은 끝내 이전의 말을 듣지 않았다. 자신이 앞장서 군사를 이끌고 나갈 테니 이전은 뒤에서 받치라고 하면서 밤이 막 이슥해지려 할 때 들이치기로 했다.

한편 선복은 영채 안에서 유비와 의논하고 있었다. 그때 갑자기 거센 바람이 몰아닥치는 걸 보고 선복이 말했다.

"오늘 밤 조인이 반드시 우리 영채를 덮치러 올 겁니다."

유비가 걱정스런 표정을 지었다.

"그럼 어떻게 적을 막아야 하오?"

선복이 웃었다.

"이미 준비를 해두었습니다."

곧바로 비밀스럽게 군사들을 알맞은 자리에 나누어 있게 했다.

밤이 막 이슥해질 무렵 조인은 군사를 이끌고 영채 가까이 다가왔다. 그런데 갑자기 영채 울타리가 불에 타기 시작했다. 조인은 적군이 이미 준비를 해놓았다는 걸 알고 급히 뒤로 물러서라는 명령을 내렸다. 그러나 미처 뒤돌아설 새도 없이 조운이 나타나 마구 무찌르기 시작했다. 조인은 군사를 제대로 거두지도 못한 채 북하 쪽으로 달아났다.

겨우 강가에 이르러 배를 찾아 강을 건너려 하는데, 강언덕에서 한 떼의 군사가 밀고 내려왔다. 장비가 거느린 군사였다. 조인은 죽을힘을 다해 싸웠다. 이전은 조인을 보호하며 배에 올라 강을 건넜다. 군사들은 절반 넘게 물에 빠져 죽었다.

강을 건너 언덕으로 올라간 조인은 급히 번성으로 달려

갔다. 군사를 시켜 성 문을 열라고 외치게 했다. 바로 그때 성 위에서 북소리가 한 차례 시끌벅적하게 울리더니 장수 하나가 군사를 이끌고 나와 소리쳤다.

"내 이미 번성을 차지한 지 오래다!"

관우였다. 조인은 소스라치게 놀라 말 머리를 돌려 달아났다. 관우가 뒤를 쫓았다. 조인은 그나마 있던 군사를 많이 잃고 밤을 새워 허도로 달아났다. 가는 길에 들으니, 선복이 모든 꾀를 내고 계획을 세운다고 했다. 그렇게 해서 조인은 싸움에 지고 허도로 돌아갔다.

한편 유비는 싸움에 크게 이긴 뒤 군사를 거느리고 번성 으로 들어갔다. 번성 현령 유필이 마중을 나왔다. 유비는 백 성들을 어루만졌다. 유필은 장사 사람으로, 그 역시 한나라 황실의 친척이었다. 그는 자기 집에서 술자리를 베풀어 유 비를 대접했다. 젊은 사람 하나가 유필 곁에 서 있었다. 생 김새가 빼어나고 몸가짐이 듬직했다.

유비가 유필에게 물었다.

"저 사람은 누구죠?"

유필이 대답했다.

"조카 되는 아이로 구봉이라 합니다. 나후 구씨 집 아들인 데, 부모를 여읜 뒤부터 나한테 와 있습니다."

유비는 그가 마음에 들어 양자로 삼고 싶어 했다. 유필이 기꺼이 그러라고 했다. 바로 구봉더러 유비에게 절을 하도록 한 뒤 아버지로 모시게 했다. 아울러 이름도 구봉이 아니라 유봉으로 고쳤다.

유비가 유봉을 데리고 와 관우와 장비에게 절을 시키며 작은아버지라고 부르게 했다.

그러나 관우는 못마땅한 티를 냈다.

"형님께서는 아들이 있는데 뭣 때문에 양자를 들이려 하십니까? 나중에 틀림없이 골치 아픈 일이 생깁니다."

"내가 친아들처럼 여기면 저도 친아버지처럼 따르겠지. 골치 아플 일이 뭐 있겠느냐?"

그러나 관우는 끝내 못마땅한 표정이었다.

유비는 선복과 의논하여 조운에게 군사 1천 명을 데리고 번성을 지키게 한 다음 자신은 나머지 군사를 거두어 신야로 돌아갔다.

한편 조인은 이전과 함께 허도로 돌아가자마자 조조 앞에 엎드렸다. 싸움에 져 장수와 군사를 많이 잃은 사정을 울면서 보고하며 죗값을 치르겠다고 했다.

조조는 대수롭지 않게 대했다.

"싸움을 하다 보면 이기기도 하고 지기도 하는 게 당연한 일이지. 그런데 유비를 도와 꾀를 쓰는 이가 누구라더냐?”

조인이 선복이라는 이가 도와주고 있다고 대답하자 조조가 고개를 갸우뚱거렸다.

“선복이라고? 어떤 사람이지?”

정욱이 웃었다.

“그 사람은 선복이 아닙니다. 그 사람은 어려서부터 칼싸움 익히는 걸 좋아했습니다. 중평 말년에 남의 원수를 대신 갚아주느라 사람을 죽이게 되었습니다. 그때부터 머리를 풀어헤치고 얼굴에 칠을 하고 달아났다가 잡혔습니다. 관리가 이름을 물어도 아무 대꾸를 하지 않자 그 사람을 묶어서 수레에 태웠습니다. 북을 치고 길을 돌아다니며 그 사람을 알아보는 이를 찾았지만 아무도 나서지 않았습니다. 그 사람을 알아본 이들조차도 입을 다물었지요. 그 뒤 친구가 몰래 풀어주어 이름을 바꾼 채 도망을 쳐 완전히 다른 사람이 되었답니다. 자기 공부를 위해 이름난 스승들을 찾아다녔는데, 특히 사마휘와 가까이 지내며 이야기 나누기를 즐겼습니다. 그 사람이 누구냐 하면 바로 영천 사람 서서로, 자는 원직입니다. 선복은 가짜 이름입니다.”

조조가 물었다.

“서서의 재주를 자네와 비교하면 어느 정도인가?”

“저보다 열 배는 뛰어납니다.”

"아깝구만! 뛰어난 재주꾼이 유비한테 가서 날개가 되었으니 이를 어찌해야 하나!"

"서서가 지금은 저쪽에 있지만, 승상께서 쓰고 싶으시다면 불러오는 일은 그리 어렵지는 않습니다."

"어떻게 불러온단 말인가?"

"서서는 소문난 효자입니다. 아버지는 일찍 세상을 떴고 늙은 어머니만 집에 있습니다. 지금은 그 사람의 아우마저 죽고 없어 어머니를 모실 사람이 없습니다. 승상께서 사람을 보내 그 사람의 어머니를 허도로 데려오십시오. 그런 다음 아들을 부르는 편지를 쓰게 해서 보내면 서서는 반드시 달려옵니다."

조조는 좋아라 하며 밤을 도와 서서의 어머니한테 사람을 보냈다. 하루도 지나지 않아 서서의 어머니가 왔다.

조조는 서서의 어머니를 잘 대접한 뒤 말했다.

"서원직은 천하의 뛰어난 재주꾼으로 알려져 있습니다. 그런데 지금 신야에서 역적 유비를 도우며 나라를 배반하고 있습니다. 이는 바로 아름다운 옥이 뻘 구덩이에 빠진 꼴입니다. 안타깝기 그지없습니다. 늙은 어머니가 편지를 써서 보내면 아들은 허도로 옵니다. 그러면 황제께 아뢰어 높은 벼슬자리를 마련하겠습니다."

조조는 바로 붓이며 벼루며 종이 등을 내오게 하고 서서의 어머니에게 편지를 쓰라고 하였다.

서서의 어머니가 조조를 빤히 쳐다보았다.

"유비는 어떤 사람이오?"

"패군의 좀스런 사람입니다. 주제넘게 황실의 친척이라고 떠들고 다니는데 믿음이고 의리고 전혀 없는 사람입니다. 말하자면 껍데기는 군자인데 속은 좀팽이입니다."

서서의 어머니가 목소리를 가다듬은 뒤 소리쳤다.

"너는 거짓말을 참으로 뻔뻔스럽게 잘도 하는구나! 나는 현덕이 중산정왕의 후손이고 효경황제 손자의 손자라는 걸 오래전부터 들어 알고 있다. 몸을 굽혀 어진 사람을 구하고 자기를 낮추며 예의를 갖춰 남을 대하기에 어질다는 소문이 자자하신 분이다. 천둥벌거숭이 아이부터 머리 허연 늙은이들에다 목동이고 나무꾼이고 할 것 없이 그분의 이름을 모르는 이가 없는, 지금 세상의 영웅이시다. 우리 아들이 돕는다 하니, 이건 주인을 제대로 만난 것이다. 너는 한나라 승상 노릇을 하고 있지만, 알고 보면 너야말로 한나라의 역적이다. 그런 사람이 현덕을 역적이라 하면서 내 아들더러 빛을 등지고 어둠 속으로 들어오게 하라니 부끄럽지도 않느냐!"

이어 서서의 어머니는 벼루를 들어 조조에게 냅다 던졌다. 조조는 화가 치밀 대로 치밀어 서서의 어머니를 밖으로

서서의 어머니가 조조를 욕하다.

끌고 가서 목을 치도록 했다.

정욱이 황급히 조조를 말렸다.

"서서의 어머니가 승상을 욕보인 건 스스로 죽고 싶어서 그런 겁니다. 자칫하면 승상만 의로운 사람이 아니라는 말을 듣게 됩니다. 서서의 어머니는 훌륭하다는 소리를 듣게 되겠지요. 게다가 서서의 어머니가 죽고 나면 서서는 죽음을 무릅쓰고 더 열심히 유비를 도와 원수를 갚으려 할 테니 살려두는 쪽이 더 낫습니다. 그러면 서서도 몸 따로 마음 따로여서 유비를 돕는다 하더라도 힘껏 돕지는 못할 겁니다. 일단 서서의 어머니를 살려두십시오. 제가 서서를 이리 불러들여 승상을 받들게 할 꾀를 생각해놓았습니다."

조조는 그 말을 받아들여 서서의 어머니를 죽이지 않고 곁방에 가두어놓고 끼니를 대주도록 했다.

정욱은 날마다 서서의 어머니를 찾아가 안부를 물었다. 서서와 의형제를 맺은 적도 있다는 거짓말을 해가며 서서의 어머니를 마치 친어머니처럼 대했다. 또 때맞춰 물건을 보낼 때는 반드시 편지를 써서 같이 보냈다. 서서의 어머니 역시 그때마다 편지를 써서 보내왔다.

정욱은 서서 어머니의 편지가 모이자 글씨체를 흉내 내어 가짜 편지 한 통을 썼다. 정욱은 그 편지를 믿을 만한 부하에게 주며 신야의 선복을 찾아가게 하였다. 부하가 신야에 가서 선복을 찾았다. 군사 하나가 그를 서서에게 데려다 주었다.

서서는 어머니의 편지를 가져왔다고 하는 말에 정욱의 부하를 급히 불러들였다.

"저는 노부인 계신 곳에서 심부름하는 사람입니다. 노부인이 부탁하셔서 편지를 가지고 왔습니다."

서서가 편지를 받아 뜯어보았다.

네 아우가 죽은 뒤 주위를 아무리 둘러봐도 기댈 데가 없어 요즘 서글픈 마음 어쩌지 못하고 지냈다. 그런데 생각지도 않게 조승상이 사람을 보내 나를 허도로 꾀어냈다. 그런 뒤 네가 배반을 했다며 나를 묶으려 하더구나. 다행히 정욱 등이 말려 가까스로 위기를 벗어나기는 했으나, 네가 와서 항복을 해야만 목숨을 건질 수 있겠다. 이 편지를 보는 대로 지난날 어미가 너를 기른 정을 생각하여 밤을 도와 달려와서 효도 한번 해다오. 그런 다음 고향으로 돌아가 농사나 지으며 큰 탈 없이 살도록 하자꾸나. 지금 내 목숨은 실 끝에 대롱대롱 매달린 꼴이다. 빨리 와서 구해주려무나. 다른 말은 더 할 말 없다.

편지를 읽고 나자 서서의 눈에서 눈물이 샘솟듯 했다. 그는 편지를 들고 바로 유비를 찾아갔다.

　　　　　　　　　　박상률 완역 삼국지 3

"저는 원래 영천의 서서로 자는 원직입니다. 어려운 사정
이 있어 도망 다니느라 이름을 선복으로 바꾸었습니다. 전
에 유경승이 어진 사람을 널리 구한다는 말을 듣고 일부러
찾아간 적이 있습니다. 그러나 만나서 이야기를 나누어보
니 뭔가 할 수 있는 사람이 아니었습니다. 그래서 편지를 써
놓고 떠나 한밤중에 수경의 집으로 갔습니다. 수경은 주인
도 알아보지 못하는 사람이라고 저를 나무랐습니다. 유예
주가 여기 있는데 어째서 섬기지 않느냐고 하더군요. 그래
서 저는 짐짓 미친 척하며 길에서 노래를 불러 사군께 알렸
지요. 사군께서는 다행히 저를 버리지 않으시고 큰일을 맡
기셨습니다. 그런데 지금 조조가 늙으신 어머님을 속여 허
도에 붙잡아두어 자칫하면 목숨을 잃게 생겼습니다. 그러
니 어쩔 수가 없습니다. 어머님이 직접 편지를 써 보내시며
저를 부르시니 제가 가지 않을 수가 없습니다. 사군께 하찮
은 힘까지 다해 보답하기 싫어서가 아닙니다. 어머님이 잡
혀 계시니 힘을 다할 수가 없어서 그럽니다. 이제 인사를 드
리고 돌아갑니다. 나중에 다시 뵐 수 있기를 바랍니다."

유비가 소리 내어 울었다.

"어머니와 자식의 정은 하늘에서부터 이어져 내려온 것
이니 원직은 내 생각일랑 조금도 하지 마시오. 어서 가서 어
머님을 만나시기 바라오. 나중에 또 가르침을 받을 수 있기

를 바라오."

서서는 바로 고맙다는 인사를 하고 떠나려 했다.

유비가 붙잡았다.

"제발 하룻밤만 더 묵고 내일 떠나도록 하시오."

그때 손건이 유비에게 살짝 말했다.

"원직은 하늘이 내린 재주를 가진 사람입니다. 더구나 신야에 오래 있어서 우리 군사의 장점과 단점도 다 알고 있습니다. 만약 조조에게 가면 조조는 틀림없이 저 사람을 크게 쓰겠지요. 그러면 우리가 위태로워집니다. 주공께서는 어떻게든 붙들어놓고 보내지 마십시오. 조조는 원직이 오지 않으면 그 어머니를 반드시 죽이고 맙니다. 어머니가 죽은 줄 알면 원직은 어머니의 원수를 갚기 위해 온 힘을 기울여 조조를 칠 겁니다."

"그래서는 안 되네. 남의 손에 어머니가 죽게 하고 내가 그 아들을 쓰는 건 어진 일이 아닐세. 또 붙잡아두면서 못 가게 해 어머니와 자식의 도리를 끊는 것도 의로운 일이 아닐세. 차라리 내가 죽으면 죽었지, 어진 일이 아니고 의로운 일이 아닌 짓은 못 하네."

그 말에 함께 자리한 모두가 감동했다. 유비는 서서를 불러 같이 술을 마시자 했다.

서서가 어두운 얼굴로 말했다.

“지금 늙으신 어머님께서 갇혀 계신다는 소식을 들으니 금물을 띄우고 옥의 즙을 짜서 담근 좋은 술이라 해도 목구멍에 넘어가지 않을 듯합니다.”

유비가 고개를 끄덕였다.

“공이 가신다 하니 나 역시 용의 간이나 봉의 골수로 만든 귀한 음식을 먹어도 맛을 모를 거요.”

두 사람은 마주 보고 앉아 울면서 밤을 새웠다.

날이 밝자 여러 장수들이 서서를 배웅하기 위해 성 밖에다 술자리를 마련해놓고 있었다. 유비는 서서와 나란히 말을 타고 성을 나왔다. 나그네가 쉬게 해놓은 큰 정자에 이르러 말에서 내려 서로 헤어지는 인사를 했다.

유비가 술잔을 들고 서서에게 말했다.

“내가 인연이 짧아 선생과 함께하지 못하는구려. 부디 선생은 새 주인을 잘 섬겨 이름을 날리시오.”

서서가 울먹였다.

“제 재주가 보잘것없고 지혜도 얕팍한데 사군께서는 중요하게 써주셨습니다. 불행히도 중간에 헤어지게 되지만, 이건 정말로 늙으신 어머님 때문입니다. 조조가 아무리 윽박지르더라도, 그 사람을 위해서는 죽을 때까지 단 한 번이라도 꾀를 내지 않겠습니다.”

“선생이 가고 나면 유비도 어디 산속으로나 들어가버릴

까 하오."

"제가 사군을 모시고 함께 왕업을 이루고자 했던 건 바로 제 마음을 믿었기 때문이었습니다. 이제 어머님 때문에 마음이 흐트러져버려서 제가 이곳에 계속 있는다 하더라도 그다지 도움이 되지 않습니다. 사군께서는 뛰어난 인물을 따로 구하셔서 도움을 받으시어 큰일을 이루시면 됩니다. 어째서 이렇게 약한 마음을 먹으십니까?"

"천하의 뛰어난 인물이라 해도 선생보다 나은 사람은 없을 거요."

"저는 하잘것없는 사람입니다. 분에 넘치는 칭찬은 하지 마십시오."

이어 서서는 장수들을 돌아보며 인사했다.

"모두들 사군을 잘 섬기셔서 역사에 이름이 남고 업적이 길이 이어지도록 하십시오. 부디 이 서서처럼 시작과 끝이 흐릿하게 되는 일이 없도록 하십시오."

여러 장수들이 슬퍼하며 아쉬워했다. 유비는 그대로 헤어지기가 너무나 서운해 서서를 따라가고 또 따라갔다. 마침내 서서가 마지막 인사말을 했다.

"사군께서는 힘들게 이러지 마시고 이제 그만 돌아가시지요. 저는 여기서 물러가겠습니다."

유비는 말 위에서 서서의 손을 잡으며 아쉬워했다.

"선생이 지금 가면 우린 같은 하늘 아래에서도 멀리 떨어져 있어야 하는데, 언제 다시 볼 수 있단 말이오!"

유비는 눈물을 비 오듯이 흘렸다. 서서 역시 울면서 길을 떠났다.

유비는 숲 가까이 말을 세우고 바라보았다. 서서는 아랫사람을 데리고 말을 몰아 점점 멀어져갔다.

유비가 울먹였다.

"원직이 가버렸구나. 나는 이제 어찌해야 한단 말이냐?"

유비는 눈가에 눈물방울이 맺힌 채 바라보았다. 그러나 숲에 가려 앞이 잘 보이지 않았다. 그러자 말채찍을 들어 앞을 가리키며 한숨을 내쉬었다.

"저 나무들을 다 베어버리고 싶구나."

모든 사람들이 왜 그러는지 궁금해하자 유비가 다시 말했다.

"나무들이 서원직을 가리고 있어 그러네."

그렇게 계속 그쪽을 바라보고 있는데 서서가 말을 달려 다시 돌아오고 있는 게 보였다. 유비가 들떠서 외쳤다.

"원직이 돌아오는구나. 가지 않기로 마음먹었나보다!"

유비는 바로 말을 몰고 나가 맞았다.

"선생이 다시 돌아오다니, 뭔가 다시 생각하셨군요."

서서가 말을 멈추고 말했다.

“제가 마음이 너무 어지러워 깜빡하고 말씀드리지 못한
게 있습니다. 가까운 곳에 아주 특별한 사람이 있습니다. 양
양성에서 이십 리쯤 떨어진 융중에 살고 있습니다. 사군께
서는 왜 그 사람을 찾지 않으십니까?”

유비가 말했다.

“원직이 나를 위해 불러주면 좋겠소.”

“그 사람은 불러서 올 사람이 아닙니다. 사군께서 직접 가
셔야 합니다. 만약 그 사람만 얻는다면 주나라가 여망, 즉
강태공을 얻은 것과 마찬가지이고, 한나라가 장량, 즉 자방
을 얻은 거나 마찬가지입니다.”

“그 사람을 선생과 비교하면 어느 정도요?”

“느려터진 말이 저라면 그 사람은 기린이고, 볼품없는 까
마귀가 저라면 그 사람은 봉황입니다. 그 사람은 스스로를
관중과 악의에 빗대었지만, 제가 보기엔 그 사람들보다 훨
씬 더 뛰어납니다. 그 사람은 온 천하를 다스릴 만한 재주를
가지고 있는 하나뿐인 사람입니다!”

유비가 좋아라 했다.

“그 사람 이름은 어떻게 되오?”

“낭야 양도 사람으로, 이름은 제갈량이고 자는 공명입니
다. 한나라의 사례교위 제갈풍의 후손입니다. 아버지 제갈
규는 자가 자공으로 태산군승이었으나 일찍 세상을 떴습니

다. 그 바람에 제갈량은 작은아버지인 제갈현에게 얹혀살았습니다. 제갈현이 형주의 유경승과 오랜 벗이어서 양양으로 옮겨 살았습니다. 제갈현이 세상을 뜨자 제갈량은 아우 제갈균과 함께 남양에서 밭을 갈며 지냈습니다. 양보음을 즐겨 부르는 걸로 알려졌습니다. 사는 데 가까운 곳에 와룡강이라는 언덕이 있어 스스로 호를 와룡 선생이라 했습니다. 지금은 어느 누구와도 견주어볼 수 없을 정도로 뛰어난 사람입니다. 사군께서는 부디 빨리 찾아가시기 바랍니다. 그 사람의 도움을 받기만 하면 천하를 얻는 데 전혀 걱정하실 게 없습니다!"

유비가 고개를 끄덕였다.

"전에 수경 선생이 나에게 복룡과 봉추 가운데 한 사람만 얻으면 천하를 편안하게 할 수 있다고 했소. 지금 말한 그 사람이 복룡이나 봉추가 아니오?"

"봉추는 양양의 방통을 말합니다. 복룡은 바로 제갈공명이고요."

유비는 뛸 듯이 기뻤다.

"오늘에야 비로소 복룡·봉추란 말을 알았소. 그토록 뛰어나신 분들이 눈앞에 계실 줄 어찌 알았겠소! 선생의 말씀이 없었다면 유비는 눈은 있어도 장님이나 마찬가지였을 터입니다."

훗날 어떤 이가 서서가 말을 타고 가다 돌아와 제갈량을
추천한 일을 읊은 시가 있다.

뛰어난 이와 다시 못 볼까 가슴 아파

눈물 뿌리며 서로 우는 정이 애틋하구나

한마디 말이 봄날 천둥소리 같아

남양에 누워 있는 용을 일으켜세우는구나

서서는 제갈량을 추천한 다음 다시 유비와 헤어져 말채
찍을 휘두르며 떠나갔다.

유비는 서서의 말을 듣고서야 수경 선생 사마휘가 하던
말의 뜻을 깨달았다. 술에서 깨어나는 듯하기도 했고, 꿈에
서 깨어나는 성싶기도 했다.

이윽고 유비는 장수들을 거느리고 신야로 돌아왔다. 곧
바로 선물을 넉넉하게 갖춘 뒤 관우·장비와 함께 남양의 제
갈량을 찾아갈 준비를 했다.

서서는 유비와 헤어져 떠났지만 그가 아쉬워하던 정을
잊을 수가 없었다. 그래서 제갈량이 유비의 부탁을 물리치
며 산에서 나오지 않을지도 모른다는 생각이 들어 와룡강
쪽으로 말을 몰았다. 초가집으로 들어가니 제갈량이 어쩐
일로 왔는지 물었다.

서서가 대답했다.

"나는 원래 유예주를 섬기려 했는데, 어머님이 지금 조조한테 잡혀 계시면서 편지를 보내셨기에 어쩔 수 없이 떠나는 길이오. 떠날 때 공을 현덕에게 추천했소. 머지않아 현덕이 찾아오면 부디 거절하지 마시고 평생 닦은 뛰어난 재주로 도와주면 그보다 더 좋은 일이 없겠소."

제갈량의 얼굴빛이 바뀌었다.

"그대는 나를 제사상의 제물로 바칠 생각이오?"

제갈량은 그 말을 던지고선 소매를 뿌리치고 안으로 들어가버렸다.

서서는 머쓱하기 짝이 없었다. 바로 돌아서서 다시 말을 타고 허도의 어머니를 만나기 위해 길을 재촉했다.

벗에게 한마디 부탁하는 건 주인을 사랑하기 때문이고
천 리 먼 길을 달려가는 건 어머니가 그리워서라네

과연 다음 일은 어찌 될는지…….

박상률 완역 삼국지 3
ⓒ 박상률, 백남원, 2025

초판 1쇄 인쇄 | 2025년 10월 29일
초판 1쇄 발행 | 2025년 11월 6일

옮긴이 | 박상률
책임편집 | 배상현
콘텐츠 그룹 | 배상현, 김다미, 김아영, 박화인, 기소미
표지 디자인 | design R 이보람
본문 디자인 | 스튜디오 보글

펴낸이 | 전승환
펴낸곳 | 책 읽어주는 남자
신고번호 | 제2024-000099호
이메일 | bookpleaser@thebookman.co.kr

ISBN
979-11-93937-86-0 (세트)
979-11-93937-89-1 (04820)